TROPEN

Kapitalismus und Hautkrankheiten

ROMAN

Jasmin Ramadan

FSC
www.fsc.org
MIX
Papier aus verantwortungsvollen Quellen
FSC® C083411

Tropen
www.tropen.de

Printed in Germany
Schutzumschlag: Herburg Weiland, München
unter Verwendung eines Fotos von
© Andreas Mierswa und Markus Kluska
Gesetzt in den Tropen Studios, Leipzig
Gedruckt und gebunden von CPI – Clausen & Bosse, Leck
ISBN 978-3-608-50121-6

Für Nils

Whatever you ask for, that's what I'll be …
George Michael, Father Figure

DIE NEKTARINE

»Du siehst aus wie diese Schauspielerin, die Tochter des italienischen Regisseurs, der diese Horrorfilme in den Achtzigern gemacht hat …«

Teresa Kugler exte ihren Wodka und sah sich den Typen genauer an. Er hatte schon die ganze Zeit geglotzt und sich dann durch die kleine, volle Bar zu ihr durchgekämpft, obwohl sie seinen Blicken ausgewichen war. Er passte nicht hierher. Er war so ein unangenehm schöner, großer Kennedy-Typ, nur mit seinem rechten Auge stimmte was nicht.

»Dario Argento«, sagte Teresa. Sie trug Flipflops und war so groß wie er.

»Genau, und der hat diese Tochter, diese auf eine merkwürdige Weise attraktive Frau.«

»Wieso merkwürdig?«, fragte Teresa, spuckte auf den Boden und machte einen Schritt auf ihn zu. Er lächelte schief, hielt ihr eine Zigarette hin und sagte: »Sie ist nicht perfekt, ihre Nase ist irgendwie dick, die Augen zu schmal.«

»Na und?« Teresa zuckte mit den Schultern.

Er fuhr fort: »Und etwas in ihrem Gesicht wirkt gedrungen, irgendwie knautschig. Aber sie hat diesen geilen Klein-Mädchen-Blick und ist bestimmt eine Sau.«

»Und ich bin auch eine Klein-Mädchen-Sau, oder was?« Teresa wandte sich ab und fragte eine Frau nach Feuer.

Er zog sie am Arm wieder zu sich. »Ich mag deine Klamotten, die sind so gypsy.« Er hielt ihr ein Feuerzeug unter die Nase, die Flamme war mickrig und erlosch schnell. Er ließ das Feuerzeug einfach fallen und sagte: »Du wirst immer schöner, je länger man dich ansieht. Beinahe perfekt symmetrisch, du erinnerst mich jetzt an Isabeli Fontana.«

»Das brasilianische Model?«

»Ja, sie hat Lauryn Hill den Mann ausgespannt, einen Sohn von Bob Marley mit einem Haufen schmuddeliger Dreads auf dem Kopf. Models versuchen auch immer origineller zu werden bei der Wahl ihrer Typen. Hast du auch diesen Originalitätszwang in der Liebe?«

»Ich mag Dreadlocks«, sagte Teresa und nahm sich eine Handvoll Päckchen Streichhölzer aus einer Schale vom Nebentisch.

»Bist du ein Model?«, fragte er.

»Bist du ein Rassist?«

Sie gab dem Typen ein Päckchen Streichhölzer und ließ die restlichen in ihrer großen gelben Tasche verschwinden.

»Nein, nur ein Snob. Bist du ein Model?«

»Nur manchmal, wegen der Kohle, ich geb einen Scheiß drauf. Bekomme ich noch was zu trinken?«

»Noch einen Wodka auf Eis?«

»Ja, mit einem Schuss Campari.«

»Du magst es bitter«, sagte er und strich Teresa sanft über die Wange. Sie hielt seine Hand fest und sagte: »Ich mag die Farbe. Was ist mit deinem Auge?«

Er antwortete nicht, gab ihr Feuer und verschwand in der Menge. »One Way Trigger« von The Strokes lief, der Barkeeper drehte die Musik lauter. Sie hatte sich das Lied vor einer halben

Stunde gewünscht, als sie noch alleine am Tresen rumgehangen hatte.

Teresa wühlte nach ihrem Telefon, vorhin hatte sie Stephanie eine Nachricht geschickt, dass sie im Mahoni sei. Teresa schrieb: *Bin vielleicht gleich wieder weg.* Lieber hätte sie noch ein bisschen mit ihr geredet, als mit dem Typen abzuhängen.

Er kam mit dem roten Drink und einem Beck's Gold zurück.

»Was trinkst du denn für einen Mädchenscheiß?«

Teresa zog sich den orangefarbenen Lippenstift nach.

»Ich muss noch fahren und hab morgen viel zu tun. Kommst du mit zu mir?«

Teresa exte den Wodka-Campari und sagte: »Warum sollte ich?«

»Weil ich dich mag.«

»Was magst du an mir?«

»Ich mag deine ambivalente Attitude, du hast so was Dreckiges und eine Haut wie ein Pfirsich.«

Teresa fragte: »Was ist mit deinem Auge?«

»Das ist ein Glasauge, ich hatte einen Unfall, lange her. Stört es dich?«

»Nein, es macht dich erträglich.« Er lachte, warf den Kopf nach hinten, zeigte ihr lange seine porzellanweißen Zähne und fragte: »Darf ich dich küssen?«

»Warum nicht. Ein Zungenkuss hat immer etwas Tröstliches.«

Er strich ihr übers Haar, küsste sie erst auf die Stirn und steckte ihr dann die Zunge in den Mund.

Teresas Handy piepte laut, der Typ neben ihr im Bett schlief weiter. Seine Jalousien dunkelten den ganzen Raum ab. Wie spät war es?

Sie schaute aufs Display. 9:10 Uhr. Es war die Agentur.

»Hallo«, krächzte Teresa ins Handy.

»Hey Teresa, ich bin's, Mirja.« Teresa haute auf einen Schalter an der Wand, zu helles Licht knallte auf ihre Seite des Bettes. Sie hatte keine Lust, mit der Praktikantin zu sprechen. Ihre Agentin Almut hatte seit ein paar Tagen nicht zurückgerufen.

»Was gibt es?«, fragte Teresa gehetzt.

»Alles gut, Süße? Du hörst dich ja nicht sooo fit an.«

Was sollte der Scheiß mit »Süße«? Mirja war gerade mal zwanzig.

»Ich bin voll fit, Mäuschen. Alles gut. Kann ich bitte mit Almut sprechen!?«

»Die kann gerade nicht, aber setz dich hin, Süße, ich hab hier eine dringende Anfrage von Kerami – die brauchen ein paar Models für eine total innovative Produktlinie mit dem Namen ›Glanz‹! Du bist optioniert für das Bodyfluid mit einem Extrakt aus Fischschuppen und irgendwas aus der Netzreusenschnecke. Die wollen dich nicht, obwohl du über dreißig bist, sondern deshalb. Was meinst du?!«

»Und was ist mit der anderen Sache?«

»Welche andere Sache? Freust du dich nicht? So viel kam ja sonst nicht rein in letzter Zeit.«

»Gib mir bitte Almut, Mirja, sonst leg ich auf!«

»Echt alles gut bei dir, Süße?«

Teresa antwortete nicht, und Mirja drückte sie weg. »When will I be famous« von Bros erklang in der Warteschleife. Nach ein paar Minuten kam Almut ans Telefon.

»Was kann ich für dich tun, Teresa?«

»Das mit dem Lied ist doch 'ne Verarschung!«

»Ihr Schauspieler seid ja so frei von Selbstironie, wie alle Extremisten. Warum warst du schon wieder so zickig zu Mirja?«

»Ich rede nicht mit Praktikanten.«

»Sie ist seit zwei Jahren hier. Viel länger bist du auch nicht in unserer Kartei, schöne Frau.«

»Wie auch immer, was ist mit dem Casting, über das wir zuletzt gesprochen haben? Die Rolle in dem neuen Film von Inken Fröbe. Die obdachlose Cellistin.«

»Ach das, ja, da ruf ich noch mal an, sorry. Ich glaub, das war schon vorletzte Woche. Mensch, Süße, war irgendwie nicht ganz deine Liga, die wollten einen Namen, weil der Hauptdarsteller schon vom Theater kommt. Den kennt keine Sau, aber der kann was. Ich hab den in Berlin auf der Bühne gesehen, danach hätte ich den glatt gebumst, obwohl der echt scheiße aussieht.«

Teresa atmete tief durch und sagte: »Verstehe. Na dann. Und was ist mit dem Fernsehding? Da hatte ich dich doch auch gebeten, noch mal nachzuhaken.«

»Hm, ähm, warte, waaaarte … Ach, hier. Jaaa, hmhm, das, ja, die wollten doch 'ne dicke Schauspielerin oder eine, die dick werden kann. Du kannst nicht dick werden, Teresa, du verdienst dein Leben mit Werbung.«

»Alles klar, Almut, verstehe, ich meld mich.«

»Das Kerami-Casting ist am Donnerstag, der Dreh wäre dann schon am Montag in Berlin, Mirja mailt dir gleich alles im Detail.«

Teresa schmiss ihr Telefon auf den cremefarbenen Teppich, es versank fast vollständig darin.

Vielleicht sollte sie auch Theater spielen? Aber sie konnte diese Kollegen nicht leiden, die andauernd sie selbst waren. Widerlich, jeder Kaffee wurde mit Tiefgang bestellt, jedes »Wie geht es dir?« klang wie ein Appell ans Unterbewusste. All die Freunde ihrer Mutter, die sie als Kind immerzu mit dieser Intensität bedrängt hatten. Dann doch lieber Werbung, da standen wenigstens alle dazu, dass es um nichts ging außer um Geld.

Diesen Monat etwas Geld zu verdienen, wäre ziemlich wichtig. Teresa hatte zwar noch Außenstände um die dreitausend Euro, aber das würde für die zwei ausstehenden Mieten und laufenden Kosten draufgehen. Sie musste Almut dringend bitten, da zu mahnen, der Spot war schon längst gelaufen.

Teresa zog sich die Decke über den Kopf und versuchte wieder einzuschlafen, doch irgendwo an ihrer Haut juckte es. Sie kratzte sich an den Beinen, an den Zehen, sprang auf und schüttelte sich. Der Typ lag mit offenem Mund auf dem Rücken. Er trug eine schwarze Augenmaske. Teresa sah nach, ob auf seinem Nachttisch das Glasauge lag, aber da stand nur ein Fläschchen Iberogast auf einem Buch über Rudi Dutschke, daneben lagen eine Packung Lefax und eine Riesenpackung Magnesium. Sein lieber, beinahe väterlicher Blick, als er sie ausgezogen hatte, war beruhigend gewesen.

Teresa lief nackt durch die geräumige Wohnung den Flur entlang an einem gerahmten Poster von Paul Klee vorbei. Genau das gleiche bunte Bild hing bei ihren Eltern als Postkarte auf dem Gästeklo.

Die Toilette fand sie nicht, dafür am Ende des Flurs ein ovales Zimmer mit zugezogenen transparenten Gardinen. Darin stand nur ein weißer Ledersessel vor einem Aquarium auf einem Sockel. Teresa ließ sich in den Sessel fallen und überschlug die Beine, so wie es ihr Vater immer tat. Vier große, leuchtend bunte Fische schwammen in dem langen Aquarium. Damals hatten sie zu Hause auch eines gehabt, voll mit Guppys – die Männchen hatten schleierartige bunte Flossen, die Weibchen waren graubraun, behäbig und immer voll mit Eiern. Als Teresa und ihr Zwillingsbruder Ture dreizehn waren, wurde das Aquarium abgeschafft, denn ihre Mutter hielt es plötzlich für Tierquälerei. Dann kaufte Bärbel Beagles aus Versuchslaboren frei, behielt sie oder vermittelte sie weiter. Mit diesem Anliegen trat sie noch heute in Fernsehsendungen auf und sagte dann, man müsse seine Prominenz für etwas Höheres nutzen, sonst ergebe alles keinen Sinn.

Damals brachte Ture, nachdem Bärbel auch noch den Gartenteich abgeschafft hatte, ständig Insekten mit nach Hause, die er einfach in der Wohnung aussetzte. Er unterhielt sich im Flüsterton mit ihnen. Einmal trat Bärbel während der hektischen Vorbereitung auf eine Premiere mit einem metallenen Absatz auf einen der großen Käfer. Es zischte und krachte. Ture behauptete leichenblass, der Käfer habe geschrien, und aß bis zum nächsten Abend nur Blätter und Gras aus dem Garten. Er bekam Durchfall und Bärbels ungeteilte Aufmerksamkeit. Das alles passierte, nachdem Dietrich ins Dachgeschoss gezogen war und begonnen hatte, *das* Buch zu schreiben.

Heute Abend würde ein Fest ihrer Mutter stattfinden, einfach so mitten in der Woche. Bärbel lud gerne ein, wenn sie nicht gerade drehte. Sie musste noch immer beweisen, wie beliebt sie war, wie viele junge und berühmte Leute sie kannte, wie groß ihr Garten war, wie originell der neuentdeckte Caterer, wie reizend ihre Kinder waren, wie haltbar ihre Ehe, und dass sie es nicht nötig hatte, früh ins Bett zu gehen oder nur am Wochenende zu feiern.

Teresas Vater begab sich immer erst nach Sonnenuntergang in den Garten, huschte flüchtig grüßend an den letzten Gästen vorbei und machte sich über die Reste des Buffets her. Keiner fragte mehr nach seinem Verbleib oder drängte auf Konversation. Man wusste ja, dass er immerzu schrieb und gesundheitliche Probleme hatte.

Früher war er Dozent gewesen, irgendwann jedoch war er wegen einer Schuppenflechte für ein paar Wochen krankgeschrieben worden und hatte seine Stelle dann ganz aufgegeben. Teresa hatte ihn nie gefragt, warum, und auch nicht, warum er seit zwanzig Jahren an einem einzigen Buch schrieb.

Niemand hatte sein Werk jemals zu Gesicht bekommen. Aber Unmengen von bedrucktem Papier waren auf seinem Schreibtisch, darunter und drum herum gestapelt. Überall auf dem Boden des geräumigen Dachgeschosses lagen einzelne Blätter verteilt, sogar in dem kleinen Bad. Nur dieser Anblick bezeugte die wahrhaftige Existenz von *Kapitalismus und Hautkrankheiten.*

Teresa fragte sich, warum die ständige Beschäftigung mit diesen Zusammenhängen die Symptome seiner Schuppenflechte nicht langfristig besserte – er kam wegen akuter Verschlechterung mindestens einmal im Jahr ins Krankenhaus. Nach dem ersten Mal, vor etwa zwanzig Jahren, hatten ihre Eltern sich innerhalb des Hauses getrennt. Dietrich hatte im Dachgeschoss zunächst seine alte Hängematte aus Nicaragua zwischen zwei Balken aufgehängt und richtete sich dann Monat für Monat immer häuslicher dort ein. Schließlich verlagerte er sogar den Schreibtisch aus seinem Büro neben dem Wohnzimmer unters Dach. Später bevölkerten ein paar Wochen Handwerker lärmend das Haus und installierten oben Dietrichs eigene kleine Nasszelle. Immer seltener frühstückte der Vater mit der Familie in der geräumigen Küche, und immer häufiger tauchte er bis zum Abend nicht mehr im Rest des Hauses auf. Seitdem herrschte eine stillschweigend vereinbarte Distanz zwischen allen vier Familienmitgliedern. Es gab keinen Streit mehr, keine Tränen, keine offenen Worte über Unsicherheiten oder das Geständnis eines Problems. Und wenn Teresa und Ture für sich waren, hielten sie sich auch an die unausgesprochene Abmachung, allzu Bedrückendes auszublenden. So balancierten sie aus verbliebener Kinderliebe tagtäglich ihr Unglück in das erträgliche Gleichgewicht.

Teresa stand zu schnell aus dem bequemen Sessel in der fremden Wohnung auf. Ihr wurde kurz schwarz vor Augen. An der Innenseite ihres rechten Unterarms spürte sie wieder diesen dünnen, farblosen Schleimfilm. Schon seit ein paar Wochen passierte das. Vielleicht sollte sie sich doch mal einen neuen Termin bei Dr. Matolo geben lassen.

Sie beugte sich mit geschlossenen Augen langsam nach unten, bis sie mit den Händen fast den Boden berührte. Dann schwang sie die Arme ein paar Minuten hin und her und summte vor sich hin. So hatten sie es immer in dem überteuerten Schauspielkurs gemacht, bevor der Unterricht begann.

Wie hieß der Typ im Bett noch mal? Er hatte sie gar nicht mehr geküsst, oder doch? An den Sex konnte sie sich auch nicht mehr erinnern. Sie richtete sich so langsam wie möglich auf, Wirbel für Wirbel. Der Schleimfilm war weg, meistens bekam sie ihn mit Entspannungsübungen und Gedanken an Männer, für die sie nichts empfand, in den Griff.

Endlich fand sie eine Toilette, konnte aber kaum pinkeln, obwohl ihre Blase schmerzte. Sie hatte viel Wodka getrunken und später in seiner Wohnung noch Rotwein, keinen Schluck Wasser. Teresa benutzte das feuchte Toilettenpapier, es gab kein anderes.

In der Küche öffnete sie den hohen metallicroten Kühlschrank. Nur ein paar Flaschen Crémant und Tomatensaft standen in der Tür. Und auf der unteren Einschubleiste war ganz hinten eine schimmelige Nektarine an der Kühlschrankwand festgefroren.

»Hey, Typ.« Teresa rüttelte an dem breiten Rücken, strich ihm durch die Haare. Sie glänzten und waren nussbraun, so wie die ihres Bruders. Sie strich dem fremden Typen immer wieder durch Tures Haare, ganz vorsichtig und ein bisschen glücklich. Er drehte sich um, strahlte sie an.

»Du kannst ja auch lieb sein.«

»Auch lieb?«

»Na ja, gestern Nacht, als ich dich gefickt habe, das war, ich weiß nicht, es war, du warst …«

»… nicht lieb?«

»Du warst mir fast ein bisschen unheimlich. Erst hast du mich tieftraurig und dann irre angesehen, als wärst du ganz woanders. Da hast du mich schon wieder an Asia Argento erinnert. Du warst plötzlich richtig geil, ich hab noch nie erlebt, dass 'ne Frau beim Ficken so schnell kommt. Eigentlich wollte ich dich gar nicht ficken, ich wollte dich nur fragen, ob du Interesse an Schauspielerei hast, ich bin Produzent, und wir haben da 'ne Rolle zu besetzen, wir suchen schon 'ne Weile vergeblich unter den üblichen Verdächtigen. Das Projekt ist 'ne internationale Geschichte mit wesentlich deutscher Beteiligung.«

»Ich bin Schauspielerin, ich modele nur so nebenbei wegen der Kohle. Warum fragt ihr nicht Asia Argento?«

»Wir wollen für die Rolle eine Deutsche, schräg, heiß, kaputt, auf eine besondere Weise schön, unbedingt brünett. So was findet man schneller in Frankreich oder Spanien. Was hast du schon so gemacht?«

»Ähm, na ja, ich war die Tavia in *Jakob und Tavia.*«

»Ach? Ähm.«

Er setzte sich auf, kräuselte die Stirn, drückte mit Daumen und Zeigefinger unentwegt seine Nasenspitze zusammen, bis sie rot wurde, und sagte: »Hilf mir mal kurz auf die Sprünge, bitte.«

»Ja, also, das war so ein Kinderfilm in den Neunzigern, ich war dreizehn, und der Film lief in der Weihnachtszeit ziemlich erfolgreich, deshalb dachte ich, es sagt dir vielleicht was.«

Er lachte laut auf: »Na, die Lorbeeren sind mir zu faulig, was hast du denn zuletzt so gedreht?«

Teresa atmete tief ein, wieder aus, kreiste einmal mit dem Kopf und sagte mit verschlossenen Augen: »Na ja, das war so ein Studentenkurzfilm, sehr ambitioniert, ich hätte das sonst nicht gemacht. Ich hab eine blinde Managerin gespielt, die beim Nordic Walking im Wald eine Begegnung mit dem Teufel hat und dann …«

»Schon gut, verschon mich. Vielleicht bist du doch zu glatt für den Job. Hast du ein Demo?«

»Kein aktuelles, aber viele Fotos.«

»Hm, okay, whatever, wir laden dich zum Casting ein, ich hab meiner Assistentin schon das Foto geschickt, das ich mit dem Handy von dir gemacht habe. Sie hat eben 'ne Nachricht geschickt und ist begeistert. Du bist im Spiel, außer du hast dich in mich verliebt. Das mach ich nie wieder, hatte ich bei der letzten Produktion, die Mische war der Killer, wir haben mittendrin umbesetzt.«

»Ich war schon seit zwanzig Jahren nicht mehr verliebt. Wie heißt du eigentlich?«

Er lachte laut auf. »Ich bin Dirk. Dirk Manstein von Discus Film.

»Sagt mir was.«

»Und wie heißt du weiter, Teresa?«

»Kugler.«

»Wie Bärbel Kugler?«

»Ja, ist meine Mutter.«

»Woho. Tolle Schauspielerin und eine beeindruckende Frau, sieht immer noch großartig aus. Total in Shape. Das ist echt deine Mutter!? Du siehst ihr nicht besonders ähnlich, vielleicht liegt es an ihren blonden Haaren, obwohl, der Körper vielleicht. Habt ihr ein gutes Verhältnis?«

»Es geht so, ich bin kein Familienmensch. Mir stehen jetzt

nicht automatisch Blutsverwandte näher als alle anderen Menschen auf dieser Welt, ich bin ja nicht faschistisch.«

Dirk lachte, packte sie an den Hüften und zog sie auf seinen Schoß. Teresa setzte sich auf seinen Schwanz und schaute so lieb, wie sie konnte.

Nach dem Duschen kam er fertig angezogen mit dem Autoschlüssel in der Hand noch mal ins Schlafzimmer und fragte: »Nimmst du eigentlich die Pille?«

»Sicher, und ich mache einmal im Jahr einen Aidstest.«

Er sah sie ein wenig verunsichert an und sagte: »Ja, stimmt, muss ich auch mal wieder machen. Aber meine Freundin hat neulich, glaub ich, mal einen gemacht, als sie wochenlang 'ne Erkältung nicht loswurde. Hey, pass auf, ich sattele jetzt die Pferde, aber du kannst hier gern noch ein bisschen abhängen, wenn du willst auch 'n paar Filme gucken.« Er zog die Schiebetür des breiten Spiegelschranks auf und strich über eine bunte Wand unzählbarer DVDs.

»Wo sind deine Klamotten?«

»Hinten im begehbaren Kleiderschrank, hab ich auf Wunsch meiner Freundin bauen lassen.«

»Wo ist deine Freundin?«

»Cape Town. Noch den ganzen Monat.«

»Ist sie Südafrikanerin?«

»Nein, sie wurde zufällig da geboren und meint jetzt, sich dort selber zu finden oder so ein Quatsch.«

»Interessant. Wie ich.«

»Du wurdest in Südafrika geboren?«

»Nein, in Managua, also Nicaragua, auch zufällig.«

»Aha, nice, hör zu, ich muss los, meld dich bei meiner Assistentin, ihre Karte liegt auf meinem Nachttisch, Mareile Golanski, sie weiß Bescheid.«

»Mareile Golanski?«
»Ja, wieso?«
»Ist die noch mit Darko zusammen?«
»Meinst du Darko Wölfli?«
»Ja, den Regisseur.«

Dirk lachte, er stand schon in der Tür, rollte mit den Augen und sagte: »Ist mir so Latte, wer wen bumst oder nicht mehr, solange der Job nicht leidet. Aber hat Wölfli nicht gerade mit deiner Mutter gedreht? Ich glaub, im Spätsommer ist Premiere. Dieser Film mit dem absurd sperrigen Titel: *Der tote Hund auf dem sinkenden Schiff*.«

Teresa zuckte mit den Schultern.

»Na, wie auch immer, hol dir am besten gleich heute bei Mareile das Drehbuch ab und klär alles Weitere mit ihr!«

Teresa wusste nicht, was ihre Mutter trieb, sie hatte es schon seit Wochen vermieden, ihr zu begegnen. Kaum war Dirk Manstein aus der Tür, schlüpfte sie in Rock und Oberteil, fand ihre leuchtgrünen Flipflops unterm Bett, spülte vier von Dirks Magnesiumdragees mit Tomatensaft runter und machte, dass sie wegkam.

Mareile Golanski hatte damals in Teresas alter Agentur als Assistentin gearbeitet. Sie hatten sich auf dem Berlinale Brunch kennengelernt. Mareiles Freund Darko, ein junger Drehbuchautor und Regisseur, war Teresa dort auch vorgestellt worden, und sie fragte sich, ob sie ein paar Wochen zuvor bei einer ausschweifenden Party mit ihm geschlafen hatte. Kurz darauf wurde Teresa ohne Erklärung aus ihrer Agentur geworfen.

Unten in Dirks Treppenhaus wählte sie Mareile Golanskis Nummer, sie ging sofort ran: »Guten Tag Frau Golanski, hier ist Teresa, ähm …«

»Teresa, die kleine Kugler! Dirk hat schon Bescheid gegeben, schön, dass wir es wieder mal miteinander zu tun bekommen! Ich fand es so schade, dass du damals aus der Agentur weg bist, kaum hatte ich da unterschrieben.«

DIE WESPE IM TISCH

Ture stand in der Küche, faltete das Putztuch so klein wie möglich und legte es in die linke untere Ecke des Waschbeckens, sodass er es vom Tisch aus nicht sehen konnte.

Er hatte einmal durchgesaugt und hier und da ein wenig gewischt. Dann hatte er eine leichte Salatsoße zubereitet und ein bisschen in dem Buch eines berühmten Insektenforschers gelesen. Er sah keine Möglichkeit, noch vor dem Besuch im Haus seiner Eltern angemessen trainieren zu gehen, deswegen musste das Dressing zusammen mit einem Vollkornkräcker und zwei Radieschen als Mahlzeit reichen.

Der heutige Tagesverlauf hatte ihn ausgelaugt. Allein im Taxi hatte er eine Dreiviertelstunde verbracht, so voll war es auf den Straßen gewesen. Ihm war immer wärmer geworden, er hatte seine kleine Wasserflasche im Studio vergessen, und der Taxifahrer regte sich unermüdlich darüber auf, dass Deutschland schon wieder für Unwetterschäden am anderen Ende der Welt aufkam. Ture hatte ihn mit trockener Kehle aufgefordert, den Mund zu halten, und war dann an der nächsten roten Ampel ausgestiegen.

Ärgerlicherweise hatte der aktuelle Job ihm die Arbeitszeiten eines Normalos aufgezwungen. Da kam man einfach nicht unbehelligt durch die Stadt, selbst ein öffentliches Verkehrsmittel hätte die Sache nicht beschleunigt. Nicht dass Ture das jemals ausprobiert hätte. Er ertrug es nicht, fremden Menschen so nahe zu kommen, dass er sie roch, und auch jegliche Ansteckungsmöglichkeit wollte er umgehen.

Ein eigenes Auto lehnte er ebenso ab, obwohl er sich eines mit seinem famosen Auskommen hätte leisten können. Aber er konnte einfach den Gedanken nicht ertragen, dass etwas, das zu ihm gehörte, die Nacht einsam und unbeaufsichtigt in der Dunkelheit verbrachte.

Der Tag hatte mal wieder nicht gut für ihn begonnen. Morgens war es bewölkt gewesen, und er hatte gefroren. Der Ingwertee half kaum, griff eher seinen Magen an. Er zog dann diesen Pullover mit zwanzig Prozent Nylon an, den Teresa ihm zu Weihnachten geschenkt hatte. Doch mittags hatte die Sonne dann ziemlich penetrant angefangen zu scheinen, weshalb er fürchterlich zu schwitzen begann. Es war beschämend gewesen, so in der Öffentlichkeit herumzulaufen.

Das Videospiel, das er gesprochen hatte, war ihm auch auf die Nerven gegangen. Natürlich lieferte er trotzdem perfekt ab. Es war der letzte Tag gewesen, der Job hatte insgesamt drei Tage in Anspruch genommen. Zum Glück hatte das Wochenende dazwischen gelegen.

Ture ließ sich ein Bad ein, schüttete drei Packungen Meersalz aus der Apotheke hinein, legte sich in die lauwarme Wanne und versuchte, sich einen runterzuholen. Er konnte sich nicht recht entspannen und schüttete ein paar Tropfen Minz-Öl, das immer auf dem Wannenrand stand, ins Wasser. Es kühlte und durchblutete zugleich. Leider machten sich nun die Nachbarn über ihm bemerkbar. Undeutliche, Alltagsgeräusche drangen zu ihm durch, er schaffte es nicht, die anderen Menschen auszublenden, und sein Schwanz fühlte sich bloß an wie eine alte Zucchini.

Er stand auf, hüllte sich in sein flauschiges, schwarzes Lieblingshandtuch, lief auf Zehenspitzen ins Wohnzimmer zu seiner Anlage und machte die Tindersticks an. »She Rode Me Down«, voll aufgedreht stellte er eine der Boxen vor sein Bad und versank wieder im kühlenden Badewannenwasser. Doch die Lust auf Sex war verschwunden. Nun konnte er seiner Schwester, untermalt von exzellenten Klängen, ein paar Gedanken widmen.

Teresa hatte ein paar zu lange und zu aufgebrachte Nachrichten auf seiner Mailbox hinterlassen. Es ging mal wieder um ein ach so wichtiges Filmprojekt und angeblich gab es Grund zur Zuversicht. Er hatte sich alles angehört und trotzdem nichts Genaues erfahren.

Sie hatte zum ersten Mal um vierzehn Uhr aus einem Lokal angerufen, in dem sie ein Drehbuch las und einen Caesar's Salad aß. Den besten in Eimsbüttel, eine echte Entdeckung, dieser neue Laden, betonte sie zwei-, dreimal und nannte die Adresse. Es wäre tatsächlich nur ein paar Straßen weiter gewesen. Teresa nahm an, Ture hätte nichts Besseres zu tun, als ihr beim Herumhängen oder was auch immer Gesellschaft zu leisten.

Sie verhielt sich ständig, als hätte sie keine Wohnung oder ihren Schlüssel verloren. Meist verbrachte sie den ganzen Tag auswärts, wie ein Teenager, redete über alles und nichts mit Leuten, die sie mehr oder weniger kannte.

Um sechzehn Uhr hatte sie erneut angerufen, bloß um ihm mitzuteilen, sie hätte die Location gewechselt, sie säße jetzt im Café Beitel, Stephanie käme gleich vorbei, und es gäbe hier noch immer den besten Espresso und von der Quitten-Tarte wäre sie nahezu high.

Wer war jetzt wieder Stephanie?

Um achtzehn Uhr rief sie schließlich aus ihrer Stammkneipe an, dem Mahoni, hin und weg von einem Drink aus Grüntee und

Wodka. Sie kündigte an, in etwa einer Stunde vorbeizukommen, es gäbe ein Problem, das sie unbedingt ungestört mit ihm besprechen müsse. Er versuchte, sie zu erreichen, aber es ging nur ihre Mailbox an. Er hinterließ eine Nachricht, sie könnten sich doch genauso gut später auf der Gartenparty im Haus ihrer Eltern unterhalten, er müsse dringend abschalten, denn er hätte drei Tage gearbeitet.

Sonst hatte Ture sein Handy immer bei sich, heute hatte er es zum ersten Mal vergessen, was ihn beunruhigte. Es erinnerte ihn an Teresa, die ständig etwas verlegte, vor allem die Wertgegenstände anderer. Meist war sie fahrig und zerstreut. Er sah sie vor sich, hörte ihre Stimme, sah ihre rotfleckigen Wangen und die immer ein wenig geschwollenen Lippen. Schweiß bildete sich auch zu kühlen Jahreszeiten auf ihrer Stirn und ihrem Kinn, sobald sie nur ein bisschen aufgeregt war.

Kaum war sie nicht mehr in Bewegung, fröstelte sie oft und manchmal begann sie sogar zu zittern, ausgenommen im Hochsommer. Früher hatte sie ständig hohes Fieber gehabt, war aber nach ein, zwei durchschwitzten Nächten wieder gesund, während er eine Erkältung ewig mit sich herumschleppte.

Als Kinder schliefen sie lange unter einer gemeinsamen Decke. Ture drehte sich zu Beginn der Nacht oft um, nahm ihre klitzekleinen eiskalten Füße in seine Hände und pustete warme Luft auf ihre Zehen.

Tränen stiegen ihm in die Augen. Wie gewöhnlich sie doch geworden war, das musste an ihrem ausschweifenden Lebensstil liegen. Sie war ein so fröhliches, friedliches kleines Mädchen gewesen, noch immer träumte er nachts davon, wie sie Hand in Hand über einen unendlichen, frisch gemähten Rasen liefen.

Nichts würde diesem Gefühl von Glück jemals wieder nahekommen können, da war er sicher.

Einmal hatte er ihr von dieser Erinnerung erzählt, da sagte sie nur, es hätte diese perfekte Wiese niemals gegeben, ihre Eltern hätten den Garten damals sogar extra verwildern lassen. Mittlerweile beschäftigte ihre Mutter zwei Angestellte, die sich darum kümmerten, wie auch um das Haus und die Beagles. Nur zu Dietrichs Etage hatten sie keinen Zutritt.

Teresa forderte Ture zuweilen auf, er solle sich betrinken oder Cannabis rauchen, die Möglichkeit des Rausches wäre ein Geschenk der Natur an die Menschen, so wie eine saftige grüne Wiese auch. Da hatte er geantwortet, nein, er würde sich eher wünschen, noch klarer als klar im Kopf zu sein. Teresa hatte ihn bloß ausgelacht und gespottet, dann sollte er unbedingt mal Kokain versuchen, das hätte ebendiesen Effekt.

Ture nahm den Stöpsel aus der Badewanne, und erst als das Wasser vollständig abgelaufen war, duschte er so kalt, wie er es gerade noch aushielt. Wenn er zu heiß duschte, bekam er diese kleinen Pusteln auf dem Rücken, der Brust und manchmal auch auf dem Genital.

Er bekam diesen Flush gelegentlich auch außerhalb der Dusche, und schon lange fragte er sich, ob es an etwas anderem lag als an der Außentemperatur. Er hatte ein wenig recherchiert, es handelte sich vermutlich um eine Angelegenheit namens Urtikaria.

Er setzte sich im Bademantel auf den Balkon, der zum ruhigen Hof heraus lag. Er starrte den albernen Bambustisch an, den sein Vater ihm im März hatte schicken lassen, und war noch immer angewidert. Runde Formen konnte er genauso wenig leiden wie Mobiliar aus hellem Holz.

Das konnte sein Vater natürlich nicht ahnen, da er noch nie in Tures Wohnung gewesen war. Wenn Dietrich Interesse zeigte, also eine Frage nach Tures Befinden stellte, gab Ture ihm keine Antwort, was sein Vater nicht bemerkte, weil er sich bereits wieder abgewandt hatte.

Wahrscheinlich hielt er ihn auch für schwul. Seine Mutter zumindest hielt ihn für schwul oder zumindest bi, und er bestritt es nicht. Die Wahrheit hätte alles durcheinandergebracht.

Ture verstärkte den Eindruck seiner Homosexualität gern, malte sich dann und wann einen smaragdgrünen Lidstrich. Smaragdgrün konnte er gut leiden. Er hatte den Bambustisch auf dem Balkon smaragdgrün lackiert, nachdem er ihn endlich durch die Balkontür bekommen hatte. Als er ihn fertig angestrichen hatte, hasste er den Tisch noch immer. Am liebsten hätte er ihn hinunter in den Garten in ein Gebüsch geworfen. Doch in dem Moment, als er den Tisch anhob, bemerkte er ein Insekt, eine ungewöhnlich kleine Schlupfwespe flog auf ihn zu, stoppte und steuerte direkt das offene Bambusrohr an. Sie verschwand darin und blieb. Ture stellte den Tisch ganz langsam und vorsichtig wieder auf dem Balkon ab. Und von nun an betrachtete er ihn als ihr luxuriöses Apartment.

Seit dem Tag ihres Einzugs trank Ture jeden Morgen seinen Eisenkrauttee an dem Bambustisch. Manchmal stand die Wespe nach ihm auf und schoss fröhlich heraus, manchmal kehrte sie gerade von ihren frühmorgendlichen Streifzügen zurück und verschwand, nachdem sie Ture ein paarmal umflogen hatte, in ihrem Bambusheim. Ihre Gesellschaft war ihm eine große Freude, und zum ersten Mal fürchtete er den Einbruch des Winters.

Eigentlich mochte er den Sommer nicht besonders und er verstand nie, warum alle deswegen in eine Art Euphorie verfielen. Einen klaren Kopf zu behalten war bei hohen Temperaturen weitaus aufwendiger. Die Übergangsjahreszeiten waren ihm recht oder ein eiskalter Winter, bei dem man sich unter seiner Kleidung verbergen konnte.

Er zog eine weite, schwarze Leinenhose an, krempelte sie hoch bis zu den Knöcheln und überlegte, ob ihm etwas zu schwer auf der Seele lag. Wie immer kam er zu dem Ergebnis, dass es so war, und brach die Gedanken sofort an dieser Stelle ab.

Er schaltete den Fernseher ein, um das Werbefernsehen des Nachmittagsprogramms zu überwachen. Wegen der Buy Outs. Oft wurde ein Spot, den er gesprochen hatte, heimlich wieder gesendet. Er hätte schon viel Geld verloren, wenn er nicht so aufmerksam wäre.

Durch das digitale Fernsehen hatte er nun sogar die Möglichkeit, per Splitscreen mehrere Kanäle gleichzeitig zu überwachen. Er blätterte in seinem Notizbuch, er hatte noch gut sechzehntausend Euro Außenstände. Ein unerträglicher Gedanke, dass irgendjemand woanders mit seinem Geld Zinsen und Geschäfte machte.

Den Laptop auf den Knien las er wieder und wieder all die höflichen E-Mails an die entsprechenden Firmen, denen er diesbezüglich geschrieben hatte. Er wartete stets, bis die obligatorischen Zahlungsziele verstrichen waren, er vergriff sich aber niemals im Ton.

Voller Befriedigung ging er Wort für Wort durch, las einzelne Sätze noch einmal laut vor und genoss den Klang seiner Stimme.

Heutzutage bekam man in einem Studio nie wieder etwas zu tun, wenn man sich auch nur ein einziges Mal im Ton vergriff. Ob man laut Vertrag im Recht war, spielte dabei keine Rolle. Es gab schließlich genug Leute, die nur darauf warteten, dass man sich einen diplomatischen Patzer leistete. Die ewigen Konkurrenten mit der ähnlichen Stimmlage gab es überall, und dann standen da noch all die Söhne und Töchter mit den schönen jugendlichen Stimmen in den Startlöchern. Aber er war ein Könner, vielleicht der Beste, und vor Dilettanten musste er sich nicht fürchten, in seiner Branche teilten sich die immer gleichen dreißig bis vierzig Leute die Jobs. Ein schnöder Schönklang genügte nicht, um etwas zu erreichen. Da musste er ja nur mal Teresas Lebenslauf betrachten. Sie hatte auf ihre Schönheit gesetzt – was für ein Fehler! Dumm, die Weiber!, hörte er sich mit der Stimme seines Vaters denken.

Allerdings hatte Teresa tatsächlich ein so penetrant schönes Gesicht, da reichte noch immer ein Blick und den Typen lief das Serotonin wie Sabber im Hirn über.

Um einen guten und interessanten Charakter zu bekommen, war es allerdings erforderlich, mehr für die Zuwendung anderer zu tun. Ture hatte seinen damals unerhört dicken Körper mittlerweile im Griff, perfektionierte ihn fortwährend. Aber immer, wenn er mit einer Frau schlief, überfiel ihn hinterher schlagartig ein zwei, drei Tage anhaltendes Durcheinander, eine Unruhe oder sogar Depression, die sich über ausufernde Wut einen Ausweg suchte. Alles, was ihn sonst nur ärgerte, steigerte sich postorgasmisch zu einer unerträglichen Gereiztheit und einem mannigfaltigen Hass auf die staubsaugende Nachbarin, die bloße Existenz der WG im ersten Stock oder den leeren Joghurtbecher im Mülleimer. Er wurde zu einem feindseligen Menschenkrampf. Und am meisten hasste er die Frau, die er kurz zuvor noch begehrt hatte. Je größer das Vergnügen gewesen war, desto mehr widerte sie ihn an. Dieses Gefühl verging erst nach ein paar Tagen, dann empfand er Sehnsucht nach körperlicher, Trost spendender Nähe. Aber die Frauen wollten ihn sicher nicht wiedersehen, er hatte es nie darauf ankommen lassen.

Vor zwei Jahren hatte er zum letzten Mal Sex gehabt. Daran mochte er gar nicht zurückdenken. Er hatte die Frau, kaum war er gekommen, beschimpft, ob sie pervers sei, so zu schreien, dass alle es mitbekämen, und dann fortgeschickt. Gequält hatte er zugesehen, wie sie sich halbnackt davonmachte, während er sich selbst hatte rufen hören: Du Nutte, schläfst mit einem, den du keinen Tag kennst. Er hatte sie in dem Restaurant eines Hotels kennengelernt, in dem er in Köln wohnte, als er bei einem Fernsehsender ein Casting als Station-Voice hatte. Es hatte sogar geklappt. Zwei Jahre hatte er allein von dem Honorar alle seine laufenden Kosten decken können. Jetzt wollte der Sender sich verjüngen, frecher werden, und sie hatten ihn gegen einen Idioten ausgetauscht, der nicht mal eine klassische Ausbildung als Sprecher hatte. Die Frau, mit der er geschlafen hatte, hinterließ ihm an der Rezeption die Nachricht, sie wünsche ihm den Tod. Das gefiel ihm, er hätte sie gern wiedergesehen.

Mittlerweile allerdings würde auch diese Frau ihm keine anständige Erektion verschaffen können. Sein Unterbewusstsein schien ihn schon im Vorfeld vor den erschöpfenden postkoitalen Aggressionen zu schützen. Die Impotenz war nicht sein Feind, sie war ein zuverlässiger Schutz für sich und andere. Alles war in bester Ordnung. Die vollkommene Abwesenheit anderer Menschen war inzwischen sein einziges Aphrodisiakum. Und wenn er nur so für sich alleine kam, waren die Verstimmungen erträglich, beinahe war es nur eine Art schlechte Laune, die ihn ohnehin häufig überkam. Sie hielt nur ein paar Stunden an. Er fragte sich, wie andere Männer nach dem Orgasmus entspannt sein konnten. Manchmal machte Ture danach an die hundert Liegestütze oder boxte gegen einen Sandsack im Schlafzimmer, um die überschüssige Aggressivität loszuwerden und endlich einschlafen zu können. Vielleicht war es eine hormonelle Angelegenheit, vielleicht ließ sich das behandeln, aber zu welchem Arzt sollte er damit gehen? Eine Freundin seiner Mutter hatte mal an postnatalen Depressionen gelitten, das erinnerte ihn ein wenig daran. Aber konnte man sich als Mann einen Termin bei einem Gynäkologen geben lassen?

Ture wollte nach seiner Hantel greifen. Sie lag jedoch nicht an ihrem Platz in der weißen Kiste direkt neben dem Bücherregal. Es irritierte ihn, er hatte gestern zwar darüber nachgedacht, sie in Zukunft an einem anderen Platz aufzubewahren, konnte sich allerdings nicht daran erinnern, sein Vorhaben in die Tat umgesetzt zu haben.

Er lief in den Flur und fand die Hantel in einer anderen Kiste neben dem Schuhregal, dort, wo er erwogen hatte, sie hineinzulegen. Sein Herz schlug schneller und er sah, dass sich die Pusteln auf den Innenseiten seiner Unterarme ausgebreitet hatten.

Es klingelte schon länger leise an der Tür. Ture bemerkte es erst jetzt. Bevor seine Schwester vorbeikam, stellte er den Klingelton jedes Mal auf die niedrigste Stufe, da sie immer mehrfach hintereinander draufdrückte und dann noch einmal extra lang. Ture betätigte den Türöffner, ging zurück ins Bad und schmierte eine dünne Schicht kühlendes Aloe-Vera-Gel auf die Pusteln. Erst als er schon wieder auf der Couch saß, kam Teresa keuchend hineingepoltert.

»Puh, was ist mit dem Scheißfahrstuhl los? Haben die Leute in diesem Haus nicht alle genug Kohle, um das Ding reparieren zu lassen?«

Teresa trug ihre Haare offen, und ein klitzekleines, gerüschtes Oberteil bespannte ihre Brüste, der bunt gepunktete Rock schleifte über den Boden. Ture machte den Fernseher lauter.

»Haaallo! Geht's dir gut?!«, brüllte sie.

»Hast du die Tür zugemacht?«, fragte er.

»Natürlich.«

»Nur weil es nicht geknallt hat, meine ich …«

»Du bist so ein Arsch«, sagte Teresa und verschwand dann, wie immer, für eine Weile im Bad. Er hörte sie lange duschen und vermutete, dass sein kostbares Lavendelduschgel nun leer war.

Sie kam in einer engen, kurzen Jeans und einer roten Seidenbluse zurück ins Wohnzimmer, warf sich mit einem affektierten Seufzer neben ihn auf die lange blassgraue Couch und machte sich eine Zigarette an.

»Neiiin!«, sagte Ture wie zu einem Tier oder Kleinkind. Er betrachtete ihre schmalen Füße und wurde ein wenig sentimental.

»Ach komm, eine«, sagte sie und lächelte wie ein kleines Mädchen.

»Du kannst auf dem Balkon rauchen. Das weißt du doch.«

Teresa schlurfte in die Küche, kam mit einem unsinnig großen Teller zurück und setzte sich damit auf den Balkon, die Tür weit offen.

»So zieht die ganze Hitze rein!«, rief Ture.

»Jetzt hör aber mal auf, hier ist schon seit dem Nachmittag nur noch Schatten. Mach doch mal den Fernseher aus oder zumindest einen Musiksender oder so an.«

»Ich arbeite.«

»Ach ja?!«

»Ich muss gucken, ob die da den Fertigteigspot noch mal zeigen, jemand meinte, er hätte das gesehen. Neulich.«

Teresa drückte ihre Zigarette auf dem Essteller aus und schloss die Balkontür hinter sich. Sie setzte sich ganz dicht neben ihren Bruder, umarmte ihn, gab ihm Küsse auf den Kopf und fing an, ihn zu kitzeln. Er stieß sie weg, dann lachte er ein bisschen. Ihre körperliche Nähe tat gut, sie war so weich und roch dezent nach Grapefruit. Er schaute auf seinen Arm, die Pusteln waren verschwunden. Teresa legte sich eingerollt auf die Seite, den Kopf auf seinen Schoß, und schwieg, bis der Werbeblock vorbei war. Er flocht ihre Haare sorgfältig zu vier Zöpfen, das entspannte sie beide immer.

Teresa begab sich in den Schneidersitz, tippte auf ihrem Telefon herum, hielt Ture ein verschwommenes überbelichtetes Foto zu dicht vors Gesicht und sagte: »Du musst meine neue Freundin Stephanie kennenlernen, sie wird dir gefallen.«

»Was macht sie beruflich?«

»Sie ist Personal Trainerin. Hat einen unglaublichen Körper, so zierlich-drahtig, aber mit Brüsten. Ist fast zehn Jahre jünger als unsereins, merkt man aber kaum. Sie hat so 'ne lässig freundliche Attitüde, sieht einem kaum in die Augen, aber wenn, dann richtig, und sie hat tolle Haare, ihr Vater ist aus Kamerun! Du bist bestimmt ihr Typ, sie mag distanzierte Männer mit harten Körpern.«

»Du trainierst?«

»Ja, ab und zu, Almut meinte, ich muss da langsam mal was machen. Stephanie hat mir auch für zu Hause ein Programm zusammengestellt, aber ich hab nie Lust, das durchzuziehen. Und sie meint, ich solle mit dem Trinken aufpassen, nicht nur weil das dick macht. Aber ich hab ihr gesagt, ich bin kein Suchttyp. Sonst wäre ich doch schon längst in einer Klinik gelandet.«

Ture schaltete den Fernseher auf lautlos. »Sag mal, kennst du das, dass man irgendetwas gemacht hat und sich nicht mehr daran erinnern kann?«

»Ja, passiert mir ständig. Wieso?«

»Nein, ich meine nicht Rausch oder Schluderigkeit. Eher das

Gegenteil … Dass du plötzlich was aufgeräumt oder umgestellt hast, zum Beispiel in deiner Wohnung, ohne dass du dich daran erinnern kannst?«

Teresa grinste. Es beunruhigte ihren Bruder schon seit der Pubertät, wenn er sich nicht an alle Details des vorvergangenen Tages erinnern konnte. Manchmal hatten sie, wenn sie nach der Schule zu zweit beim Mittagessen in der Küche saßen, so ein Spiel gespielt. Es hieß »Übergestern«, und Ture hatte immer gewonnen. Teresa konnte das Spiel nicht leiden, sie hatte sich nur ihm zuliebe immer wieder darauf eingelassen. Man musste möglichst viele Dinge aufzählen, die man tags zuvor getan hatte oder die passiert waren, dabei war es egal, ob es Ereignisse aus den Nachrichten waren oder ob die Nachbarn sich angebrüllt hatten.

»Was siehst du mich so abschätzig an? Weißt du nun, was ich damit meine oder nicht?«, fragte Ture verunsichert. Teresa nahm seine Hand: »Man muss sich nicht an alles erinnern. Es reicht doch, sich das Wichtigste zu merken, und ich glaube, das passiert ganz von selbst.«

»Aber stell dir vor, ich mache irgendwann etwas Schlimmes, ohne mich zu erinnern.«

»Du meinst wie Edward Norton in *Fight Club*?«

»Du weißt doch, dass ich nie Filme gucke, die mir von allen Seiten empfohlen werden.«

»Das ist so unglaublich albern von dir.« Teresa überlegte, ob sie ihm überhaupt von dem Filmprojekt erzählen sollte. Ihm war ihre berufliche Zukunft doch sowieso …

»Worum geht es denn in deinem Filmprojekt?«, fragte er.

»Woher weißt du davon?«

»Du hast meine Mailbox damit vollgetextet.«

»Ja? Hab ich?«

»Ha!«, Ture sprang auf. »Siehst du! Du erinnerst dich nicht, das ist doch beunruhigend, oder?!«

»Nein, eigentlich nicht. Dadurch entsteht ja kein Schaden oder so. Soll ich uns mal einen Tee machen?«

Ture verschränkte die Arme und antwortete nicht. Teresa ging in die geräumige Küche und hörte noch, wie ihr Bruder immer wieder »Pah« sagte. Vielleicht eine seiner Sprechübungen.

Als Teresa nach dem Wasserkocher griff, bemerkte sie, dass ihre Handinnenfläche von der durchsichtigen Schleimschicht überzogen war. Sie versuchte, den geruchlosen, unsichtbaren Schleim mit einem Küchentuch zu entfernen, und hielt die Hand dann immer wieder unter heißes Wasser. Die Hand wurde knallrot und schmerzte, aber der Schleim verschwand nicht. Egal, egal, egal, dachte Teresa, während ihr Bruder im Wohnzimmer mittlerweile immer wieder »Ptk!« machte, was eindeutig einer Sprechübung zuzuordnen war.

Teresa streckte sich, versuchte eine Yogaübung, die ihr Stephanie empfohlen hatte, und verlor sofort das Gleichgewicht.

Sie dachte an Dirk Manstein, an den kurzen zärtlichen Kuss im Mahoni, er hatte dann ihr Armgelenk gepackt und sie nicht losgelassen bis zu seinem Auto. Später in seiner Wohnung, schon nackt, hatte Teresa Rotwein zwischen groben Küssen getrunken und hätte gerne mehr Zeit gehabt, um noch betrunkener zu werden, um seine Fremdheit besser auszuhalten.

Die Sache hatte Spuren hinterlassen, überall an ihrem Körper schmerzten wunde Stellen, vor allem an den Brüsten und den Oberschenkeln. Dirk Manstein war am ganzen Körper rasiert, nicht ganz frisch, wie er sich währenddessen entschuldigte. Die Stoppeln machten ihr etwas aus, aber sie hatte irgendeinen Spruch gebracht, und sie hatten zusammen gelacht. Hinterher war sie ohne ein weiteres Glas des tiefschweren Rotweines eingeschlafen. Der wunde Schmerz verschaffte ihr ein beruhigendes Gefühl der unverschuldeten Kränklichkeit, eine der angenehmen Erinnerungen an die Kindheit.

Teresa brach die Rekonstruktion der letzten Nacht ab, sie hatte bereits gewirkt, der Schleim war verschwunden, und sie musste sich wieder um ihren Bruder kümmern.

Wenn die Sache nicht bis zum Casting nächsten Monat verschwunden wäre, könnte sie notfalls in die Nordheide zu Dr. Matolo fahren. Dem würde hoffentlich irgendwas einfallen. Aber die Sitzungen gingen ganz schön ins Geld, und derzeit konnte sie nicht einmal ihre Miete zahlen. Vielleicht fand sie nachher im Bad ihrer Mutter ein wenig Lexotanil.

Teresa goss zwei Eisenkrauttee auf und legte Vollkornkräcker auf die Untertassen.

Ture stand vor dem Fernseher und trainierte mit seiner größten Hantel. Teresa stellte den Tee auf den Tisch und sagte: »Diese Rolle wäre wirklich eine Chance. Ich könnte wirklich mal zeigen, was ich kann.«

»Wenn du andauernd ›wirklich‹ sagst, wirken deine Aussagen nicht überzeugend.«

»Du bist gemein.«

»Vielleicht bist du nicht überzeugt, etwas zu können.«

»Bin ich ja auch nicht«, sagte sie und zog sich einen eingerissenen Fingernagel ab.

»Bärbel hat ja mal wieder fürs Kino gedreht.«

»Was denn?«

»Keine Ahnung, aber ich glaube, sie hat was mit dem Regisseur.«

»Ach ja, warum?«

Ture zuckte mit den Schultern und verließ das Wohnzimmer. Teresa rannte ihm nach.

»Was, wer? Woher weißt du das? Was ist mit Mahmoud?«

»Den hab ich schon länger nicht gesehen, der hat jetzt eine Praxis auf Ibiza, wahrscheinlich, um endlich von ihr loszukommen. Also, sie hat letztes Jahr in Hamburg mit diesem jungen Regisseur gedreht, und neulich saß der mit ihr in der Küche, als ich spontan vorbeikam, und sie rannte in dem kurzen Morgenmantel rum und sprach mit dieser Hauchstimme. Außerdem hat er auf ganz dicke mit den Beagles gemacht, da bin ich schnell wieder weg.«

»Hat Vanilla gewinselt?«

»Nein, ich sag's ja, der war schon oft da, und der Typ ist noch jünger als Mahmoud. Keine vierzig, ich glaub, es ist sein erster langer Film.«

»Hieß der Darko?«

Ture legte die Hantel ganz bewusst zurück in die Kiste draußen auf dem Flur, er merkte sich jede Bewegung, die er dabei machte. Dann setzte er sich zurück auf die Couch, ohne zu antworten. Teresa lief ihm nach.

»Hieß er Darko?!«

»Kann sein, ich weiß nicht, aber er hatte einen österreichischen Akzent. Er wird heute Abend sicher da sein.«

»Das wäre echt beschissen, wenn sie mit dem fickt. Das ist vielleicht der Typ von der Assistentin der Produktionsfirma, bei der ich in ein paar Wochen das Casting habe.«

Seine Schwester hatte glühend rote Wangen und blinzelte unnatürlich häufig, wie immer, wenn es um Bärbel ging. Sie begann in diesem hässlichen riesigen gelben Ledersack zu wühlen, den sie Tag und Nacht mit sich herumschleppte. Feierlich legte sie schließlich ein Manuskript auf seinen graumelierten Juteteppich und murmelte etwas vor sich hin. Ohne ein Wort stand Ture auf und ging in den Flur, um nachzusehen, ob die Hantel noch dort war, wo er sie eben erst hingebracht hatte. Teresa rief ihm irgendwas nach, das er nicht verstand. Es war ihm egal. Wichtig war nur die Hantel, die zu seiner Erleichterung noch genauso dort in der Kiste lag, wie er sie hineingelegt hatte. Zum ersten Mal an diesem Tag ging es ihm gut.

Teresa schrie: »Wie kannst du einfach aus meinem Sichtfeld verschwinden, während ich dir von diesem neuen lebenswichtigen Drehbuch erzähle. Warum verlässt du überhaupt das Zimmer, wenn ich mit dir spreche?!«

»Entschuldige bitte«, sagte er und kehrte schnell wieder zurück zu ihr. »Bitte, bitte nicht schreien. Es tut mir leid.«

Er nahm sie fest in den Arm und erzählte ihr von dieser Sache mit den Gegenständen, dass er sich oft nicht erinnern konnte, etwas woanders hingelegt zu haben. Und auch, dass er neulich Nacht von einem verbrannten Geruch aufgewacht war und im Halbschlaf ins Treppenhaus gelaufen war und dann begriffen hatte, dass der Geruch aus seiner Küche kam und eine Platte des Kochfelds in der Küche glühte. Dabei hatte er sich vor dem Schlafengehen nicht einmal etwas zu essen gemacht. Sie kannte ihn, sie musste wissen, wie sehr ihn all das beunruhigte.

Teresa redete mit ihrer Kinderstimme auf ihn ein: »Aber du hast dir doch jedes Mal vorgestellt, einen Gegenstand woanders zu plazieren. Du hattest dich dazu entschieden und kannst dich bloß nicht an die Aktion erinnern. Das macht überhaupt nichts.«

»Ja, ja, das stimmt, vielleicht.«

Er war tatsächlich ein bisschen erleichtert.

»Oft glaubt man, man habe sein Handy noch nicht eingepackt, und dann ist es schon in der Tasche, es ist dasselbe Phänomen«, fuhr sie fort.

»Das ist die Routine«, wandte er ein.

»Ja, aber dass du zum Beispiel die Herdplatte angemacht hast, ohne dich daran zu erinnern, ist doch im Grunde nichts anderes, oder? Hattest du vielleicht unbewusst Hunger?«

»Schon möglich. Aber ich wollte sicher nicht kochen, du weißt, wie ich mich ernähre«, sagte Ture. Er aß nur kalte Speisen, da der Körper Energie aufbringen musste, um die Temperatur auszubalancieren. So konnte er bereits bei der Nahrungsaufnahme Kalorien verbrennen. Das meiste aß er sogar roh, wegen der höheren Nährstoffdichte und da beim Erhitzen mancher Lebensmittel krebserregende Stoffe entstanden. Und der Energieaufwand bei der Verdauung roher Speisen war weitaus größer, ebenfalls ein Trick zur beiläufigen Gewichtsreduktion. Nur manchmal kochte er Wasser, wegen der Glasnudeln, die man quellen lassen musste, um sie dann kalt weiterzuverwenden. Dafür benutzte er aber den Wasserkocher.

Teresa sagte: »Ach, jetzt mach dir nicht so einen Kopf, bestimmt hast du insgeheim von einem heißen fettigen Essen geträumt. Dadurch bist du nostalgisch und selbstvergessen und wie ferngesteuert zum Herd gewandelt.«

»Willst du mich verarschen?«

Teresa grinste und rief gespielt empört: »Nein! Früher hast du doch immer Pommes für uns gemacht, wenn wir aus der Schule kamen. Dazu gab es Tiefkühlerbsen mit Butter und Würstchen und deinen selbstgemachten Ketchup.«

Kohlehydrate mit tierischem Fett würde er nie wieder essen, dachte Ture, schüttelte sich und fragte: »Erinnerst du dich? Die Tinn-Kinder haben auch oft mitgegessen. Francisco und Annabelle.« Teresa sah ihn überrascht an und nickte. Ture schloss die Augen und stellte sich vor, wie es sich angefühlt hatte, dick zu sein, es gelang ihm mühelos. Er strich über seine Bauchmuskeln, dann griff er nach dem Papierbündel, das seine Schwester vorhin ausgepackt hatte: *The Last Relative …* stand darauf.

»Englisch?«

»Ja, es ist aber bloß der Arbeitstitel, eine internationale Produktion, und ich werde für die Rolle der Mara gecastet. Das ist die Hauptrolle.«

Ture sah sie ungläubig an.

»Wen hast du dafür gebumst?«

»Was soll das? Der Produzent hat mich einfach angesprochen, er fand, ich hätte was von Asia Argento.«

»Na ja, ich weiß ja nicht«, sagte Ture arrogant.

»Weißt du überhaupt, wer das ist?«

Er antwortete nicht und schlug das Script auf.

»Worum geht es darin?«

»Eine Frau reist etwas verspätet zu einem Familientreffen in die Bretagne und findet niemanden ihrer Familie vor. Spuren weisen auf eine brutale Verschleppung hin. Nun muss sie sich in Sicherheit bringen und parallel herausfinden, was passiert ist, um das Leben ihrer Angehörigen zu retten.«

»So 'ne Art *Kill Bill*?«

»Ich dachte, du guckst keine Filme?!«

»Na, da war ja das Marketing so penetrant, da musste man den Film gar nicht mehr sehen. Jetzt erzähl schon weiter, klingt fast spannend.«

»Ok, also, Mara erhält ein mysteriöses Schreiben, in dem steht, ihre Abwesenheit sei Teil eines Plans gewesen. Die Bombendrohung, wegen der ihr Flugzeug erst Stunden später starten konnte, war also kein Zufall. Der Grund, warum sie verschont wurde, war, dass sie keine Ahnung von dem geheimen Drama ihrer Familie hatte. Findet sie es raus und bringt die Sache in Ordnung, kommen alle frei. Sonst werden alle getötet.«

»Harter Stoff.« Ture räusperte sich mehrmals.

»Ja, und ich soll mich auf die Szene vorbereiten, nach der ich den Brief bekommen habe und darüber mit dem Kommissar spreche.«

»Willst du die Rolle denn spielen?«

»Klar, was ist das denn für 'ne Frage?«

»Du wirkst ein wenig deprimiert, seit du das Script aus deinem gelben Sack geholt hast.«

»Ja, vielleicht. Hab eben keine Ahnung, ob ich das packe. Heute Morgen war ich noch euphorisch, aber im Lauf des Tages merkte ich, dass ich nicht weiß, wie ich mich darauf vorbereiten soll, außer den Text auswendig zu lernen.«

»Bitte doch Bärbel um Hilfe.«

Ture grinste, und Teresa kniff ihn fest in die dünne Haut des Unterarms. Er schien es gar nicht zu bemerken und sagte: »Du musst deine eigenen Empfindungen zulassen, vor allem deinen Schmerz. Finde etwas heraus, das dich unerträglich tief berührt. Damit kannst du dann arbeiten.«

»Was meinst du?«

»Etwas, das substantiell zu deiner Geschichte gehört, vielleicht sogar andere Familienmitglieder betrifft.«

»Dich und mich?«

»Uns alle. Schon lange. Seit du zuletzt geliebt hast. Ohne dich zu fürchten.«

Teresas Hände begannen zu zittern, der Schleim kroch zwischen ihren Zehen hervor, über ihre Füße, bewegte sich ungewöhnlich schnell hoch über die Knöchel bis zu den Waden. Ture nahm ihre eiskalten Hände, rieb sie, bis sie sich wieder erwärmten.

Teresa fragte: »Wie kann das, was so viele Jahre zurückliegt, mir noch schaden?«

»Erinnerungen kontrollieren dich, solange du dich vor ihnen fürchtest. Dein ganzes Handeln ist mehr oder weniger eine

Flucht. Sich etwas Schmerzhaftes nicht einzugestehen, beansprucht viel Kraft. Und alle Gefühle laufen auf Sparflamme, auch die guten.«

Ture küsste seine Schwester auf beide Hände, stand auf und öffnete die Balkontür. Teresa zog die Beine dicht an ihren Körper und stützte das Kinn auf die Knie. Beide schwiegen sie ein paar lange Minuten, während sich draußen der Himmel verdunkelte. Er winkte sie zu sich, und als sie dicht neben ihm in der Tür stand, schob sich die dunkelgraue Wolkenfläche von allen Seiten her über der Stadt zusammen. Man konnte das Gewitter schon hören, und ein angenehm kühler Wind zog auf. Ture sagte: »Siehst du, dort!«

Die Schlupfwespe näherte sich, steuerte geschickt das Loch am Ende des Bambusrohrs an und verschwand.

Teresa erinnerte sich an die lebendigen Käfer im Setzkasten ihres Bruders und in ihrem Barbiehaus, an die Fruchtfliegen, die er in Marmeladengläsern auf der Heizung gezüchtet hatte, die Mehlwürmer in den Nudelgläsern auf seiner Fensterbank und die Regenwürmer in der Badewanne, die Grashüpfer auf dem Flur, den Treppenstufen, die Heuschrecken, gefangen in der Speisekammer, und die Nacktschnecken auf dem letzten gemeinsamen Bett ihrer Eltern. Und sie erinnerte sich an den Tag, als auf der Wange von Francisco Tinn eine riesige Wespe landete.

Die Tinns hatten in derselben Straße in einem Mietshaus gewohnt. In Nicaragua hatten Viola und Götz, die besten Freunde ihrer Eltern, den einjährigen Francisco aus einem Waisenhaus geholt und mit nach Deutschland gebracht.

Francisco und Teresa verbrachten fast jeden Tag ihrer Kindheit miteinander, trotzdem war er nie so etwas wie ein Bruder geworden.

Teresa spürte wieder genau den Schmerz von vor zwanzig Jahren, als er gesagt hatte, er würde mal ein blondes Mädchen heiraten.

Den ganzen Tag über waren sie im Garten der Kuglers gewesen und hatten sich geküsst, während Ture in der Sonne lag und sich ein Waffeleis nach dem anderen aus der Küche holte. Teresa lag auf Francisco und spürte zum ersten Mal einen harten Schwanz. In diesem Moment sagte er, sie solle sich bloß keine Hoffnungen machen, er würde auf jeden Fall eine Blondine heiraten. Als Teresa aufstand und sich abwandte, packte er sie und kitzelte sie durch, lachte, küsste sie, als wäre nichts gewesen. Plötzlich war eine Wespe auf seinem Gesicht gelandet. Als Teresa versuchte, sie sanft wegzuschieben, stach sie zu.

Ture stand über sie gebeugt und brüllte, sie hätte einfach gar nichts tun sollen, dann wäre die Wespe schon wieder abgehauen. Er war damals unfassbar dick und selbstbewusst gewesen. Franciscos Gesicht schwoll innerhalb weniger Sekunden so stark an, dass die Haushälterin den Notarzt rufen musste. Als der Krankenwagen vor dem Haus hielt, war schließlich auch Franciscos Schwester Annabelle wie aus dem Nichts am Straßenrand aufgetaucht. Sie schien von der Szenerie nicht beunruhigt zu sein, und Teresa meinte sogar, die Winkel ihres schmalen Mundes hätten sich kurz zu einem Lächeln verzogen. Das Mädchen stand meistens nur da, starrte wie in Trance durch einen hindurch oder trieb sich geräuschlos irgendwo anders im Haus oder auf dem Grundstück der Kuglers herum. Sie war nie Teresas Freundin geworden, sie war bloß ein frühreifes Mädchen mit einer unerträglich gleichgültigen Ausstrahlung.

Knapp dreizehn waren sie damals gewesen und Francisco ein Jahr älter. Teresa hatte beschlossen, niemals wieder jemanden zu lieben. Und so war es gekommen. Sie hatte sich nur trösten lassen, all die Jahre, seit sie vierzehn geworden war und die Jungs scheinbar über Nacht durchdrehten, einfach nur, weil sie existierte.

Ture zog Teresa fest an sich, Donner grollte dumpf und lange, zwei Blitze zuckten über einem entfernten Stadtteil, nur ein paar einsame Tropfen schnellten an Tures Balkon vorbei.

Teresa fragte: »Warum haben Bärbel und Dietrich uns damals so plötzlich den Kontakt mit den Tinn-Kindern verboten?«

»Ja, das ist seltsam gewesen, woran kannst du dich noch erinnern?« , fragte er abwesend.

Teresa fragte: »Warum hatten unsere Eltern auch keinen Kontakt mehr zu den Tinns? Zu Götz und Viola. Ich liebte Viola, sie war ganz anders als Bärbel, so sanft, und mein zweiter Name ist Viola. Sie haben so viel miteinander erlebt, allein das Jahr in Nicaragua. Viola ist bei unserer Geburt dabei gewesen, weil Dietrich irgendwo weit draußen auf den Feldern geholfen hatte. Sie waren jahrelang enge Freunde, haben an fast allem teilgehabt und sind dann so plötzlich weggezogen. Es gab nicht mal ein Abschiedsfest … Seit wann wohnt Papa im Dachgeschoss?«

»Seitdem«, sagte Ture ganz leise.

»Sind unsere Eltern eigentlich noch ein Paar?«

»Ich habe nicht den Eindruck«, antwortete Ture.

»Warum leben sie dann noch unter einem Dach?«

»Sie liebt ihn, und er ist pleite.«

IM DACHGESCHOSS DER ERINNERUNGEN

Dietrich Kugler saß in Boxershorts am Computer vor der geöffneten Datei seines Werks *Kapitalismus und Hautkrankheiten* und drückte immer wieder auf die Speichertaste.

Ein leichtes Sodbrennen belästigte ihn, seit er den Computer hochgefahren hatte. Wegen der Hitze in der letzten Nacht hatte er nicht ausreichend schlafen können und deshalb bis in den Nachmittag geruht. Er hüstelte, der alte Ventilator surrte nicht nur laut, er unterkühlte einen, statt einen abzukühlen. Das Ding richtete seinen Luftwirbel direkt auf die empfindliche Schlundgegend, egal wo man ihn im Raum plazierte. Aber ihn ausschalten hätte hier oben im Dachgeschoss ein Hitzefrei ausgelöst. Das konnte er sich nicht leisten. Fast täglich arbeitete er an seinem Werk, mindestens einmal am Tag öffnete er die Datei, um sich zu versichern, dass der Computer nicht von Viren befallen war.

Heute würde die erforderliche Konzentration kaum möglich sein, denn es sollte mal wieder ein albernes Wichtigtuergartenfest seiner Frau abgehalten werden. Sicher würde er nicht einschlafen können, da all ihre versoffenen Künstlerfreunde auch unter der Woche gern lang aufblieben und manchmal sogar noch Substanzen konsumierten, die ihm schon in den Sechzigern nie gut bekommen waren.

Seine Frau brauchte ohnehin keine Hilfe, die Haushälterin hatte ihre Tochter mitgebracht, und außerdem waren zwei Freundinnen von Bärbel seit Stunden aufs Lauteste anwesend. Fürchterlich, diese Schauspielerinnen in den besten Jahren, die sich noch immer kokett gaben und zu glauben schienen, lautes Lachen erzeuge den Neid der Schlechtgelaunten. Unterficktheit und Eitelkeit, die ins Leere lief, waren die faktische Ursache des Gekreisches, sonst nichts.

Dietrich hatte sich mit Ohropax an den Computer gesetzt und immerhin drei nicht unwichtige Absätze eingefügt, wodurch sich die Anzahl der Seiten um eine erhöht hatte.

Er starrte auf die vierstellige Seitenzahl, der Text sollte übersichtlich bleiben, zumal noch immer nicht alles ordentlich und sinnvoll in Kapitel und Unterkapitel gegliedert war. Aber nichts und niemand drängte ihn, er gab sich dieser angenehmen Unterspannung nun schon so lange hin.

Vom kleinen feinen Lackel Verlag, mit dem er jahrelang in Kontakt stand, hatte er monatelang nichts gehört und war dann merkwürdig erleichtert gewesen, als dieser wegen Insolvenzverschleppung in die Schlagzeilen geriet.

Dietrich Kugler war noch lange nicht fertig mit dem Manuskript, denn er versuchte, bei seinen Ausführungen thematisch alles zu berücksichtigen. Stetig fand er im Internet Hinweise auf neue mysteriöse Hautveränderungen von Menschen in westlichen Ländern. Auch in Dritte-Welt-Staaten und insbesondere in den Schwellenländern wurden oft sehr junge Menschen von psychonervösen und durch die Folgen profitorientierter Umweltzerstörung beeinflussten Hauterkrankungen befallen. Dort, auf der menschlichen Oberfläche, dem größten Sinnesorgan, zeigten sich früher oder später alle organischen oder seelischen Schäden. Dietrich rieb mit dem Finger über die Schuppenflechte an seiner Kopfhaut und bröselte die Hautschuppen auf die Schreibunterlage unter der Tastatur. Er bewahrte bei aller Offensichtlichkeit seiner Misere die Ruhe, reagierte auf den Vorschlag seines Arztes, eine Psychotherapie zu erwägen, noch immer mit Gleichmut. Dietrich hielt die punktuelle Verschlimmerung seines Zustandes für eine logische Konsequenz, das gehörte zum langwierigen Prozess der Genesung. Wobei? Musste er überhaupt genesen? War vollkommene Gesundheit grundsätzlich erstrebenswert oder möglich? War das Ideal der absoluten Fitness nicht eher ein kapitalistisches Druckmittel, um Frust und Selbsthass zu erzeugen, um den Arbeitnehmer besser zu kontrollieren? Wie konnte man sich da besser wehren als mit einer Krankheit, die nicht lebensbedrohlich war, aber eben nicht schön anzusehen. Ein wirklich guter Trick der Seele, sich zur Wehr zu setzen!

Dietrich atmete tief durch und schloss die Augen.

Sein Rückzug ins Haus und dann ins Dachgeschoss hatte mit einer kleinen Stelle an der Hand begonnen, mit der sich seine Eitelkeit nicht vertrug. Er hatte keine Lust, sich an diese Zeit damals zu erinnern – drunter und drüber war es gegangen, nie wieder sollte ihm so der Verstand entgleiten. Die Konzentration auf *Kapitalismus und Hautkrankheiten* wirkte sich auf seinen psychischen Wellengang unvergleichbar beruhigend aus – nicht nur die direkte Arbeit daran, sondern vor allem das Wissen darum, dass er daran arbeitete, erfüllte ihn mit einem Frieden, den er sonst kaum mehr fand. Wohlgefühle überkamen ihn nur beim Hören des einen oder anderen Titels von Patti Smith oder beim Anblick der Schönheit seiner Tochter. Ihr Antlitz und Körper waren von einer Perfektion, die durch keine äußere Irritation gestört wurde. Nicht einmal während der Pubertät hatte Teresa ein Pickelchen gehabt, und selbst Schürfwunden, die sie sich beim Toben zugezogen hatte, verheilten in rasendem Tempo und hatten nie auch nur eine kleine Narbe hinterlassen.

Seine eigene Haut hingegen potenzierte jegliches Leid, sie war nicht in der Lage zu absorbieren oder zu fungieren wie ein Blitzableiter. Gut, dass er sich damals aus der allgemeinen Arbeitsmühle zurückgezogen hatte und fremdgesteuertem Leistungsdruck aus dem Weg gegangen war. Er musste sich nicht mehr mit anderen messen und sich mit deren Profilneurosen herumärgern. Die Studenten waren ihm meist auch auf die Nerven gegangen, und seine Seminare waren nie besonders voll gewesen, weil er ja keinen ach so tollen Unterhaltungswert hatte. Mangelnde didaktische Fähigkeiten und zunehmende inhaltliche Wirrnis hatte man ihm zuletzt offen vorgeworfen, was für eine Farce! Eine bis dahin geschätzte Kollegin wollte bei einem Kaffee mal eben wissen, ob er private Probleme hätte, und ein besonders frecher Student hatte ihm während eines Seminars vorgeworfen, er würde nur noch seinen eigenen Film fahren.

Zum Glück schrieb er nun ganz privat auf seinem eigenen Film das Buch, das die Welt aufwecken würde, wann auch immer.

Dietrich pulte wieder an seiner Kopfhaut. Die Schuppenflechte hatte sich ausgerechnet heute erheblich zurückgezogen. Deswegen hatte er keine Ausrede gegenüber Bärbel. Sie legte bei passender Gelegenheit Wert auf die Darstellung einer intakten Ehe. Den Gefallen tat er ihr ab und an. Immerhin kam sie für ihn auf, und es war ein Kinderspiel zu tun, als sei alles so weit in Ordnung. Kurzum, er musste irgendwann im Laufe des Abends runter in den Garten und ein bisschen in der Gegend herumstehen, das eine oder andere Schwätzchen halten, Bärbel im Vorbeigehen an sich drücken und irgendeine verbal aufgeplusterte Speise loben, wie letztes Mal diese sogenannte Chantillysuppe, die sich als einfache Erbsensuppe entpuppt hatte, haha! Extra laut geschlürft hatte er den Sippsch. Nichts wusste Bärbel genauer über seine Essgewohnheiten, als dass er Erbsen hasste, diese unerträgliche Süße dieses kullerigen Gemüses mit Kindergartencharme, pfui Deibel!

Bevor Dietrich Word beendete, sah er sich seine bisher skizzierten Kapitelüberschriften noch einmal durch. Dreiundzwanzig Seiten machten diese aus, Schriftgröße zehn.

Seit er nun auch das Internet nutzte, war die Sache vielleicht doch ein wenig aus den Fugen geraten. Aber nun, was sollte es, sein Projekt war eine Herzensangelegenheit, im Prinzip eine therapeutische Maßnahme – für ihn als Einzelnen und somit für die ganze Menschheit. Das war seine Maxime. Dessen war er sich bewusst. Er ging zu seiner Camping-Kühlbox und holte den letzten roten Wackelpudding und einen Löffel heraus. Der verklebte Teelöffel roch süßlich, aber nicht verdorben. Jetzt erst fiel ihm auf, dass er ein wenig hungrig war, außer einem starken Chai und zwei Tuc nach dem Aufstehen hatte er noch nichts zu sich genommen.

Dietrich konnte sich tagelang nur von Tuc und Apfelsaft ernähren. An apple a day keeps the doctor away! Und diese Kräcker hatte er in den Achtzigern während eines Geburtstagsfests seiner Kinder für sich entdeckt. Sie enthielten außer schmackhaft nahrhaftem Weizenmehl, Malz, Zucker, Sirup, Fett und Ei auch noch das vielseitige Backtriebmittel Natriumhydrogencarbonat, das sich ausgesprochen positiv auf den Magensäurehaushalt auswirkte.

Zufrieden betrachtete Dietrich seinen drahtigen Körper in dem alten Standspiegel aus Teresas Kinderzimmereinrichtung. Vor zwei Monaten erst hatte er das alte Teil aus dem Keller geholt und aus Sentimentalität die Barbie- und Captain-Future-

Aufkleber drangelassen. Dietrich fühlte sich seiner Tochter immer sehr nah, sie war die Einzige, die ihn so akzeptierte, wie er war. Nie nervte sie ihn mit Kritik. Kritik konnte er nun wirklich nicht gebrauchen. Er selber war ja auch allem und allen gegenüber tolerant, leben und leben lassen! Bärbel stellte diese Haltung auf eine Stufe mit Beliebigkeit, ihre Kleingeistigkeit hatte ihn schon immer enorm abgeturnt. Schade, denn gewissermaßen wünschte er, Verständnis für Bärbel und ihre Spießigkeit zu haben, er wünschte Verständnis für alle anderen Menschen auf dieser Erde zu haben – sogar für die schlechten. Jeder konnte an die Schwelle gelangen, bei deren Übertretung die Bedeutung von richtig und falsch durch ein Wirrwarr an tatsächlichen Bedürfnissen, gesellschaftlichen Zwängen und schmerzhaften Enttäuschungen in nur einem Moment zugunsten der Erleichterung aufgehoben wird.

Er strebte nicht danach, besser zu sein als irgendjemand anderes. Und auch nicht reicher. Natürlich wäre er ohne Bärbel monetär aufgeschmissen, aber er gab ihr etwas zurück, sein Bleiben, ja, für sie blieb er an Ort und Stelle. Das war das Einzige, worum sie ihn damals gebeten hatte, als sie nicht mehr weiter wussten. Dabei hatte er gar nicht vorgehabt auszuziehen, sie waren beide nicht zum Alleinsein begabt.

Er hatte den Vorschlag gemacht, zunächst eine Weile auf dem Dachboden zu wohnen, und hatte sich nach und nach mit den alten, eingelagerten Sachen immer mehr eingerichtet. Fast ein Jahr lang schlief er in ihrem ersten gemeinsamen französischen Bett, daneben einen batteriebetriebenen Heizlüfter. Bärbel störte sich an dem Geruch des Schimmels an den Wänden, der immer in Dietrichs Haaren hing. Etwa Mitte der Neunziger war das. Schließlich engagierte Bärbel einen Trupp Arbeiter, die seine Wände unterm Dach isolierten, Dusche und Heizung einbauten, elektrische Leitungen verlegten, sogar einen Telefonanschluss und einen kleinen Fernseher bekam er. Nur Kühlschrank und Herd kaufte sie ihm nicht. Und so aßen sie noch ein paar Jahre fast täglich zusammen in der Küche Abendbrot.

Im Internet gab es verschiedene Möglichkeiten, an Möbel und Accessoires zu gelangen, Dietrich hatte Tauschmärkte entdeckt, eine wunderbar alte nachhaltige Methode. Es verschaffte ihm große Befriedigung, das alte, aber teure Zeugs auf dem Dachboden gegen Sachen anderer Leute einzutauschen, deren Geschichte er nicht kannte. Wenn ihm etwas missfiel, schickte er es nie zurück, denn er wollte den unbekannten Tauschpartner nicht enttäuschen oder gar verärgern. Er schickte den Kram stattdessen an seine Kinder und anonym an entfernte Verwandte oder Bekannte. Als alles Alte vom Dachboden verschwunden war, hatte er sich dem Keller zugewandt. Doch dort lagerten vor allem Unmengen von unantastbaren Erinnerungen, Spielzeug der Zwillinge, ihre Klamotten, die lustigen kleinen Kinderzimmermöbel. Andere verschenkten solchen Kram, Bärbel hatte alles aufbewahrt.

Dietrich lächelte, eigentlich ging es ihm heute ganz gut. Deshalb hatte die Schuppenflechte sich auch in die Unsichtbarkeit unter seinen noch immer vollen Haaren verzogen.

Kurz bekam er sogar Lust auf das Gartenfest. Ein Gläschen Pinot Noir barfuß auf der kühlen, frisch gemähten Wiese und ein Zigarettchen mit seiner immer gut aufgelegten Tochter. Das würde ihm schmecken. Ture aber würde seine Nerven strapazieren. Wie so oft würde sein miesepetriger Sohn jeden Anflug von familiärer Kurzweil im Keim ersticken, und Dietrich hielt sich nur zu gern an die unausgesprochene Übereinkunft, sich – auch physisch – nicht mehr anzunähern als nötig.

Dietrich drückte erneut auf »Speichern«, schloss dann das Dokument und öffnete seinen E-Mail-Account. Die letzte Nachricht war von Bärbel, sie hatte ihm vor drei Wochen die offizielle Einladung zu dem Fest geschickt, das gerade in seinem Garten begann, und ein alter Kollege, Eberhard Merlau, hatte noch am selben Tag angekündigt, er würde am folgenden Sonntag bei einer Matinee aus seinem neuen Buch lesen, einem richtigen Roman! Hinter das Ausrufezeichen hatte er einen zwinkernden Smiley gesetzt. Dietrich wurde davon ein bisschen übel und er schickte als Antwort schnell die vorformulierte Abwesenheitsnotiz, die er für solche Fälle immer in den Entwürfen parat hielt. Dann machte er sich in der Küche erst mal einen Fencheltee. Nachdem er den Tee im Nieselregen auf der Terrasse ausgetrunken hatte, baute er sich einen kleinen Joint und klickte Eberhards E-Mail erneut an. Unter der Signatur und dem »Besten Gruß« stand noch, er würde sich wahnsinnig freuen, wenn Dietrich zur Matinee kommen könnte, und er habe ihn auf die Gästeliste gesetzt.

Dietrich recherchierte ein wenig und fand heraus, dass Eberhard bei Pomme & Tarbel unterschrieben hatte. Das war kein Verlag, sondern ein Konzern, der sogar Miteigner einer Drogeriekette war, die wegen Mitarbeiterschändung in Verruf geraten war.

Wie konnte er sich so verändert haben? Gut, es waren nahezu zwanzig Jahre vergangen, aber damals bei ihren nächtelangen Wodkasessions waren sie sich unterm Strich immer einig gewesen, dass jeder für alle und alles Verantwortung trage, selbst passiv. Und nun das! Das konnte man nicht durch den vermeintlich harmlosen Besuch einer Lesung unter den Teppich kehren, nur um einem alten Studienkollegen das Ego zu tätscheln … Und das auch noch in Verbindung mit einer stoffwechselfeindlichen Frühaufsteherei und womöglich in Gesellschaft trutschiger Frauen seines Alters, die mit krümeliger Wimperntusche und Sektfahne ganz verschossen um Eberhard herumhuschten.

Der Glaubwürdigkeit wegen ließ Dietrich seine behauptete Abwesenheit stets zwei Tage nach der angekündigten Veranstaltung enden. Er unterließ es, danach noch eine Nachricht zu schicken, die sein Bedauern, die Veranstaltung verpasst zu haben, ausdrückte.

Eberhard hatte ihn oder seine Anteilnahme nicht nötig, denn sein Roman bekam reichlich Aufmerksamkeit, neulich hatte er ihn im Fernsehen in einer lockeren Talkrunde entdeckt, die gar nichts mit Literatur zu tun hatte. Eberhard war dort auf seinem Stuhl herumgerutscht, als wäre ihm die Unterhose zu eng, und hatte dem jungenhaften Moderator unentwegt servil zugenickt. Seine Haare trug er zu lang, tiefschwarz gefärbt und mit einem merkwürdigen Scheitel à la Hitlerjugend.

Dietrich juckte es zwischen den Fingern, er stand auf, schüttelte sich und hüpfte mit eng anliegenden Armen von einem Bein aufs andere durchs Zimmer, um den Kreislauf in Schwung zu bringen. Er hüpfte mit wechselndem Tempo, es war eine selbsterfundene Sportart, die er Behop getauft hatte und die er gern zu der Musik von The Prodigy betrieb. Eine erstaunliche rhythmisch-aggressive Band, die seine Tochter als Teenager vergöttert hatte und die Bärbel noch heute in den Wahnsinn trieb.

Ging er für seinen Sport in den Garten, stellte er vorher die Box in die Dachluke und drehte voll auf. Hier oben musste er natürlich immer aufpassen, beim Hüpfen nicht mit dem Kopf an die niedrige Decke zu stoßen.

Sobald sein Blut durch die Adern schoss, konnte er das Hautgespenst, das seine Eitelkeit so sehr störte, manchmal bremsen, dabei hatte er sich früher auf das Alter gefreut. Er, der als junger

Dozent mit den weichen Gesichtszügen niemals den angemessenen Respekt bekommen hatte.

Seinen Hüpfsport übte er mehrmals die Woche im Garten aus und ignorierte sowohl Bärbels ständige Hinweise, er mache sich lächerlich, als auch das laute atemlose Lachen der Haushälterin hinter dem Küchenfenster.

Dietrich hüpfte im Viervierteltakt zur Dachluke und spähte hinaus in den Garten. Bärbel hatte die Haare frisch blondiert und trug den engen weißen Hosenanzug, bei dem sich ihre Schamlippen abzeichneten und in dem sie von weitem aussah wie Farrah Fawcett in ihren frühen Vierzigern.

Bärbel stand am Buffet und redete auf einen jungen hochgewachsenen Mann mit Kochmütze ein. In der Hollywoodschaukel fläzte ein mopsiger Flamencogitarrist und zupfte an seinem Instrument herum. Es roch bereits herrlich nach Gegrilltem, und der Rasen füllte sich allmählich mit all diesen Leuten, auf die Dietrich schon immer gut hätte verzichten können. Er sah in seine Kühlbox und verzehrte die letzte Ecke Paprika-Schmierkäse zusammen mit dem letzten Tuc, legte sich in seine Hängematte und dachte an Bärbel in dem Hosenanzug vor vielen Jahren, als sie mit dieser befremdlichen Kurzhaarfrisur nach Hause kam und er zum letzten Mal Lust gehabt hatte, mit ihr zu schlafen.

Aber das kam ja in den besten Familien vor. Sie hatte ihn nie gefragt, ob es ihn störte, dass junge Männer bei ihr quasi ein- und ausgingen. Es war ihm recht, er freute sich, dass die Jungs seine Aufgabe mit Verve übernahmen. Solange es keine altersgeilen Eberhards waren. Schon irre stark, diese Zeit, dachte er, auch Frauen hatten nicht mehr nur ihre Schönheit und Jugend als Währung zu bieten, sondern Erfolg, Anerkennung, möglicherweise Intellekt.

Das konnte es bei Bärbel nicht sein. Damals war sie auf diesen Dia- und Diskussionsabend zur Sandinistischen Revolution in Nicaragua bloß von irgendeinem albernen Rock-Band-Sänger mitgeschleppt worden. Als junge Schauspielerin wollte sie sich medial positionieren, links und revolutionär war eben in Mode.

Sie hatte einfach entzückend ausgesehen, Eberhard hatte immer eine Schwäche für sie gehabt und erst durch dessen Balzgehabe war Dietrich bei dem Umtrunk nach der Veranstaltung auf sie aufmerksam geworden. Es war ein Leichtes gewesen, ihr den Kopf zu verdrehen, und dann hatten Götz und Viola sich angeschlichen, sich ganz aufgeregt vorgestellt und Dietrich zugeflüstert, Bärbel sei eine berühmte Schauspielerin. Die Filme, die sie bis dahin gemacht hatte, waren nicht einmal unambitioniert, sie hatte sogar ein Vorsprechen in Frankreich bei Agnès Varda gehabt.

Plötzlich schnürte sich ihm die Kehle zu und auf seinem Kopf begann es fürchterlich zu jucken. Er rekonstruierte seinen Gedankengang und hielt bei Götz und Viola inne. Damals waren sie beste Freunde gewesen, und nun wusste er nicht einmal, in welchem Stadtteil sie wohnten. Dabei waren sie seit Studienbeginn an seiner Seite gewesen und hatten sich immer um ihn gekümmert. Was waren sie froh, als er, nach dem ewigen Drama namens Astrid, mit Bärbel endlich zur Ruhe kam und sie dadurch nun auch zu Premieren und Empfängen aller Art Zutritt bekamen. Seltsam, wie sie sich alle drei davon hatten beeindrucken lassen. Viola brach zu der Zeit den Kontakt zu Astrid ab, dabei waren die beiden Frauen seit der Schulzeit befreundet gewesen. Und er selber war so beeindruckt von Bärbels Popularität, Grazie und Grandezza gewesen, dass er ihr schon nach wenigen Monaten einen Antrag machte. Es hatte ihn nicht einmal abgehalten, dass er damals nach jedem Kneipenbesuch noch immer wie ein verliebter Junge an Astrid dachte. Selbst als er Vater geworden war und noch lange nach Astrids Tod sehnte er sich nach ihrem längst vergangenen Körper und diesem tiefernsten, lodernden Blick, mit dem sie ihn auch nach der Heirat gelegentlich in die Kiste bekommen hatte.

Dietrich beunruhigten diese Gedanken und er suchte überall nach seinem Taschenrechner, um auszurechnen, wie viele Seiten er pro Tag in den letzten Jahren geschrieben hatte. Es waren verschwindend wenige, darauf konnte er nicht stolz sein. Aber er hatte ja zum Glück keine Ansprüche mehr an sich. Glück war für ihn mittlerweile kaum mehr als ein bequemer Pyjama.

Er schloss die Augen, stellte sich eine verregnete Dünenlandschaft vor und kam beinahe zu einem Nickerchen, als ihn ein zauberhaftes Lachen, das aus der Küche kam, abhielt. Es war das Lachen einer neuen Freundin seiner Tochter, einer gewissen Stephanie, die einen ganz unglaublichen Körperbau hatte und die ihren Mund feuchtrot schminkte.

Dazwischen vernahm er die arrogante überintonierte Stimme seines Sohnes. Oft fanden attraktive Frauen seinen merkwürdigen Sohn furchtbar interessant oder gar amüsant. Er kam nicht mehr nur bei seiner Schwester gut an, seit er kein arrogantes Dickerchen mehr war.

Doch Ture schien sich nicht recht für das weibliche Geschlecht erwärmen zu können, was Bärbel in ihrer Eindimensionalität als Homosexualität interpretierte. Dietrich lauschte, ob Teresa, der hellste Stern seines Lebens, auch unten war.

Seine Tochter übertraf ihre Mutter bei weitem an Schönheit, sie hatte seine dunkelbraunen Haare geerbt, und ohnehin bevorzugte Dietrich die ernsthaftere Schönheit dunkelhaariger Frauen, schon aus politischen Gründen hätte er eigentlich keine Blondine heiraten sollen. Als junger Mann wäre er ungezügelt in diese reizende Freundin seiner Tochter verschossen gewesen, ihr Vater kam aus Kamerun – solch aparte Exotinnen waren ihm im Deutschland der Siebziger leider nicht begegnet.

Dass man sie nun ausgerechnet Ture vorstellte, war in höchstem Maße wie Perlen vor die Säue zu werfen. Dietrich versuchte zu schnell aus seiner Hängematte aufzustehen, fiel auf die splittrigen Dielen und stieß sich den Ellbogen. Er unterdrückte einen Schrei, nicht auszudenken, wenn Teresa mit Stephanie hochgespurtet käme und sie ihn in seinen ausgeleierten Boxershorts sähen.

Schnell lief er in sein klitzekleines Bad, duschte ausgiebig und grübelte über den Verbleib seiner alten Edwin-Jeans.

Immer wieder kam ihm der verächtliche Blick seines Sohnes in den Sinn und störte die zerstreuende virtuelle Suche nach dem Kleidungsstück, das ihm, an guten Tagen, ein Gefühl der Sexyness seiner besten Jahre zurückgeben konnte. Er benutzte zum ersten Mal das Dior-Duschgel namens Higher Energy, er drückte sich übermäßig viel davon in die Hand. Bärbel hatte es ihm samt Eau de Parfum, Bodylotion und Deodorant zum Geburtstag geschenkt. Es schäumte, wie so ein Duschgel eben schäumen sollte, und roch in der Tat ganz ausgezeichnet. Von oben bis unten rieb er sich damit ein, nicht mal die sensible Kopfhaut ließ er aus. Vielleicht hielt das Zeug, was der Name versprach. Bärbel sagte bei Disputen über Sinn und Unsinn solch überteuerter Produkte immer, die Vorstellung, die erzeugt werde, habe eben ihren Preis und ebendieser Zauber verschlinge zurecht so einen hohen Werbeetat. Die Idee würde die Seele in Schwung bringen und das wiederum täte der Psyche gut. Ja, als wären Seele und Psyche nicht eine Soße. Immerhin verdiente Teresa mit Werbung ihren

Lebensunterhalt, und mit ihr drang immer Freude ins Haus. Das rechnete er ihr hoch an.

Verwundert über seine abstruse Gedankenkette, grinste Dietrich in sich hinein, und dann verdarb der Gedanke an Ture den Anflug von selbstironischer Vergnüglichkeit.

Die Feindseligkeit seines Sohnes wurde stets unerträglicher, und er hatte sich noch immer nicht für den Bambustisch bedankt, den er für ihn im Internet gegen seinen quasi antiken Rattansessel eingetauscht hatte.

Bärbel hatte erwähnt, Ture säße die meiste Zeit nur zu Hause herum, wenn er nicht gerade arbeitete, und vielleicht könnte ein gemütliches Eckchen auf dem Balkon ihm wenigstens ein bisschen Frischluftzufuhr garantieren. Dietrich hätte den Tisch gerne selber behalten, so gut gefiel er ihm.

Dietrich hüllte sich in seinen eingelaufenen, harten Frotteebademantel, ging zu seiner Anlage, schmiss die Patti-Smith-CD rein und drehte »Redondo Beach« voll auf. Auf Patti ließ er nichts kommen. Sie erinnerte ihn an seine große Liebe Astrid.

Patti war die einzige Alte, auf die er sich noch einlassen würde. Eine derartige Frau musste nicht perfekt aussehen, eine derartige Frau hätte er zu allen Zeiten einfach so lieben können. Sie hatte sich nie geschert, nicht geschwätzt, sondern das Leben inhaliert, nicht wie Bärbel, die sich bloß mit Parfüm einnebelte, um ein geheimnisvolles Charisma vorzutäuschen. Schön wär's!

Er tänzelte mit Patti noch einmal zur Dachluke. Es dämmerte bereits, und im Garten war nun ein Gewimmel aus Stimmen und Schatten auszumachen. Und dann entdeckte er mit einem Schreck die unverkennbare große, breite Gestalt, die sich neben dem Limonenbaum plaziert hatte: Eberhard! Bärbel reckte sich gerade und umarmte ihn zu lange.

Wieso war er überhaupt hier? Wahrscheinlich hatte Bärbel

Wind von seiner Prominenz bekommen und ihn deshalb kontaktiert. Das ließ der sich natürlich nicht entgehen, Bärbel Schamlippe Kugler! Aber bei ihrem Konsum von Halb-so-Alten würde Eberhard es nicht leicht haben, bei ihr zu landen. So einen Ollen hatte seine Frau wesentlich attraktiver seit zwanzig Jahren auf dem Dachboden. Dietrich schmunzelte stolz über sein großes Talent zur Selbstironie. Allerdings würde es Bärbel sicher eine Freude machen, etwas mit Eberhard anzufangen, da sie genau wusste, wie sehr es ihn, obwohl sie seit einer Ewigkeit nicht mehr das Bett teilten, kränken würde.

Dietrich wandte sich ab, schüttelte sich angewidert und kroch dann förmlich in seinen Schrank. Nach hektischem Gewühle zog er aus irgendeinem hinteren Stapel endlich die alte Edwin-Jeans hervor, die Beine hatten extremen Schlag – wie konnte er das vergessen haben? Aber wenn er seine braunen, hohen Stiefel fand, würde sich alles fügen.

Er schloss den übervollen Schrank, indem er sich dagegenwarf und schnell den Schlüssel umdrehte, blickte auf und fuhr zusammen, als er direkt in das Gesicht seines Sohnes sah. Ture hatte genau diesen despektierlichen Blick aufgesetzt, wie ihn Dietrich unter der Dusche immer wieder vor sich gesehen hatte. Teresa stand neben ihm, ein zerzauster Engel in zu kurzen Jeans, einer feuerroten Bluse und goldenen Stilettos, wunderbar unpassend für eine Gartenveranstaltung.

Sie war eine moderne Version von Daria Halprin und verlor nie die Kontrolle. Er konnte sich nicht vorstellen, dass seine Tochter durch so etwas Banales wie einen Mann verletzbar war, so ein göttliches Bild gab sie ab, so interessant waren die Schilderungen über ihr Leben, ihren niemals gewöhnlichen Alltag, dabei war sie nun auch schon fast Mitte dreißig.

Eigentlich wäre er in seiner Jugend gern so gewesen wie sie, eigentlich wäre er am liebsten noch immer ein bisschen mehr wie sie. Ein seltsamer Gedanke, der nicht im Entferntesten mit Sexualität zu tun hatte, aber womit dann?

Teresa kam auf ihn zu und umarmte ihn fest. Wie immer verströmte sie diesen wunderbar dezenten Grapefruitgeruch. Er hielt ihren Körper in den Armen und spürte keinerlei Verlangen, was sehr beruhigend war. Beunruhigend war dagegen, dass er sich diese Tatsache jedes Mal bewusst machte. Er atmete die Grapefruitnote tief ein und ließ sich davon zerstreuen. Bärbel roch seit beinahe dreißig Jahren zu penetrant nach Shalimar von Guerlain. Nur weil er ihr einmal gesagt hatte, wie sehr ihm der Duft gefiel, um sie ins Bett zu kriegen. Nun, das war damals nicht einmal gelogen gewesen.

Ture, der seit ein paar Jahren nach Lavendel roch, als wolle er das Bild eines verkappten Homosexuellen dringend verstärken, blieb vor der Türschwelle stehen. Er stand dort wie angewurzelt und fixierte seinen Vater ebenso wie damals, an dem Tag, an dem sich alles für immer verändert hatte.

»Teresa hat da mal eine Frage«, sagte Ture klanglos wie ein Psychopath und zog einen Mundwinkel hoch, der asymmetrische Beweis dafür, dass hier gerade gar nichts lustig war.

Bärbel blickte hoch zu Dietrichs Dachluke, ließ sich von Eberhard Feuer geben und hielt dabei seine Hand. Er zeigte sich betont amüsiert darüber, dass sie noch immer dieselbe Marke rauchte.

»Camel und Shalimar, das bist du, Vulgo bellissima Bohemien Bärbel.«

»Ich hoffe noch ein wenig mehr als das.«

Sie zwinkerte ihm zu und warf ihre blondierte Außenwelle über beide Schultern. Gut, dass sie ihn eingeladen hatte. Als er ihr vor einigen Wochen die Einladung zu seiner Lesung hatte zukommen lassen, hatte sie eine kleine Verliebtheit zwischen ihren Schulterblättern gespürt. Immer wenn sie etwas in diese Richtung empfand, richteten sich die Härchen an dieser Stelle merklich auf. Seit einigen Jahren erwog sie, sich dort das Wort »Sehnsucht« in ihrer eigenen schönen Schreibschrift tätowieren zu lassen.

Sie schaute erneut nach oben zu Dietrichs Dachluke, das Loch war die einzige Möglichkeit für ihren desolaten Mann, in den Garten zu sehen. Vorhin hatte sie ihn ein paarmal vorbeihuschen sehen.

»Du wirkst abgelenkt, ist alles in Ordnung?«, fragte Eberhard.

»Ja, natürlich, ich hab nur mein letztes Glas Sancerre zu schnell getrunken und ich hatte nur ein paar Shrimps mit Feta. Warst du schon an unserem New-York-Buffet?«

»Immer noch Feta zu allem? Du bist dir wahrlich treu, toll. Und immer noch denselben Mann, meinen Respekt.«

»Was ist mit dir? Immer noch dieselben zwei, drei, vier Liebschaften?«

»Ach, nein, nein. Das ist nichts mehr für mich, ich entsage lieber und gebe mich ganz meiner neuen bescheidenen Karriere hin.«

»Wann bist du pensioniert worden?«

»Vor zwei Jahren, da konnte ich endlich meinen Roman zu Ende bringen.«

»Es hat sich gelohnt, oder?«

»Allein für diesen Plausch mit dir hier im Garten …«

Er wandte sich ab, sah gespielt interessiert umher.

»Wo ist denn mein wertester Kollege alter Zeiten?«

»Auf seiner Wolke.«

»Auch immer noch der Alte?«

»Schlimmer!«

Bärbel zwinkerte und machte eine abmildernde Geste, aber Eberhard schaute glaubhaft betroffen drein.

»Lass uns über etwas anderes reden, bitte«, bat sie, blickte nach unten und befeuchtete ihre Lippen.

»Gut, wie du willst. Was ist mit Viola und Götz, sehe ich die womöglich auch heute wieder?«

Bärbel seufzte und sah mit Erleichterung ein paar jüngere Kolleginnen auf Eberhard zustürmen.

»Sie sind doch der Autor von *Galgant am Nordpol*?!«

Eberhards Belagerung kam ihr gelegen, sie hatte ganz vergessen, was der Grund dafür gewesen war, dass sie sich trotz seiner intensiven Bemühungen nicht mal zu einem Kuss hatte hinreißen lassen. Er hatte diese klitzekleinen, eng zusammenstehenden Augen eines Teddybären, die sich mit dem riesigen Mann kompositorisch keineswegs vertrugen. Auf dem Pressefoto war das nicht so prägnant gewesen. Dazu waren seine Augen wasserblau, wie die eines Huskys, eine Hunderasse, die Bärbel Angst einflößte.

Sie war am Rande eines Waldes aufgewachsen und hatte Todesangst vor den Wölfen, die sie in ihrer Erinnerung jede Nacht heulen gehört hatte. Als ihre Familie nach einem Brand in die nächste kleine Stadt umgezogen war, war sie zwölf Jahre alt gewesen und hatte entschieden, nie wieder mitten in der Natur zu leben. Mit einundzwanzig zog sie dann in den Norden Deutschlands, in eine Großstadt, weit weg von den Wölfen ihrer Kindheit.

In der Nähe ihrer Eltern und des schaurigen Waldes hätte sie nie die Kraft aufgebracht, etwas aus sich zu machen. Sicher wäre sie in den Siebzigern nicht zu einer überregionalen Schönheitskönigin gekürt worden, und sie wäre weder Schauspielerin noch

Dietrichs Frau geworden. Beides erforderte eine gewisse demütige Gelassenheit. Vielleicht waren der große Garten, auf den sie beim Hauskauf Wert gelegt hatte, und ihr kleines Rudel aus geschundenen Beagles Zeichen der Versöhnung mit ihrer Kindheit.

Die Eltern hatten ihr ihre Berufswahl nie verziehen, sie sprachen darüber, als sei sie eine Prostituierte. Bis zu ihrem Tod sahen sie sich nicht einen Film ihrer Tochter im Kino an.

Es war schon bizarr, dass sie damals tatsächlich mit einer Prostituierten um Dietrich konkurriert hatte und sich ihre Tochter, trotz ihres großen Potentials, meist wie eine aufführte.

Wo war Teresa eigentlich? Vorhin hatte sie doch ihr dreckiges Lachen aus dem Haus gehört. Wahrscheinlich war sie erst mal hoch zum Vater, so wie immer.

Bärbel lief ins Haus, niemand sprach sie auf dem Weg dorthin an. Als Gastgeberin fühlte sie sich, sobald alle Gäste begrüßt waren, gern mal wie eine Nebenfigur. Sie stieg bis ins Zwischengeschoss hoch, aus Dietrichs Reich tönte zu laut Patti Smith. Wenn Dietrich Patti Smith hörte, bedeutete es auch nach so vielen Jahren noch, dass seine Laune zumindest nicht schlecht war. Ihre Augen füllten sich bei den ersten Takten von »We Three« sofort mit Tränen.

Bärbel stand vor dem riesigen Spiegel in ihrem Bad und machte das helle, alles sezierende Licht an, das direkt aus dem Spiegel zu kommen schien. Sie scheute sich nicht vor ihrem Anblick, für eine Sechzigjährige gab sie ein gutes Bild ab. Alt, was war alt? Das war nur eine Vorstellung, die man hat, alles existiert nur durch die Vorstellung, die man hat. Sie hatte damals ein bisschen Sartre gelesen, um Dietrich zu beeindrucken. Nur interessierte er sich überhaupt nicht für Philosophie, sondern nur für Politik und Soziologie, und nun war er ein arbeitsloser Soziobiologe mit einem Knall. Immer schon hatte er sie als oberflächlich beschimpft und jetzt beschäftigte er sich schon seit so langer Zeit mit den mutmaßlichen Auswirkungen der Belastungen des Kapitalismus auf die Haut.

Er schrieb dieses Buch doch nur, um von der Schuld abzulenken, die er damals auf sich geladen hatte, nur um alles in einen großen gesellschaftlichen Zusammenhang zu stellen und sich als verantwortliches Individuum auszublenden.

Bärbel sprühte sich Shalimar in den Nacken. Die starke Vanillenote beruhigte ihre Nerven besser als jede Tablette. Ihre Kinder hatten sich trotz der Ereignisse damals ganz gut entwickelt. Teresa war zwar eine hohle exaltierte Nuss, aber wenigstens war sie durch das Modeln schon früh finanziell unabhängig geworden.

Sie scherte sich darüber hinaus scheinbar weder um ihre Karriere als Schauspielerin noch um ihre Gesundheit. Das war ziemlich dumm, denn als Werbemodel würde es alsbald düster für sie aussehen.

Das war nun wieder mal einer dieser Momente, in denen Bärbel sich nach Viola sehnte, die hatte immer einen besseren Draht zu ihrer Tochter gehabt. Viola hätte Rat gewusst, sie verstand Teresas eigentümliche Art besser, dabei war sie der entgegengesetzte Frauentyp. Eine Femme Fragile hatte Dietrich Viola immer genannt. Er war es auch, der vorgeschlagen hatte, Teresa mit zweitem Namen Viola zu nennen, während Ture einfach nur Ture hieß. Götz hatte ihnen das nicht übelgenommen, denn er verabscheute seinen Vornamen, er fand, er erinnere an Göring oder Goebbels. Bärbel grinste. Götz fehlte ihr auch, einer der wenigen Männer, in dessen Gegenwart Dietrich nicht sofort zum Gockel wurde, sondern erst im Laufe des Abends.

Bärbel spürte wieder diesen Kloß im Hals, eine störende Traurigkeit bündelte sich bei diesen Erinnerungen und bedrängte sie auf diese Weise. Einmal, vor ein paar Jahren, hatte sie deshalb sogar einen Notarzt gerufen. Zwei Tage war sie im Krankenhaus geblieben und hatte sich gründlich untersuchen lassen. Sie war unerhört gesund gewesen, und der junge Arzt, Dr. Mahmoud Said, hatte mit ihr geflirtet und ihr eine Gesprächstherapie empfohlen. Aber sie hatte sich für Lexotanil entschieden und mit ihm eine Affäre begonnen. Über ihre Eheprobleme sprach sie mit niemandem, ihre Prominenz allein war Entschuldigung genug, die ganze Verlogenheit mit sich allein auszumachen. Die einzige Freundin, der sie vollkommen vertraut hätte, wäre Viola gewesen.

Hätte Viola sie damals nicht so unter Druck gesetzt, vielleicht ... Nein, das wäre unmöglich gewesen, niemals hätte man das Geschehene gemeinsam verdrängen können, es war nur durch die absolute Distanz möglich geworden, damit zu leben.

So war es erträglich, so konnte es weitergehen, auch zum Wohl aller Kinder. Ihre waren doch o.k., oder? Beide verdienten gutes Geld, lagen nicht, wie viele Kinder ihrer Freunde und Bekannten, noch in ihren Dreißigern den Eltern auf der Tasche. Da hatte sie als Mutter doch was richtig gemacht.

Dass ihre Tochter keine respektable Schauspielerin geworden war, dafür konnte sie ja nichts. Nach der ersten großen Rolle in einem Kinderfilm hatte Teresa sich nicht sonderlich karriereorientiert benommen. Jede kleine Rolle, die sie ihr verschaffte, hatte Teresa in den Sand gesetzt. Sie konnte ihren Text nicht, kam zu spät oder gar nicht, war zugekifft oder zickig, machte sich an den Regisseur heran, obwohl dessen Gattin die Hauptdarstellerin war. Theater wollte sie nicht spielen, angeblich weil sie sich vor alten Vorhängen und Fußböden ekelte, wie albern, jegliches Engagement für ihre Tochter war reine Verschwendung. Teresa war bloß ein sexy Freak ohne Tiefgang oder Manieren. Mit dieser soziopathischen Persönlichkeitsstruktur passte sie wunderbar in das rein kommerzielle Bezugssystem der Werbebranche.

Bärbel selber punktete schon immer mit Disziplin, sie hatte keine Möglichkeit ausgelassen, damit zu glänzen, und sich jeder Rolle wahrhaftig hingegeben. Noch immer hatte sie gut zu tun, weil sie sich geschickt anstellte. Der Film, der bald Premiere hatte, würde ihre Karriere noch mal in eine neue Richtung lenken. Es war gut, mit jungen subversiven Leuten zu arbeiten. Darko hatte eine große Zukunft, da war sie sicher, denn er hatte eine ganz eigene Stimme – einer seiner nächsten Filme würde es sicher in einen internationalen Wettbewerb schaffen. Sie legte Puder auf, denn ihre Haut glänzte wie die eines Teenagers.

Dietrich starrte seine Tochter erschrocken an. Konnte er seinen Ohren trauen? Er war sicher gewesen, seine Kinder würden sich an die Regel halten, niemals nach Götz und Viola zu fragen. Es war doch das einzig Verbliebene, worin ihre Eltern sich einig waren. Warum fragte ausgerechnet Teresa? Und warum jetzt? Er befreite sich aus ihrer Umarmung.

Ture stand noch immer in der Tür, keinen Schritt machte er über die Schwelle, seit zwanzig Jahren unterließ er es. Dietrich nahm sich vor, alles zu erzählen, wenn Ture freiwillig, ohne Aufforderung sein Reich betreten würde – wohl wissend, dass das niemals passieren würde. Dietrich ging zur Anlage, das hatte Patti nicht verdient, ihre Musik sollte nicht der Soundtrack für den Moment sein, an dem seine Kinder ihn an den Pranger stellten.

Er dachte, sie hätten all das gut verkraftet und wären trotz allem in der Lage, eine gewisse Stärke im Leben aufzubringen.

Bei Ture war er sich sicher, denn diese Kraft richtete sich direkt gegen ihn, er spürte diese unglaubliche Energie jedes Mal, wenn sein Sohn in der Nähe war.

Die Musik war aus, das Stimmengewirr von unten klang besänftigend, und der Flamencogitarrist fing zum Glück an zu spielen.

»Gibt es eine Tänzerin?«, fragte Dietrich, als gäbe es gerade nichts Wichtigeres.

»Nein«, antwortete Ture, »das ist ein Schwager von Mahmoud, der gerade dringend ein bisschen Geld verdienen muss.«

»Sind wir jetzt die Folklore-Wohlfahrt? Scheußlich, findet ihr nicht auch? Teresa, hast du nicht wieder mal eine Musikempfehlung für mich? Etwas Neues, Hot Shit, wie ihr sagt!«

»Dietrich, sie hat dich zuerst was gefragt.« Ture sah ihn düster an.

»Wie läuft es mit den Frauen, Ture? Eine anbetungswürdige Amazone – egal welchen Geschlechts – in Sicht?«

Teresa machte einen Schritt zurück und sagte: »Jetzt lenk nicht vom Thema ab. Warum willst du uns nicht sagen, warum ihr nichts mehr mit den Tinns zu tun haben wolltet?«

»Man hat sich eben auseinandergelebt, das kommt in den besten Familien vor!«, rief Bärbel plötzlich. Teresa drehte sich um, ihre Mutter trug diesen traurigen Nude-Farbton, der die Lippen voller erscheinen lassen sollte. Sie stand neben Ture, hatte ihm den Arm um die Schultern gelegt und gab ihm einen Kuss auf die Wange, ohne den Blick von Teresa abzuwenden.

»Ja, in den besten …«, sagte Dietrich. »Was ist eigentlich los hier, ich verstehe das alles gar nicht. Hab ich was verpasst?«

Teresa wandte sich ihrem Vater zu. »Ich besuche dich regelmäßig, sogar Ture schaut manchmal hier oben bei dir vorbei, und du warst noch nie in meiner neuen Wohnung und du hast mich auch nie in Berlin besucht. Du freust dich über meine Geschichten, hörst dir alles aus meinem Leben an, als wäre es Fiktion – aber ich bin mehr als eine Figur. Es ist mein Leben, kein Film.«

Dietrich setzte sich in seine Hängematte, blickte zu Boden und sagte: »Aber was ist verkehrt daran, dass ich dich schätze, so wie du bist, sollte ich dich drängen, solide zu werden, dich anders zu kleiden oder zu heiraten?«

»Wie bin ich denn? Ich weiß es nicht. Ich bin nicht einmal mehr in der Lage, betrunken alleine einzuschlafen. Ich höre CocoRosie oder gucke Almodóvar-Filme bis zum Morgengrauen, *High Heels* kann ich auswendig. Ich liege auf einer Matratze zwischen Kartons, sehe nicht mal hin und spreche jedes Wort mit, bis ich in einen Halbschlaf falle, seit fast zwei Jahren!«

»Wenn du einsam bist, zieh doch wieder in eine WG!«

Teresa hörte ihrem Vater nicht zu, sie fuhr fort: »Wenn ich dort überhaupt mal esse, dann am Wäscheständer, ich lege ein Schneidebrett darauf!«

»Brauchst du einen Tisch? Ich hätte einen für dich, er ist im Keller, schlicht, helles Holz, runde Form.«

»Ich brauche keinen Tisch, das ist nicht das Problem! Ich will mich nicht einrichten, ich komme so oder so nicht zur Ruhe.«

»Wenn es dir nicht gut geht, geht es mir auch nicht gut, Teresa, meine schöne Teresa. Es ist das Einzige, was wichtig ist, dass es dir, also euch, gut geht.«

Ture rief: »Dir geht es doch sowieso nicht gut und du willst nichts hören von unseren Problemen, wir sollten nicht mal welche haben – Probleme haben, das habt ihr für euch reserviert!«

»Ich komme sehr gut ohne deinen Kommentar aus. Derart feindselige Kritik brauche ich sicher nicht, ich setze mich genug und äußerst differenziert mit mir auseinander. Das solltest du auch tun, anstatt deinen Oberkörper aufzupumpen – glaubst du womöglich, dass dich das zum Mann, dass es dich auch charakterstark macht?! Pah.«

Ture murmelte etwas, befreite sich aus Bärbels Umarmung, lief die Treppe hinunter und brüllte: »Jedem die Wahrheit, die er verdient!«

Bärbel öffnete den Mund, schwieg und lief ihrem Sohn eilig nach. Teresa setzte sich neben ihren Vater in die Hängematte und hielt ihm den Unterarm hin: »Fass mal an, spürst du irgendetwas?«

Dietrich strich sachte mit einem Finger darüber und sagte: »Weiche, glatte Haut.«

»Siehst du, das ist das Problem, ich spüre noch mehr, es fühlt sich an, als hätte ich einen dünnen Schleimfilm auf der Haut, aber ich kann ihn nicht sehen. Wenn ich mich an irgendeinen der Männer erinnere, mit denen ich geschlafen habe, verschwindet der Schleim. Je kürzer und oberflächlicher die Begegnung war, desto besser hilft mir die Erinnerung, mich wieder zu beruhigen. Ist das nicht seltsam, Papa?«

Dietrich strahlte sie an: »Aber dann hast du die Macke doch im Griff, und außerdem ist es eine unglaublich kreative großartige Neurose, du bist etwas Besonderes, mein Engel! Ich werde darüber in meinem Buch schreiben. Das ist ein Aspekt des Problems, den ich noch gar nicht berücksichtigt habe, imaginierte Irritation.«

Dietrich sprang auf, setzte sich mit dem Rücken zu Teresa an den Schreibtisch und fuhr den Computer hoch.

Teresa stand auf und sank wie ferngesteuert im Schneidersitz auf den Boden. Als Kind hatte sie viel Zeit auf dem Fußboden in der Nähe ihres Vaters verbracht, wenn er in seine Arbeit vertieft war. Sie weinte stumm eine Träne und schämte sich für die

Intimität ihrer Beichte. Dietrich haute auf die Tastatur und stieß dabei kleine triumphierende Laute aus.

Teresa erinnerte sich, als wäre sie wieder zwölf, sie hörte von unten das Lachen Franciscos und die Stimme ihrer Mutter, vor sich hatte sie einen Block, und in die Sprechblase über den schwarzhaarigen Helden, der genauso aussah wie Francisco, schrieb sie: Hahahaha!

In ihrer Brust schmerzte die Vorstellung, Francisco wäre in ihre Mutter verliebt, so wie alle, außer ihr Vater.

Sie hatte gerade eine Figur nach Franciscos Vorbild erfunden: Stanley Takashi. Der Superheld ihres Comics war ebenso hübsch und exotisch, er hatte Franciscos große dunkle Katzenaugen. Viola und Götz hatten Francisco als Einjährigen in Nicaragua adoptiert, einige Monate bevor Teresa und Ture dort geboren wurden.

Den Namen Stanley Takashi hatte Francisco sich selber ausgedacht, er bestand darauf, dass er ein großes Raumschiff flog, das aussah wie ein goldener Lamborghini. Sie spielten die Geschichten von Stanley Takashi auf dem Dachboden nach, und Ture hatte ungebeten irgendeinen albernen Titelsong dazu erfunden, den er ständig unbeirrt schief vor sich hin sang. Selten war auch Franciscos Schwester Annabelle oben auf dem Dachboden dabei gewesen. Viola und Götz hatten sich wegen der Umweltzerstörung, der nuklearen Bedrohung und im Namen aller hungerleidenden Kinder der Welt gegen eigene Kinder entschieden. Annabelle hatten sie als Baby kurz nach der Rückkehr aus Nicaragua adoptiert.

Sie hatte nie mitgespielt, sondern immer nur obszön an ihrem Lolli gelutscht und eine Weile zugesehen, sich selber die Haare geflochten und blöde Kommentare abgegeben, wie kindisch sie seien.

Francisco steigerte sich immer mehr in die Vorstellung hinein, er wäre ein Superheld mit übernatürlichen Kräften, und weil Viola in der Zeit damals allerlei esoterisches Zeugs redete, zum Beispiel, dass man alles schaffen könnte, wenn man es sich nur fest genug vorstellte, war Francisco irgendwann mit Anlauf und ausgebreiteten Armen aus dem Fenster gesprungen. Er zog sich eine Gehirnerschütterung zu und brach sich ein Bein. Danach wollte er das Spiel nicht mehr spielen, aber er fragte Teresa nun jeden Tag, ob er sie küssen dürfe, und wenn sie wissen wollte, warum, sagte er immer, wenn man küsse, verspüre man kaum noch Schmerzen und wäre überhaupt nicht mehr traurig.

Es war der Sommer des letzten Familienurlaubs gewesen, und nach einer dreiwöchigen Reise durch Südfrankreich verkündeten Bärbel und Dietrich ihnen plötzlich, die Tinns seien weggezogen und sie dürften keinen Kontakt mehr zu ihnen aufnehmen. Ture hatte es seltsam fraglos hingenommen. Ihre Eltern behaupteten, Götz hätte eine Praxis weit weg eröffnet und Viola hätte ebendort eine Stelle in einem Krankenhaus angenommen. Es war Ende Juli gewesen, sie grillten an dem Abend zum letzten Mal zu viert. Ture hatte in Biarritz einen Surfkurs gemacht, und nun, braungebrannt und beinahe schlank, lehnte er zum ersten Mal ein Entrecôte ab. Stattdessen machte er sich alleine in der Küche selber einen Caesar's Salad. Dabei war er doch gerade erst dreizehn.

Teresa war nach dem Essen zu dem Haus der Tinns gelaufen und hatte die Wohnung im Erdgeschoss leer vorgefunden. Tagelang flehte sie ihre Eltern an, die neue Adresse preiszugeben, aber Bärbel und Dietrich blieben auf eine seltsam leise Art stur und ließen sich nicht einmal auf einen Streit ein.

In den Tagen darauf fuhr Teresa manchmal bis zur Dämmerung mit ihrem BMX durch die schwüle Stadt und hielt Ausschau nach Francisco. Als sie eines frühen Nachmittags am Jungfernstieg mit ein paar Skatern rumhing, ihr Vorhaben schon fast vergessen hatte und mit einer Zigarette zwischen den Fingern an einer Dose Bier nippte, wurde sie von einem stark gesichtsschwitzenden mittelalten Mann in einem Faith-No-More-T-Shirt angesprochen und vom Fleck weg für ihre erste und letzte tragende Filmrolle engagiert.

»Sag mal, Teresa, hat der imaginierte Schleim auf deiner Haut einen eigenen ... vielleicht unangenehm fremdartigen Geruch oder riecht er bloß nach deiner feuchten Haut?«, fragte Dietrich, und Teresa fuhr zusammen.

»Was? Ich hab keine Ahnung, ich beschäftige mich nicht näher damit, ich bin froh, wenn er wieder verschwindet.«

»Hm, hm. Bedauerlich, könntest du beim nächsten Mal darauf achten und mir Bericht erstatten? Und wann tritt er genau auf? Teresa, wo willst du hin?!«

Sie rannte die Treppe hinunter, durch die Küche und über die Terrasse bis in den Garten, zum ersten Mal war der beschissene Schleim in ihrem Gesicht, er kroch ihr von der Stirn in die Nase, und sie konnte sich nicht an irgendeinen Typen erinnern und musste raus aus diesem Turmzimmer, weg von ihrem Vater, der ewig so weitermachen würde, dem es immer ausreichend gut ging, egal wie schlecht seine Beziehungen zu den Menschen waren, die er angeblich liebte.

Teresa schloss die Augen und atmete tief ein, die Luft war schwül, ihr Gesicht fühlte sich wieder besser an, und Schweiß rann ihr durch die Brauen, über die Wange. Ihre Wimperntusche war mit Sicherheit verschmiert. Dieser banale eitle Gedanke holte sie wieder auf den Boden. Sie ignorierte das Tablett voll mit Champagnergläsern, das die Tochter der Haushälterin ihr entgegenhielt, und wollte zurück ins Haus, um sich erst mal im Bad einzuschließen, als Darko, dieser Regisseur, plötzlich vor ihr auftauchte: »Wow, du siehst ja hochdramatisch, lasziv aus, was für ein geil unwirscher Blick.«

Er schien ziemlich betrunken zu sein.

»Du siehst aus wie eine jüngere Version von Rachel Weisz, nein, mehr so wie Emily Blunt. Wer bist du?«

Teresa schubste ihn grob zur Seite und rannte ins Haus.

»Hey, hab ich was Falsches gesagt? Trinken wir einen Kurzen zusammen?«

Teresa rannte durch die Küche und den Flur, durch die Eingangshalle, stürzte raus auf die Straße und knallte die Tür hinter sich zu. »Land« von Patti Smith dröhnte laut aus dem Dachgeschoss. Zu dem ewig langen Lied hatten ihre Eltern früher gern besonders peinlich entrückt getanzt.

Ture lehnte vor dem Haus auf der Straße am Gartentor und wartete schon seit einigen Minuten auf ein Taxi. Auf der Elbe schob sich ein Containerschiff langsam in Richtung Hafen, das letzte Flugzeug schoss aus dem hellen Nachthimmel, flog dröhnend zu dicht über der Stadt, und er steckte sich das letzte Radieschen in den Mund. Eine Handvoll davon hatte er sich vom Buffet genommen und war seiner Mutter dann endgültig entwischt. Margeaux Rollfes hatte einen halben Meter weiter gestanden und sich den Teller mit Hush Puppies beladen. Bei dieser Produzentin versuchte seine Mutter zu jeder Gelegenheit zu punkten, und er war sich sicher, sie hatten in den Neunzigern ein Verhältnis miteinander gehabt.

Plötzlich übertönte ein Hecheln das sich entfernende Flugzeug, und Ture erstarrte. Er erkannte Frau Mull schon aus dem Augenwinkel. Sie näherte sich schnell, ihr Trainingsanzug glänzte schneeweiß, und sie trug immer noch dieses Stirnband. Schon als Junge hatte er sich vor der Nachbarin gefürchtet, die immer nur nachts joggte, wenn sie betrunken war. Er versuchte, sich nicht zu bewegen, sie hatte riesige türkisfarbene Kopfhörer auf und sang glockenhell ein Lied mit, das er nicht kannte. Ohne Luft zu holen, wartete er ab, bis sie an ihm vorbeigelaufen war.

Früher hatte sie ihn immer und überall, wenn sie ihn alleine erwischte, fest an sich gezogen und ihm viele, unnötig feuchte Küsse auf das Gesicht gedrückt. Dabei roch sie stets ein bisschen nach Harzer Käse und stark nach Rémy Martin.

Plötzlich tönte »Land« von Patti Smith so laut aus dem Dachgeschoss, dass es sich anhörte, als würde sie da oben leibhaftig für Dietrich spielen. Ture drehte sich um, da wurde die Haustür aufgerissen, Teresa stolperte auf ihren goldenen Pumps die Treppe runter, ging in die Hocke und hielt sich die Seiten.

Ture öffnete das Tor, ging zu ihr, setzte sich neben sie und legte ihr die Hand auf die Schulter: »Seitenstechen? Du musst unbedingt mehr Sport machen, schon für den Fall, dass du mal flüchten musst. So wie jetzt.«

Teresa stand auf, schmiss sich in seine Arme und schluchzte.

Ture klopfte ihr auf den Rücken und sagte: »Ich habe mir ein Taxi bestellt, willst du mit?«

Sie sah ihn an und nickte, ihre Wimperntusche war über das ganze Gesicht verschmiert.

Ture öffnete seiner Schwester die Taxitür. Bevor er auf seiner Seite einstieg, bat er den Fahrer, kurz zu warten, denn er hatte einen Marienkäfer auf dem Sitz entdeckt. Vorsichtig schob er eine seiner Visitenkarten unter das Insekt, sodass es keine andere Wahl hatte, als draufzulaufen.

Ture ging zurück zum Haus und setzte ihn in den Rhododendron. Im Taxi meinte er zu Teresa: »Da hat er es besser.«

»Wir aber nicht.«

»Nein, wir nicht, Teresa.«

»Ich wäre lieber ein Käfer«, sagte sie und hörte endlich auf zu weinen.

Ture sah sie an und sagte: »Wir sind die Saftkugler.«

Der Taxifahrer warf ihnen einen Blick im Spiegel zu und drehte das Radio lauter. »Don't you« von den Simple Minds lief.

»Was?«, fragte sie.

»Es gibt diese Käferart, die heißt Kugler mit Nachnamen, so wie wir.« Er zwinkerte ihr zu, verzog aber keine Miene.

»Spinner«, sagte Teresa und musste grinsen.

»Bei der geringsten Ahnung einer Gefahr, also auch, wenn sie sich nur diffus bedroht fühlen, rollen sie sich zu ihrem Schutz ein, werden zu einer abgeschotteten Kugel, so wie ein Igel, weißt du? Und dann verharren sie in ihrer Furcht, selbst wenn die Gefahr längst vorbei ist.«

»Wie lange denn?«

»Das ist unterschiedlich, aber es soll wohl vorkommen, dass sie es so lange durchziehen, bis sie verhungern.«

»Das ist traurig«, sagte Teresa.

»Ja«, sagte Ture, »das ist es.«

BLESSURE PAMPLEMOUSSE

Teresa fuhr am späten Sonntagnachmittag nach Berlin, sie hatte die Zusage für den Kerami-Job bekommen, und schon am nächsten Morgen sollte der Dreh des Spots stattfinden. Sie verband die Reise mit einem Besuch bei einem alten Kumpel. Stammer, also eigentlich Markus Stammer, wusste immer, wo auch Sonntagnacht was ging. Sie hatten sich mit Anfang zwanzig während der Aufnahmeprüfungen an Schauspielschulen kennengelernt. Gescheitert waren sie beide meist schon in der ersten Runde. Irgendwann währenddessen, und auch später immer mal wieder, fingen sie etwas miteinander an. Stammer wohnte noch in der WG, in der auch Teresa ein knappes Jahr gelebt hatte, bevor sie zurück nach Hamburg gezogen war.

Ihr spärlich möbliertes Zimmer hatte eine Sprecherkollegin von Ture übernommen. Außerdem wohnte dort mittlerweile ein amerikanischer Schauspieler namens Biko Kellan, den Teresa noch nicht kannte. Im Internet fand sie ein paar Einträge und las sie während der kurzen Zugfahrt nach Berlin. Er hatte einige Nebenrollen in Blockbustern gespielt, war dann aber nur noch durch erhöhten Drogenkonsum aufgefallen. Es gab auch ein Polizeifoto von ihm. In einem etwa zwei Jahre alten Interview gab er an, nach Berlin ziehen zu wollen, weil Amerika ihm zu oberflächlich sei. Das war der letzte offizielle Eintrag, den Teresa über ihn fand.

Zerstreute Stunden vor dem Dreh würden gut tun, und Stammer hatte angekündigt, eine Band namens Blessure Pamplemousse trete am Abend in der WG auf, irgend so ein Kabarettpunkrockscheiß.

Teresa wusste noch nicht, wo der Dreh stattfinden würde, nur dass das Studio auf einem alten Fabrikgelände war.

Kurz vor ihrer Ankunft in Berlin googelte sie die Route von Stammers WG bis zum Drehort, ein Fußweg von etwa acht Minuten, großartig, dann musste sie sich morgens, falls ihr schlecht sein sollte, nicht von dem Fahrer abholen lassen. In Berlin hatte sie vor einigen Jahren aufgehört zu träumen, hier hatte sie aufgehört, ein Mädchen zu sein, und sich doch immer ausgiebiger wie eines benommen.

Auf dem Weg zur Zugtoilette entdeckte sie Eberhard, einen alten Freund ihrer Eltern, im selben Abteil. Er freute sich sehr, sie zu sehen, erzählte sofort stolz, er hätte die Woche gleich mehrere PR-Termine, einen mit einer Filmproduzentin und eine Lesung in Berlin. Im Gegensatz zu ihrem Vater hatte er wohl endlich ein Buch zu Ende geschrieben und es sogar veröffentlicht.

Teresa berichtete ihm von dem Konzert in der WG am Abend. Begeistert notierte er sich die Adresse in ein speckiges Notizbuch und sah dabei immer wieder strahlend zu ihr hoch. Ein bisschen peinlich berührt, aber dennoch geschmeichelt, lächelte sie ihn etwas zu lange an.

Verführen strengte sie nicht an, ganz beiläufig war sie darin brillant. Plötzlich freute sie sich auf den bevorstehenden, gutbezahlten Kosmetik-Job. Niemand brauchte sie für irgendein sensationelles Filmprojekt – und warum sollte sie sich deswegen unter

Druck setzen? Über die Runden kam sie ohnehin und mit vierzig könnte sie einen wie Eberhard heiraten, warum auch nicht? War doch einerlei, in wessen Gegenwart sie nichts Romantisches empfand.

Sie würde alles machen wie immer, sich in den Augen der anderen spiegeln und nichts würde ihr über den Kopf wachsen.

Auf dem Bahnsteig winkte sie Eberhard noch einmal fröhlich zu und sah dann auf ihr Telefon. Ture hatte eine Nachricht geschickt: *Götz hat eine Praxis in der Innenstadt, Viola ist unter die Künstler gegangen, hier der Link zu ihrer Seite.*

Teresa fuhr die Rolltreppe hoch und klickte den Link an. Es dauerte ewig, bis die Seite sich aufbaute.

Als sie im Taxi saß, gab es außer dem beigefarbenen Hintergrund noch immer nichts zu sehen – und dann stellte sie ihren Wecker für den nächsten Morgen und schaltete ihr Telefon um auf Flugmodus.

Die Sirene von Teresas Handywecker schrillte mit voller Lautstärke, die Vibration ließ das Telefon über den kleinen gläsernen Nachttisch zuckeln. Teresa wachte erst aus ihrem Dämmerschlaf auf, als es mit einem Knall auf die Holzdielen fiel. Ihr Magen zog sich zusammen und auf ihrem Oberschenkel lag eine schwitzige Hand. Sie richtete sich auf und schob die Hand von Biko Kellan weg. Er drehte sich auf die Seite und murmelte: »Baby, what are you doing with my nipples?« Teresa griff nach ihrem unaufhörlich heulenden Handy und schaltete die Weckfunktion aus.

Auf dem Boden vor dem Bett lag eine leere Flasche Wodka auf einem großen Rotweinfleck in einem Haufen Scherben. Ein halbvolles Glas Crémant stand auf dem kleinen Nachttisch in einer Schüssel mit Resten des angetrockneten, kurkumagelben Krabben-Risottos, und in dem ausgelöffelten Becher Crème Double daneben klebte der leere Grasbeutel. Überall im Zimmer lagen Lakritztaler verstreut, mintgrüne Gardinen waren vor den offenen, hohen Fenstern zugezogen.

Teresa machte ihr Handy an, zwei Anrufe von Almut wurden angezeigt. Was sollte das? Sie hatte einen Schädel, aber nicht verpennt.

Biko wälzte sich hin und her, schnarchte grunzend und sagte mit affektiert hoher Stimme: »You're going to make millions on this deal.«

Er sah gut aus mit diesen wüsten blonden Haaren, die Lippen noch immer himbeerrot von Teresas Gloss, das er im Morgengrauen in ihrer Tasche entdeckt hatte.

Teresa fand ihren BH am Fußende des Bettes.

Sie war müde und betrunken gewesen und hatte gesagt, wenn er sie noch vögeln wollte, müsste er sich schon was einfallen lassen. Nachdem er sich die Lippen geschminkt und ihren BH angezogen hatte, war er in sie eingedrungen und hatte danach gesagt, sie sei eine noch beschissenere Schauspielerin als er, und dann waren sie sofort eingeschlafen.

Teresa zog ein weißes Empirekleid an, stopfte die Sachen vom Abend zuvor in ihren gelben Sack und schlich auf Zehenspitzen zum Bad. Es war abgeschlossen, aber drinnen hörte man keinen Laut. Zaghaft klopfte sie und bekam als Antwort ein Husten, dann rief Tures Sprecherkollegin Lise: »Sekunde, bin gleich fertig!«

Es dauerte ein paar Minuten, bis Lise mit einem strahlenden Lächeln öffnete, sich an der Nase herumwischte und sagte: »War das geil gestern? Die Band hat so Paaaadie gemacht, waren an die zweihundert Leute hier in der Wohnung, alle waren irgendwie gut drauf und sahen gut aus. Ich dachte immer, gleich bricht der Boden durch, Alter, war das 'ne stolze Party.«

»Hast du gerade gekokst?«, fragte Teresa.

»Ja, klar, willste auch?«

»Nee, ich muss jetzt arbeiten, hab einen Dreh.«

»Ich muss auch arbeiten, Werbung sprechen. Einmal bin ich aus dem Club direkt ins Studio, hab einen Spot gesprochen und war noch voll drauf – und da waren die so schnell zufrieden wie noch nie. Seitdem zieh ich vorher immer was.«

»Verstehe, mich kann man aber sehen.«

»Upps, dann guck mal in den Spiegel.«

Teresa ging ins Bad und stellte sich unter die eiskalte Dusche, so lange sie es aushielt. Es klopfte, und Lise öffnete die Tür.

»Sag mal, der alte Schriftsteller in meinem Bett, ist der gebunden?«

»Keine Ahnung.«

»Der hat mich die halbe Nacht geleckt, weil er keinen hochgekriegt hat. Hatte was.«

Teresa verlief sich ein paarmal, bevor sie das richtige Gebäude auf dem weitläufigen Gelände fand, sie hatte nur ein Glas Wasser getrunken und ein Mentos gegessen.

Der Haare-Make-up-Typ packte sie schon am Eingang und zerrte sie in die Garderobe. Teresa konnte Karel nicht leiden, er tat immer so, als hätte er ihren Namen vergessen, und heute trug er auch noch eine Atemmaske.

Karel drückte Teresa auf den Stuhl und zog die Augenbrauen hoch: »Wie bitte soll ich die Schwellungen wegkriegen? Und deine Haut sieht auch beschissen aus. Woher kommen denn die ganzen Pickelchen um den Mund? Hast du letzte Nacht irgendwas Klebriges getrunken, als du schon nicht mehr so treffsicher warst?«

»Sorry, meine beste Freundin hatte runden Geburtstag.«

»Aha. Gott, ich nulle auch bald.«

»Warum trägst du eine Atemschutzmaske?«

»Vorsicht ist die Mutter der Porzellankiste. Mein Model von vor ein paar Monaten hatte irgendeine strange Virusinfektion, weil die im asiatischen Regenwald geshootet hatte. Die wäre fast gestorben und braucht jetzt ein neues Herz.«

»Also, ich bin fit«, sagte Teresa und bestellte bei der Praktikantin einen halben Liter Matcha.

»Tja, man kann euch Muschis leider nicht ansehen, was ihr alles mit euch rumschleppt.«

»Verachtest du Frauen?«

»Verachtung und Verehrung liegen nah beieinander. Augen zu, Schatz.«

Teresa schlief ein und wachte erst wieder auf, als Karel sie mit Haarspray umnebelte. Er zog ihren Kopf mit einem Ruck nach hinten und tropfte ihr etwas in die Augen, sie sah aus wie neu, und ihre Haut glitzerte silbrigweiß. Hinter ihr stand der Regisseur mit dem Kunden und laberte, wie er sich alles vorstelle, und der Kunde bat Teresa darum, ihren Text aufzusagen.

Teresa sprach so, wie Ture es tun würde: »Dieser Fisch und ich haben mehr gemeinsam, als man denkt. Wir sind optimal gegen Umwelteinflüsse geschützt und glänzen dabei auf natürliche Weise.«

Der Kunde strahlte und nickte immerzu, der Regisseur klatschte und rief: »Geil, richtig geil, du kannst ja richtig gut sprechen, so wird das rund! Wir drehen hier ja nicht nur einfach einen Spot, wir schaffen ein ganzes Universum, eine schlüssige ästhetisch-kompositorische Realität!«

Teresa wurde ein bisschen schlecht, vielleicht weil sie ihren Matcha zu schnell getrunken hatte. Schnell dachte sie an einen hellen Blauton, irgendein Model hatte ihr den Tipp zu dieser

Visualisierung gegen plötzliche Übelkeit gegeben. Die Vorstellung der kühlen Farbe half kaum, und der Kunde legte ihr seine feuchten Hände auf den Nacken, deutete mit laschem Druck eine Massage an und sagte: »Und ich will genau diesen sinnlich-natürlichen Ausdruck von dir. Zeig uns deine ganze Personality, wenn du den Fisch in einer Hand am Schwanz hältst, so wie ein Mann, der stolz auf seinen Fang ist und für ein Foto für die Ewigkeit posiert! Verstehst du?«

»Ich halte einen Fisch?«

»Das wusstest du nicht?«

»Nein.«

»Haben wir ein Problem?«, fragte der Kunde mit gepresster Stimme, sein linkes Augenlid zuckte, und er begann sich hektisch die Oberlippe zu lecken.

»Nein, nein, natürlich nicht«, sagte Teresa und lächelte ihn absichtlich eine Spur zu lange an.

Er legte ihr die Hände auf die nackten Schultern und drückte ein paar Sekunden so fest zu, dass es weh tat, und sah ihr dabei im Spiegel tief in die Augen.

Teresa ging zitternd rüber ans Set, vielleicht hätte sie zumindest eine Scheibe Knäckebrot essen sollen, durch den Matcha war ihr Blutzuckerspiegel gesunken. Aber so war es gut, so war es besser, kein kleiner Bauch blieb unter dem geschuppten engen Kleid in Smaragdgrün verborgen.

Ein kräftiger, rotfleckiger Mann mit Glatze hielt ihr eine riesige Lachsforelle zu nah vors Gesicht. In dem Moment, als ihre Fingerspitzen die Haut des Fisches berührten, wurde Teresa hellwach und ihr Herz begann zu rasen. Sie atmete lange aus und hielt für ein paar Sekunden die Luft an.

»Der ist viel zu glitschig«, sagte sie zu dem hämisch grinsenden Mann, der zwei Tränen unter dem Auge tätowiert hatte. Neben ihm stand ein Metallkarren voll mit Eis und noch mehr Fischen.

»Ja, Mädchen, der Fisch ist noch fast lebendig, deshalb ist er so schön schleimig-glitschig.«

»Seit wann ist er denn tot?«

»Ich bin kein Kriminalbeamter, Mädchen.«

Schräg hinter dem Fischlieferanten stand der Kunde, verschränkte die Arme und starrte sie düster an, Teresa griff trotz aufsteigender Magensäure mit beiden Händen nach der riesigen glänzenden Lachsforelle und hielt sie so weit wie möglich weg von ihrem Körper. Plötzlich kroch der Schleim von der Fischhaut langsam auf ihre Hände, arbeitete sich weiter vor über die Handgelenke, bedeckte bald ihre Arme und verband sich mit ihrem eigenen unsichtbaren Schleim zu einem unaufhaltsamen Strom, der ihren ganzen Körper einzunehmen drohte. Auch zwischen ihren Zehen schoss Schleim hervor und benetzte wie im Zeitraffer synchron die Waden und Oberschenkel, ihre Genitalien und den Bauch. Das glitzergrüne Kleid wölbte sich, es sah aus, als würden dicke Würmer sich darunter im Akkord unendlich teilen und dann zu einer einzigen gewaltigen Masse verschmelzen, die oben zäh und schwer hervorkroch.

Ihr Dekolleté war schon vollständig von ihrem nun klebstoffartig festen und dem wendigen silbrig schimmernden Schleim des Fisches bedeckt. Der Druck auf der Brust wurde stärker, das Atmen fiel schwer, und Teresa roch, dass der Schleim des Fisches plötzlich in rasendem Tempo zu altern begann. Immer beißender wurde der Gestank, obwohl sie die Luft anhielt, bahnte er sich seinen Weg in ihr Bewusstsein. Ihr Magen schien sich mit Wucht zusammenzuziehen wie eine Eieruhr, blähte sich dann blitzschnell zu allen Seiten auf und drückte auf ihr Herz. Ein stechender Schmerz, Übelkeit und wallende Hitze durchfuhren sie. Noch immer stand sie aufrecht da, die zitternden Hände umklammerten den Fisch fester, und ihr eiskalter Schweiß vermengte sich mit dem Schleim. Der Wille zur Haltung entglitt und verformte sich vor ihren Augen zu pulsierenden schwarzen lichtgeränderten Flecken. Dann kotzte Teresa mit einem einzigen Ruck alles heraus. Das gelbe Risotto und unendlich viele kleine Stückchen Lakritze schossen heraus, verteilten sich mit dem grünen Matcha auf dem Boden, gerade als der Beleuchter den Scheinwerfer eingeschaltet hatte. Er machte ihn schnell wieder aus, und irgendeine Frau schrie: »Och nee, nicht schon wieder!«

Teresas Hände waren völlig verkrampft, sie konnte den Fisch nicht einfach loslassen, deshalb schleuderte sie ihn von sich, brüllte dabei ohrenbetäubend und endete mit einem schrillen Schrei, der alle am Set verstummen ließ. Sie hechelte wie ein Hund und ihre Knie waren weich wie Gummi. Sie fiel hin, kroch auf allen vieren bis in die Toilette und zog sich, nach kurzem, kauernden Verharren, am Waschbecken hoch.

Teresa hielt ihren Puls lange unter den Wasserstrahl, der wegen der Hitze draußen nur lauwarm war. Um die Anspannung herunterzufahren, versuchte sie zu weinen, aber wie immer fand sie keinen Draht zu ihrer Traurigkeit und beruhigte sich erst ein wenig, als sie es schaffte, sich an den langen weichen Zungenkuss mit Biko Kellan zu erinnern, der nach ihrem Himbeerlipgloss und seinem Marihuana geschmeckt hatte. Es klopfte, als sie sich den Mund mit Seifenwasser spülte, und sie hörte die Stimme des Regisseurs: »Tereschen, Süße, geht's wieder?«

»Ich weiß nicht«, sagte Teresa heiser.

»Du, tut mir leid, wenn es dir nicht gut geht, aber der Kunde rotiert, das kostet ja alles heute, ne. Na gut, also wir machen erst mal ein Snackintermezzo – ich hatte sowieso schon die Eingebung, dass ein toter Fisch vielleicht komisch assoziiert werden könnte. Ich red noch mal mit dem Kunden, aber wir müssen heute schon noch was schaffen, sonst ist Schicht für dich.«

»Ich … Mir geht's nicht so gut, ich glaub ich muss …«

»Ruh dich 'n bisschen aus, Karel tackert dich dann gleich wieder zusammen, dann machen wir heute noch die Nahaufnahmen von deinem Gesicht.«

Teresa lehnte sich an die Wand und traf eine Entscheidung. Der Schleim lief an ihren Beinen hinunter und schien in den Fugen der kühlenden Kacheln zu versickern.

Es war nun ganz still vor der Tür, sie spähte vorsichtig hinaus. Niemand war zu sehen, die Garderobe war nur einen Raum weiter. Dort streifte sie das ruinierte grüne Kleid ab, zog ihr weißes an, griff in ihren gelben Beutel und sprühte sich Aqua Allegoria Pamplelune von Guerlain auf Stirn und Nacken.

Lautes Gequatsche und Gelächter tönte aus der Richtung des Ausgangs, alle standen draußen, direkt vor dem Eingang, und rauchten. Zurück auf dem Klo, zwängte sie sich durch das kleine Fenster, begann zu rennen und blieb erst wieder stehen, als sie am Bahnhof angekommen war. Sie machte ihr Handy an, ignorierte alle angezeigten Anrufe in Abwesenheit und wählte Tures Nummer. Sie konnte kaum sprechen, so sehr war sie aus der Puste, und noch immer zitterte ihre Stimme.

»Ich muss mit dir reden, ich krieg nie wieder was zu tun, ich hab alles versaut, die schmeißen mich aus der Agentur, und ich hab nicht mal meine letzte Miete bezahlt. Ich weiß nicht, was mit mir los ist, und dann ist da dieser Schleim, ich weiß nicht, wie ich das erklären soll.«

»Wo bist du überhaupt?«

»In Berlin, am Bahnhof.«

»Hast du ein Ticket?«

»Hab ich.«

»Dann steig doch einfach in den Zug und fahr zurück nach Hamburg. Was für ein Schleim?«

»Ich weiß auch nicht, ich glaub, ich werde verrückt.«

»Nein, keine Sorge, du hast nur zu viel Fantasie und einen exzessiven Stoffwechsel. Jetzt kauf dir ein paar Bananen am Bahnhof und nimm den nächsten Zug!«

»Ich hab kein Bargeld mehr.«

»Geh zu dem Allesladen, da haben sie auch Obst und nehmen Kreditkarten.«

»Kann ich zu dir?«

»Ich hab zwar zu tun, aber komm ruhig vorbei.«

Als sie auflegte, erschien eine Nachricht von Eberhard auf ihrem Display: *Meine liebe Teresa, der Filmdeal klappt, Bärbel ist Favoritin für die Hauptrolle, und für Dich ist eventuell auch was Kleines drin. Auf ein Baldiges … Lieben Gruß, Eberhard. PS: Nette Freunde hast du, tolle Feier. Danke!*

Im Laden kaufte sie zwei Kilo Bananen und eine Flasche Wodka, weil die Kreditkartenzahlung erst ab dreißig Euro möglich war. Drei Bananen aß sie hastig auf dem Weg zum Bahnsteig. Sofort ging es ihr besser. Die Tüte mit dem Rest und dem Wodka drückte sie einem Typen in die Hand, der noch fertiger aussah als sie, und schrieb dann an ihre Agentin: *Liebe Almut, es tut mir so leid, aber ich bin eben vom Set weg, weil ich sonst alles vollgekotzt hätte, war schon beim Arzt, habe eine Magen-Schleimhaut-Entzündung. Aber wenn es was zu tun gibt, meld dich trotzdem, ich bin hart im Nehmen. Ganz, ganz herzlich, Teresa.*

Die ganze Fahrt über starrte Teresa auf das Display, aber Almut antwortete nicht.

Ture saß vor dem Fernseher, legte das dicke Sofakissen auf sein Handy und nahm sich ein Radieschen aus dem Schälchen, ohne den Blick vom Fernseher abzuwenden. Bananen waren das widerlichste Lebensmittel, das ihm eingefallen war. In der Summe ihrer Eigenschaften war die Banane das Gegenteil eines Radieschens, also genau richtig für Teresa, die in der Summe ihrer Eigenschaften wie Radieschenessenz mit Habaneros war. Er rieb sich die trockenen Augen, bis sie tränten. Seine Schwester würde schon wieder zurechtkommen, sie kam immer wieder zurecht – und dieses Mal hatte sie ein Ziel und würde ihren Energieüberschuss in die richtigen Bahnen lenken. Ture bemerkte ein paar Quaddeln an seinem Hals und zwang sich, nicht daran zu kratzen. Er machte stattdessen ein paar Liegestütze mit dem Gesicht zum Bildschirm.

In letzter Zeit hatte er viele Spots mit der Zielgruppe »gestresste Hausfrau« gesprochen, deshalb verstärkte er seine Überwachung der Werbeblocks im Mittagsprogramm. Es bot sich die Möglichkeit, ohne großes Zutun, an noch mehr Geld zu kommen. Er tunkte das nächste Radieschen in ein Glas Meerrettich und steckte es in den Mund, seine Augen begannen wegen der Schärfe zu tränen.

Er hielt die Augen gespannt weiter offen und genoss den kleinen Schmerz, den die natürliche und dazu antibakterielle Schärfe auslöste. Sein Stoffwechsel geriet in Wallung, ein wahrhaftiger und akzeptabler Wachmacher.

Hitze und erwartungsvolle Erregung durchfuhren seinen Körper, denn wenn ein Spot, den er gesprochen hatte, nur um wenige Sekunden gekürzt ausgestrahlt wurde, handelte es sich rechtlich um eine neue Version, und sofort waren hundert Prozent seiner Gage fällig.

Die Quaddeln an seinem Hals wuchsen, juckten und pulsierten, kurz glaubte Ture, er könnte sie sogar hören, ein Zirpen, wie das von Zikaden, erklang unter seiner Haut. Es beruhigte ihn, erinnerte an einen Urlaub in einer Villa hoch über dem Meer. Er sah seine Mutter in ihrem goldgrün gesprenkelten String oben ohne den Pool entlangstolzieren und verpasste sich eine Ohrfeige. Nach ein paar Liegestützen wurde das Zirpen leiser, und auch der Juckreiz nahm ab. Er würde sich nicht von seinem Unterbewusstsein beherrschen lassen, er war nicht wie Teresa. Und als er in der Yogaposition namens Kranich einen ganzen Werbeblock über verharrte, wurde er für seine Ausdauer belohnt, endlich hatte dieser Tag einen Sinn.

Der Nudelsoßenspot lief, und ihm fiel etwas auf: Das filigrane Handgelenk des blonden Models war vormals nicht zu sehen gewesen. Ein neues Bild führte zu dem Tatbestand: Neue Version. Ture spulte zurück, drückte auf Standbild und meldete sich im Internet bei der Datenbank des Werbefilmarchivs an – zweihundertfünfzig Euro kostete ihn die Mitgliedschaft pro Jahr. Er fand den Spot und … Teresa klingelte Sturm. Er hatte vergessen, die Klingel leise zu stellen, was für ein Fehler. In seinem Ohr begann es kurz, aber heftig zu piepen.

Er drückte den Summer, setzte Wasser auf, füllte drei Esslöffel Eisenkrautblätter in sein größtes Teeei und hängte es in die Glaskanne. Heute brauchte seine Schwester noch länger als sonst für die Treppen.

Als sie in die Küche gepoltert kam, warf sie ihren gelben Sack auf den Boden, atmete schnell und heiser, ging in die Hocke und hielt sich die Seiten – Ture setzte sich im Schneidersitz dicht vor sie auf den Boden und legte ihr die Hand auf die Stirn.

»Ist alles ein bisschen viel gerade, oder?«

»Ich muss diese Rolle bekommen, ich kann nicht mehr, alles kommt hoch, ich kann das spielen, ich weiß, ich kann nicht mehr, ich kann nicht mehr diese ganze Kommerzscheiße, das sind schlechte Menschen, Ture, das ist ein Thriller, erbarmungslos, die ficken mich mit allem, ich … Ich bin alt und fast pleite, habe Augenringe, ohne müde zu sein, und bin nur die verfickte Fotze mit Blush und Concealer.«

»Jetzt nimm erst mal eine Dusche, lass die Verwirrung sacken, damit du dich an sie erinnern kannst.«

»Wenn du dich mit der Psyche so ewig gut auskennst, warum hast du dann schon wieder den ganzen Hals voller Pusteln?«

»Das sind Quaddeln, nur eine allergische Reaktion. Urtikaria, kein seltenes Phänomen.«

»Worauf?«

»Auf all diese Arschlöcher, die mein Geld stehlen.«

»Du hast doch genug Geld, warum macht dich das so verrückt?«

»Lass das mal meine Sorge sein, geh duschen oder setz dich auf den Balkon, meinetwegen rauch eine Zigarette.«

Ture rieb sich über den Hals, holte sich den Beutel mit Eis aus dem Tiefkühler und betupfte damit seine Haut. Teresa machte keine Anstalten, auf den Balkon zu gehen, sie hatte sich eine Zigarette angezündet, zog einmal kräftig und lange daran und hörte endlich auf zu hecheln. Sie kauerte auf dem Boden, hielt ihre Beine umschlungen, die Zigarette in der schlaffen Hand. Das abgeknickte dürre Handgelenk erinnerte Ture wieder an den Werbespot. Er stellte eine Untertasse direkt unter die Kippe und strich zärtlich mit dem Eisbeutel über seinen Hals. Anstatt abzuaschen, begann Teresa stumm zu weinen. Klebrige Tränen liefen ihr stockend über das reglose Gesicht, und als die Asche schließlich auf die weißen Fliesen fiel, legte Ture den Eisbeutel zurück in den Tiefkühler, nahm ihr die Zigarette aus der Hand, löschte sie im Waschbecken unter dem voll aufgedrehten Wasserstrahl und sagte: »Erzähl mir doch genau, was passiert ist, ganz in Ruhe und am besten chronologisch.«

»Andauernd hab ich überall diesen Schleim an meinem Körper, es passiert immer häufiger, und es breitet sich schneller auf immer mehr Fläche meines Körpers aus, Ture. Aber scheinbar kann niemand außer mir diesen Schleim sehen oder fühlen. Ich hab solche Angst, dass ich verrückt werde.«

Er zog sie hoch, nahm ihre Hände, strich ihr sacht über die Arme und sagte: »Hab keine Angst, die Psyche ist ein logisches Gebilde. Und wenn du durchgedreht wärst, würdest du nicht darüber reflektieren. Ich denke, es ist bloß ein sehr fantasievoller Abwehrreflex. Hör mir gut zu, ich habe dir doch neulich von diesem Käfer erzählt, dem Saftkugler.«

»Der, der stirbt, weil er so ein übertriebener Schisser ist?«

»Ja. Man hat ihn Saftkugler getauft, weil er sich ängstlich zusammenrollt, sobald er Gefahr wittert. Er sondert auch ein Sekret ab, das Feinde auf Abstand hält. Seinen Saft eben. Dieser Schleim, meine liebe schlaue Teresa, ist dein Selbstschutz, eine gute Sache. Du hast ein sehr cleveres Unterbewusstsein.«

»Aber es macht mir Angst.«

»Das soll es ja auch. Du solltest darauf achten, wann dieser Special Effect auftritt. Würde ich an diesen Seelenquatsch glauben, würde ich sagen, die Seele behauptet sich in diesen Momenten durch Konsistenz.«

»Die Seele ist glibberig?«

»Falls vorhanden, ganz sicher nicht fassbar, und du metaphorisierst das auf ironische Weise.«

»Du spinnst!« Teresa lächelte kurz und zog ihren Rotz hoch.

»Lass uns etwas tun, das du magst«, sagte Ture.

»Was mag ich denn?«

»Du hängst gern sinnlos in Cafés rum.«

»Aber du nicht.«

»Das ist richtig, aber ich liebe dich.«

Teresa weinte noch ein bisschen und umarmte ihn dabei unangenehm fest. Ture strich ihr über den Kopf, küsste sie auf die Stirn und schob sie von sich, ging zum Tisch, nahm das Teeei aus der Kanne und stellte sie in den Kühlschrank.

Vergnügt lief Teresa vor Ture her und setzte sich an den letzten freien Tisch vor dem Café Ölsuppe in die pralle Nachmittagssonne. Sofort kam dieser Typ angerannt, dieser Regisseur, der vermutlich ihre Mutter gebumst hatte. Er begrüßte Teresa überschwänglich, ohne Ture, der in diesem Moment einfach stehen geblieben war, zu beachten.

Teresa sprang auf, umarmte ihn und sagte: »Naaaa, Darko, tut mir leid, mein Verhalten auf der Party neulich, ich hatte zu viel getrunken.«

»Ja, ich auch, das war mal eine stolze Fete. Sehen wir uns auf der Premiere nächsten Monat?«

»Welche Premiere?«

»Von meinem neuen Film: *Der tote Hund auf dem sinkenden Schiff*, deine Mutter spielt die Hauptrolle.«

Ture setzte sich.

»Hey, du bist doch Ture?«

»Jep.«

Teresa und Darko unterhielten sich besinnungslos in diesem überfröhlichen zu lauten Tonfall, in dem sich alle Leute unterhielten, die zu viel Zeit in Cafés verbrachten. Ture sah der Kellnerin nach, eine riesige, dicke sommersprossige Blondine in knalligen kurzen Hosen und einem Tanktop. Die Achseln sauber rasiert balancierte sie das Tablett geschickt nur auf den Fingerspitzen, ihre Nägel waren neongrün lackiert, sie trug einen smaragdgrün glitzernden Plastikhaarreifen über der hohen verschwitzten Stirn, und Ture spürte den Drang, ihr zu gefallen. Sie kam an ihren Tisch, er bestellte eine Limettensaftschorle mit viel Eis, ohne ihr in die Augen zu sehen.

»Braunen Zucker dazu?«, fragte sie sehr laut und freundlich. Ture sah sie nun an und zischte: »Sehe ich aus, als wäre ich fett oder so?«

»Was? Nein, äh, ich dachte nur, vielleicht ist es so zu, ähm …«

Teresa sagte: »Alles gut, Edith, der ist so, ist nicht persönlich gemeint.«

Edith nickte kurz und senkte den Blick, sie hatte Tränen in den Augen. Ture beugte sich unter den Tisch, tippte im Kies rum, betrachtete Teresas verkrampfte Zehen und Darkos haarige Füße in ledernen Flipflops, bis Edith sich weit genug vom Tisch entfernt hatte. Als er sich wieder aufgerichtet hatte, entschied Ture, dem Schwatz der beiden zu folgen. Darko sagte: »Ist dir schon mal aufgefallen, dass alle aktuellen Superweltstars Frauen sind?! Rihanna, Lady Gaga, Katy Perry, Beyoncé und so weiter.«

»Superweltstars in Unterwäsche«, sagte Teresa.

»War das ein Anflug von Feminismus?«

Darko zog die Augenbrauen hoch.

»Wie auch immer. Ich frage mich, was du mit deiner vorherigen Feststellung zum Ausdruck bringen wolltest?«

»Dass mich das Thema Mega-Erfolg beschäftigt.«

»Ist großer Erfolg überhaupt so wichtig?«, fragte Teresa.

Darko zeigte auf eine Stelle an seinem Arm: »Mir schon, guck mal, den Schorf kratze ich mir im Schlaf immer wieder ab, und neulich Nacht hab ich meine Zahnschiene durchgebissen, shit ey. Ich glaube, die Anspannung geht nicht weg, bevor das erste Wochenende durch ist, nur das zählt, der Film hat meistens keine Chance, sich zu bewähren, dabei spielt die Qualität keine Rolle, sondern das Wetter, das Fernsehprogramm und pralle Kritiker.«

»Warum machst du dann überhaupt Filme, wenn der Erfolg nicht planbar ist?«, fragte Ture und pulte einen Splitter von der Tischplatte.

»Weil ich kein Dünnbrettbohrer bin«, sagte Darko, und Ture sah, wie eine attraktive Frau auf ihren Tisch zukam. Es war Stephanie, Teresas Fitnesstrainerin. Dürr, drahtig, feste runde Brüste, hohe Wangenknochen, volle Lippen, dunkle Haut. Sie sah ihn herausfordernd an, und Ture sagte mit Blick auf ihre muskulösen Arme, was er schon die ganze Zeit zu Teresa sagen wollte: »Am Donnerstag ist die Vernissage einer Gruppenausstellung in einer interessanten neuen Galerie.«

Teresa sah ihn skeptisch an: »Seit wann interessierst du dich für Kunst?«

»Tue ich nicht«, sagte Ture und fügte hinzu: »Aber ich weiß nicht wohin mit meinem ganzen Geld, ich dachte an eine Investition.«

Sofort empfand er Scham über seine verräterische Prahlerei, nichts, was er hier tat, war seine Art, aber Stephanie lächelte, und er strahlte sie mit seinen grünen Augen lange an. Erst seit er sich aus Einsamkeit und schwelender Depression den Arsch abtrainierte, beachteten ihn Frauen vom Kaliber seiner Schwester. Sollte er diese Anerkennung genießen? Meist beschworen diese Zusammenhänge eher eine gewisse Verachtung herauf, die sich mit aggressiv-sexuellem Verlangen mischte. Und auch jetzt stellte er sich plötzlich beschämt vor, dass Stephanies Möse sehr feucht war und wie er grob ein paar Finger hineinsteckte. Schnell wandte er den Blick von ihr ab, als sie sagte: »Mein Vater investiert auch in Kunst.«

Edith stellte das Tablett auf dem Tisch ab, und Ture sah nur ihren Ausschnitt. Ihre großen Brüste bildeten einen verlockenden Spalt, und Stephanie legte ihr die sehnige braune Hand auf den milchig-weichen Oberarm. Ture bekam einen Ständer, und Stephanie sagte: »Edith, geht's dir gut? Wann bist du heute durch hier?«

»Ich mach schon wieder Schlussdienst, Joyce hatte einen Kreislaufkoller, und irgendwie sind alle im Urlaub.«

»Ach, nö, das ist ja schade, dann kannst du ja gar nicht mit zu Shirins Geburtstag.«

Stephanie umarmte Edith, gab ihr einen Kuss auf den Mund und sagte: »Tut mir leid, Süße, vielleicht kommst du später nach.«

»Ganz ehrlich, Steffi, ich glaub, ich bin durch, wenn ich hier fertig bin.« Sie wischte sich über die schweißnasse Stirn.

»Süße, das tut mir so leid, das ist so schade, bringst du mir eine Maracujaschorle auf Eis und einen doppelten Espresso, bitte?«

Ture nahm sich sein Getränk selber von Ediths Tablett, sie sah ihn nicht an und erwiderte auch nicht seinen Dank.

»Was macht denn dein Vater sonst so?«, wandte Ture sich wieder an Stephanie.

»Er ist der Botschafter von Kamerun.«

»Ach, interessant«, sagte Ture, und dann fiel ihm nichts mehr ein, denn mit großer Sorge stellte er fest, dass er noch immer einen Ständer hatte.

MAN DOWN

»Hallo, ja, hallo, Kugler mein Name. Was? Ja, Teresa Kugler am Apparat, ich bin Mieterin bei Ihnen und habe da so ein Schreiben bekommen, eine fristlose Kündigung. Was? Ich melde mich erst jetzt, weil ich, ähm, ich war im Urlaub! Ja, zwei Monate! Und dann hatte meine Nachbarin den Brief irgendwo in so einem Berg Post zwischengestapelt, Werbung und so … Was? Räumung? Wann? Also hören Sie mal, das können Sie doch gar nicht einfach so … ich … Ob ich mir die Wohnung leisten kann? Wissen Sie, ich habe da ein paar Außenstände, damit könnte ich die Scheißmieten bezahlen. Sie haben ja keinen Plan, wie das ist, wenn man selbständig ist, hören Sie …«

Der Typ von der Hausverwaltung hatte einfach aufgelegt. Teresa konnte sich jetzt nicht weiter damit beschäftigen, sie war auf dem Weg zu ihrer Agentur, hob schnell noch ein paar hundert Euro mit ihrer Kreditkarte ab und rannte den restlichen Weg, weil sie kein Taxi bekam. Jetzt, in diesem Moment, hatte sie einen Termin mit Almut und rechnete fest mit ihrem Rauswurf. Warum reichte dafür kein Anruf? Teresa wollte vor der Vernissage noch zur Maniküre und sich einen neuen Concealer besorgen. Vielleicht besorgte sie sich besser gleich Camouflage, ihre Augenringe waren in den letzten Tagen selbst nach sieben

Stunden Schlaf nicht besser geworden. So lange hatte sie schon ewig nicht mehr gepennt, aber sie hatte die Überdosis Magnesium vorm Schlafengehen ja auch extra mit Hefeweizen runtergespült. Schon eine Viertelstunde wartete sie nun, ohne gefrühstückt zu haben, in Almuts Büro.

Ihre Agentin war noch immer nicht vom Mittagessen zurück, Dauerpraktikantin Mirja stand ein paar Meter weiter am Drucker und sortierte einen Haufen Papier. Sie hatte Teresa den Rücken zugewandt und telefonierte mit ihrem Handy: »Auf jeden Fall hat Nikki schon wieder krass zugenommen! Ich glaube, deswegen war die am Samstag auch nicht mit auf der Party … Aha, ähä, ähä, ja, nee, genau, im Gesicht setzt Berenike nicht so an, das ist voll ungerecht. Ey, heute früh war ich fast unter fünfundfünfzig Kilo, das war aber vorm Kacken. Was meinst du, wie viel wiegt Scheiße?! Nee, echt? Meinst du?! Das wäre so cool, dann wäre ich unter fünfundfünfzig. Ey, ich sag mal so, wenn ich endlich wieder Größe vierunddreißig habe, leck ich mir selber die Muschi, so geil wäre das.«

Teresa setzte ihre großen Kopfhörer auf, stellte »Man Down« von Rihanna auf volle Lautstärke und verfiel trotzdem in eine Art Dämmerschlaf.

Plötzlich kniff ihr jemand in die Wange. Teresa schlug die Augen auf, Almut zog ihr die Kopfhörer herunter, schob Mirja raus, trat die Tür hinter sich zu und stellte einen großen Pappbecher Kaffee auf ihren Schreibtisch.

Die große, blonde Frau mit dem dunklen Ansatz trug zu viel Concealer, der die Falten um die Augen hervorhob, genauso wie das helle, graumelierte Wickelkleid die riesigen Brüste. Hals und Dekolleté waren von einem blassblauen tischdeckengroßen Tuch bedeckt. Sie lächelte Teresa flüchtig falsch an, sagte: »Alles gut?«, und tippte noch schnell etwas in den Computer.

Mit Schwung rollte sie auf ihrem Stuhl zu Teresa und beugte sich nach vorn. Ihr Atem roch nach Königsberger Klopse und Milchkaffee: »Der Tag könnte nicht schöner sein, Ondra Elber ist ab sofort bei uns unter Vertrag, ich freu mich so.«

Teresa hob den Daumen und sagte: »Mhm. Glückwunsch.«

Almut klatschte zweimal in die Hände: »So, und jetzt zu dir. Mareile Golanski hat mich angerufen, wie hast du denn das hinbekommen?«

»Ist doch bloß ein Casting.«

»Bitte?!« Almut verzog das Gesicht und verschränkte die Arme.

Teresa legte sich die Hände auf den Bauch, ihr war plötzlich speiübel.

»Kann ich einen Schluck Wasser haben, mir ist nicht wohl.«

Almut holte eine Flasche Mineralwasser aus dem Kühlschrank, öffnete sie, dass es zischte, und schenkte Teresa eine Kaffeetasse damit voll. Teresa nippte ein paarmal daran, und Almut warf den Kopf in den Nacken, während sie ihren Kaffeerest bis auf den letzten Tropfen exte.

»Geht's wieder?«, fragte sie und fuhr fort: »Das ist nicht nur ein Casting, das ist eine große Chance, Teufel noch mal! Wenn du die vertust, stehst du für Soaps, Telenovelas etc. zu meiner vollen Verfügung, würd ich sagen. Oder siehst du das anders?«

»Ich finde, die bezahlen einen da ziemlich schlecht, obwohl man jeden Tag arbeiten muss und seinen Ruf ruiniert.«

Almut sah Teresa erstaunt an, und ihre Mundwinkel zuckten. Mit verschlossenen Augen atmete sie laut ein und aus und sagte dann: »Gut. Dann sagen wir es mal so: Als Model verdienst du in deinem Alter einfach nicht mehr genug und nach der Kotzerei und deiner Set-Flucht bei Kerami bist du sowieso 'ne Weile raus.«

Teresa zuckte die Schultern: »Vielleicht mache ich bald auch was ganz anderes.«

Almut zog die Augenbrauen hoch.

»Versorger heiraten?«

Teresa antwortete nicht, zum ersten Mal bahnte sich der Schleim von innen seinen Weg. Er trat an der Nasenschleimhaut aus und drang langsam, aber druckvoll zu ihrem Schlund vor. Das schleimige Sekret verschloss die Luftröhre und die Konsistenz verfestigte sich abrupt. Die Speiseröhre wehrte sich mit aufsteigender Magensäure, das Sodbrennen wurde immer stärker und schien auch gegen die andere übermäßige Sekretion etwas ausrichten zu können. Der Schleimpfropfen aus der Luftröhre zog sich plötzlich wieder zurück, schoss dann verflüssigt und geballt hoch durch die Nasenlöcher, bedeckte in Sekunden Teresas Gesicht und drang bis in die Ohren vor. Ihr Kopf war nun von einer Art Schleimwolke mit Tentakeln umgeben, die Masse waberte über ihren Hals und die Schultern, floss zäh zwischen den Brüsten hindurch und umrankte ihre Taille. Teresa hörte gedämpft Rihannas Gesang aus dem verklebten Kopfhörer um ihren Hals: »Rum pa pa pum, rum pa pa pum, Man down.«

Almut packte Teresa an den Schultern und bemerkte gar nicht, wie der Schleim sich sofort gezielt und flink auf ihre Hände zubewegte, dann laut schmatzend über ihre Finger kroch.

Die Agentin rülpste mit verschlossenen Lippen, schluckte irgendwas runter und sagte: »Es geht nicht nur um dich, ich muss meine Mitarbeiter bezahlen, und auch Mirja bekommt ab Januar ein volles Gehalt. Ich hab einen Reizmagen, zwei Schlüsselkinder, einen Exmann mit Burnout und einen Bobtail mit Diabetes, Ego war gestern. Verstehst du das, junge Frau? Und siehst du das hier?!?«

Almut wickelte ihr Tuch mit ein paar zackigen Bewegungen vom Hals.

»Was glaubst du, warum ich bei dem Wetter mit so einem Wasserfall rumlaufe?«

Das halbe Dekolleté und der Hals der Agentin waren mit unzählig vielen kleinen Pickeln übersät.

»Wow, ist das ansteckend?«, fragte Teresa.

»Das, Mädchen, hat mein Arzt als Stressakne diagnostiziert. Ich schütte zu viel Testosteron aus, weil ich mich andauernd hochgradig aggressiv aufrege, dass es sprießt wie bei einem Schuljungen, der nicht zum Bumsen kommt!«

Almut wickelte sich das Tuch wieder um den Hals, plazierte es ordentlich auf dem Dekolleté, holte tief Luft und fuhr, scheinbar ohne auszuatmen, fort: »Ich mach wie 'ne bescheuerte Akquise für dich und muss ständig tolle Angebote ablehnen, weil du dir zu fein bist. Jetzt wach endlich mal auf, dann könnte ich mir ein paar Säureblocker und Vitamintherapien sparen. Ich meine es wirklich nur gut mit dir, Teresa.«

Almut rülpste, Teresa hielt die Luft an und Almut sagte: »Bitte entschuldige, der musste einfach raus. Mensch, mir liegt doch was an dir, wir sind doch in einem Team, Süße. Und jetzt muss ich von dir wissen, ob du das auch so siehst. Ich würde dir gern wieder vertrauen können. Ich liebe es zu vertrauen, ich liebe es mehr als alles andere.«

»Ich werde dich nicht enttäuschen, dieses Mal nicht.«

»Ist das dein Ernst?«

»Ich denke schon.«

Teresa zitterte, der Schleim lag wie eine Stola um ihre Schultern und bewegte sich in sanften Wellen. Almut sah sie durchdringend an, blähte die Nasenflügel, nickte ein paarmal und klopfte dreimal auf die Tischplatte.

»Gut, sehr gut, du weißt, ich mag dich, das weißt du. Wir gucken, was passiert. Wie gesagt, es gibt da auch noch diverse Fernsehformate, die du machen könntest, für diese Hochglanz Datingshows z. B. wärst du vom Kontext her ideal. Aber bald kann ich dich da altersbedingt auch nicht mehr unterbringen. So, und jetzt lass dich drücken, gleich hab ich einen relevanten Telefontermin.«

Nach einer kurzen Umarmung gab Almut Teresa einen Klaps auf den Hintern und schob sie aus der Tür.

Sie wankte benommen über den langen Flur der Agentur. Der Schleim bildete nur noch eine dünne Schicht auf ihren Waden und glitt dann über den dunklen Parkettboden, wirbelte herum, bäumte sich noch einmal auf und glitt unter der Tür zum Treppenhaus durch.

Mirja stand hinter dem Empfangstresen, hatte noch immer ihr Handy am Ohr und rief: »Woho, Chica, hast du abgenommen! Respekt!«

FRUCHTFLEISCH

Dietrich Kugler saß in der Küche, blätterte mit einem Rotstift in Reichweite die Fernsehzeitung durch und krümelte Hautschuppen von seiner Kopfhaut in den Aschenbecher. Bärbel, die wie immer am frühen Nachmittag ihre zweiten Wechselduschen genommen hatte, kam im Bademantel dazu, tapsend verfolgt von vier hechelnden Beagles. Sofort zog er ein Briefkuvert unter dem TV-Magazin hervor, hielt es Bärbel hin und sagte: »Hast du das gesehen?«

Bärbel nahm den unbeschrifteten Umschlag in die Hand, drehte und wendete ihn: »Was soll das sein?«

»Sieh nach!«, sagte Dietrich, nahm sich ein Schokoladencroissant aus dem Metallkorb und biss hinein.

»Bist du jetzt erst aufgestanden?«, fragte Bärbel und wedelte mit dem Umschlag.

Dietrich spürte ein leichtes Sodbrennen und strich sich über den Hals.

»Kaffee?«, fragte Bärbel.

»Nein, ich hab Sodbrennen!«

»Natürlich«, sagte sie ironisch. Dietrich riss ihr den Umschlag aus der Hand, nahm die Karte heraus, legte sie auf den Tisch und knallte mit der Hand drauf.

Bärbel räusperte sich, holte ihre Brille aus dem Bad und las laut vor: »Gruppenausstellung: Humbugs und Mollusken, Galerie Loise. Vernissage. Oh, das ist ja heute! Ja, und?«

»Es klebt gar keine Briefmarke drauf, er ist nicht adressiert und ein Absender steht auch nicht drauf.«

»Ja, Wurfwerbung eben.«

»Dreh es mal um, Bärbel, Viola ist mit von der Partie.«

Bärbel sah ihren Mann verdutzt an und sagte: »Viola Tinn!?«

»Ja, sicher, welche sonst?«

»Seit wann macht sie Kunst?«

»Was weiß ich. Es ist ja schon zwanzig Jahre her, seit wir etwas mit ihr zu tun hatten.«

»Aber sie war doch noch nie kreativ oder so, sie hat gar keine Fantasie. Sie ist Ärztin!«

»Dann hat sie sich wohl verändert, jeder verändert sich mit den Jahren.«

»Ja?«

Bärbel holte den Blutorangensaft aus dem Kühlschrank und goss sich einen Klumpen Fruchtfleisch ins Glas.

»Der ist ja fast leer, obwohl ich noch nichts davon getrunken habe. Und du hast ihn schon wieder nicht geschüttelt!«

Bärbel kippte den Rest in die Spüle, drückte die leere Papptüte zusammen, stopfte sie in den vollen Mülleimer und fragte: »Meinst du, Viola hat uns das geschickt? Oder Götz vielleicht?«

»Nein, nein, ausgeschlossen. Ich schätze, Ture steckt dahinter. Neulich auf dem Fest haben sie uns doch nach der Sache gefragt, erinnerst du dich? Aber es ist nicht Teresas Art, sie ist nicht infam.«

»Ach ja? Ich traue ihr einiges zu. Ignorieren wir die Sache einfach?«

»Ja, gern. Einen schönen Tag noch«, sagte Dietrich und verschwand nach oben.

Bärbel setzte sich auf die Tischkante und schaltete das kleine Radio auf dem Tisch ein. »Bang Bang« von Nancy Sinatra lief. Sie drehte das Lied lauter, ihre Augen füllten sich mit Tränen, Vanity leckte ihr die Füße, und sie sah sich den Flyer noch mal genauer an. Es war nicht zu erkennen, was das braungelbe Wischiwaschi und Gepunkte unter der Überschrift »Humbugs und Mollusken« darstellen sollte. So etwas konnte sie auf den Tod nicht leiden und deshalb ging sie zum Mülleimer, zerriss die Einladung und warf sie Stück für Stück auf die leere Safttüte.

Viola Tinn stand auf der Toilette in der Galerie Loise, stützte sich an dem schwarzen, mehrfach gesprungenen Waschbecken ab, beugte sich nach vorn und starrte besorgt in die größte Scherbe des Spiegelmosaiks. Trotz des düsteren gelben Lichts war die Warze auf ihrer Wange deutlich zu erkennen.

Schon zu Hause hatte sie sich an der runzeligen trockenen Haut abgearbeitet, aber weder ihr teures Make-up noch die Camouflagecreme retouchierten die Stelle befriedigend. Der billige antibakterielle Abdeckstift für Teenager, den sie auf dem Weg in die Galerie in einer Drogerie gekauft hatte, war ihre letzte Hoffnung an diesem schönen hellen Sommerabend.

Den Tipp hatte sie in einem Internetforum gelesen, aber sosehr sie auch tupfte und rieb, die Warze trat eher noch deutlicher hervor.

Ihr Mann Götz schlief nicht mehr mit ihr, seit sie diese Warze hatte. Er hatte mit ihr geschlafen, als ihre Haare binnen kurzer Zeit grau wurden, und auch, als er eine Affäre hatte, als seine Mutter gestorben war und als sie nach der Menopause ein Jahr lang zehn Kilo Übergewicht hatte. Immer hatte er trotzdem Lust auf sie gehabt. Jetzt rührte er sie nicht mal mehr an, und wenn er sie ansah, entglitt ihm ständig der Blick dorthin.

Mit der Warze kam sie sich alt vor, und alle anderen Künstler dieser Ausstellung waren jünger als Viola, auch Loise, die Galeristin war gerade mal neunundzwanzig. Früher, nein, vor gar nicht langer Zeit, hätte sie die Gesellschaft und den Austausch mit jüngeren Generationen als Belebung und gesundes Sich-Ergänzen empfunden, nun fühlte sie sich nur noch wie im falschen Film.

Es klopfte an der Tür der Unisextoilette. Loises dunkle Stimme drang laut durch die Tür: »Viola, kommst du?! Wir haben den Crémant schon eingeschenkt, gleich machen wir Musik an, und dann öffnen wir die Pforten.«

Viola schaute auf ihr vibrierendes Handy und las, Götz würde es erst später schaffen.

Hektisch betupfte sie ihre Lippen mit Vaseline, kämmte grob ihr hüftlanges graues Haar, sprühte ein wenig Parisienne von Yves Saint Laurent auf ihre Handgelenke, öffnete die Tür, ging zu den anderen und zuckte zusammen, als jemand die scheppernde elektronische Musik lauter drehte. Schnell nahm sie sich ein Glas vom Tablett auf dem Tresen.

Teresa hatte ihre neuen weißen Hotpants angezogen und stellte sich eine Playlist für die Vernissage auf ihrem iPhone zusammen, während ihre Haare trockneten. Sie trank dazu einen eiskalten Riesling, zog ihre zweite Line Koks und betrachtete sich im Spiegel, den sie vorhin endlich aufgehängt hatte. Am liebsten wäre sie einfach nur in der sehr kurzen Hose zur Vernissage gegangen, so unglaublich schön fand sie ihren nackten Oberkörper gerade. Um die Dramaturgie des Abends vorwegzunehmen, erstellte sie eine neue Liste in ihrem iPhone: Sie zog »Lemonade«

von CocoRosie zuerst rein, dann »Ritual Union« von Little Dragon, »Climax« von Usher, »The Morning« von The Weeknd, »The Last High« von den Dandy Warhols, »Truth Begins« der Dirty Pretty Things, »The Magus« von Carl Barât, »The Recipe« von Kendrick Lamar, »Must Be a Devil« von Diplo, »Octopus« von Bloc Party, »MCs Can Kiss« von Uffie, »Fire Fire« von M.I.A., »Lose it« von Austra, »Love in this Club« von Usher und »Werkin' Girls« von Angel Haze für den Heimweg. Das musste reichen, und auf alle anderen Lieder hatte sie heute so oder so keine Lust. Zwischendurch würde sie sich unterhalten. Das Mahoni feierte Fünfjähriges, die Musik dort war immer passabel, und der DJ erfüllte ihr als einzigem Gast Wünsche. Falls sie spontan angeödet war, gab es genug Alternativen. Teresa stand immer auf den Gästelisten der richtigen Clubs, Partys und Events. Für den Fall, dass nirgendwo gutes Männermaterial abfiel, hatte sie ein paar vorsorgliche Booty Calls auf Mailboxen von Typen hinterlassen, mit denen sie unter Einfluss von Alkohol, Koks und Marihuana sexuell harmonierte.

Die Choreographie der Nacht begann, als Teresa das Telefon in die Anlage steckte und Play drückte. Sie starrte zu »Lemonade« narzisstisch versteinert in den Spiegel, tanzte ein wenig zu Little Dragon, weinte klebrige Tränen und masturbierte zu »Climax«, zog noch eine Line zu »The Morning«, zog sich was über und exte den Rest Riesling zu den Dandy Warhols, besprühte sich mit Pamplelune, setzte die neongelben Kopfhörer auf und verließ zu »Truth Begins« ihre Wohnung.

Götz Tinn betrat die überfüllte Galerie und bahnte sich zu lauter, ihm unangenehmer Musik einen Weg zur Treppe. Seine Frau hatte geschrieben, dass ihre drei Bilder im ersten Stock hingen. Im Erdgeschoss standen Menschentrauben dicht und rückwärtsgewandt vor den hohen Wänden. Sie verdeckten die Kunstwerke meist vollständig, feierten offensichtlich und waren mitnichten an irgendwas sonst interessiert. Eine junge Frau mit knalligen Kopfhörern zwängte sich an ihm vorbei und wandte ihm dann kurz ihr ungeschminktes Gesicht zu, als er mühsam die ersten Stufen der überfüllten Treppe überwunden hatte. Er reckte sich nach ihr, doch sie war schon wieder in der Menge verschwunden. Das taumelnde betrunkene Jungvolk drängte plötzlich von allen Seiten, niemand schien besorgt über die unübersichtliche Lage zu sein. Kurz war Götz so sehr von Körpern eingeengt, dass er den Boden unter den Füßen verlor. Einige juchzten, als die Menge noch weiter ins Wanken geriet, die anderen schienen es nicht zu bemerken oder für bemerkenswert zu halten. Viele junge Männer trugen Anzüge und hatten ordentliche Frisuren. Götz trug, was er jeden Tag unter dem Kittel trug: eine schwarze Jeans und ein blaues Hemd. Er hätte nach der Arbeit etwas essen sollen, hier wurden sicher keine Häppchen gereicht.

Endlich hatte er es geschafft, sich über die volle Treppe einen Weg nach oben zu bahnen. Dort waren alle Fenster geöffnet, und davor tummelten sich noch mehr hübsch gekleidete, gut aufgelegte Menschen unter fünfzig, lehnten dicht aneinander in den Nischen, drehten Zigaretten oder rauchten. Schweißnass und beschämt lief Götz umher und fand weder Viola noch ihre Bilder. Irgendwann bemerkte er, dass er die ganze Zeit über auch gar nicht nach ihnen Ausschau gehalten hatte, sondern nur nach der jungen Frau mit den Kopfhörern. Sicher, sie war schön, aber da war noch etwas anderes, das ihn bewegte.

Violas Bilder hingen neben einem großen Fenster, umgeben von einem Rudel Raucher. Götz gesellte sich dazu und drehte sich endlich seine Feierabendzigarette. Übereilt war er hierhergehetzt, da seine Frau nichts so sehr verabscheute, wie abends ohne ihn unter Menschen zu sein. Neben einem von Violas Bildern klebte tatsächlich ein kleiner roter Punkt. Er hätte nicht gedacht, dass jemand sich für das willenlose beigefarbene Gesprenkel interessieren würde. Er verstand nicht, was das mit dem Thema zu tun haben sollte. Sie hatte die Bilder nicht mal erklärend betitelt, sie hießen bloß W1,W2 und W3.

Götz entdeckte die junge Frau mit den Kopfhörern. Er sah sie von hinten, sie war viel größer, als sie in der Menge gewirkt hatte. Die Kopfhörer hingen nun um ihren Hals, ihre Flipflops hatten die gleiche knallgelbe Farbe, die weiße Spitzen-Korsage war eng um ihren schmalen Körper geschnürt, und sie hielt einen riesigen gelben Beutel in der Hand, schwenkte ihn hin und her.

Sein Blick blieb schließlich an dem kleinen runden Po in der kurzen weißen Hose haften. Dieser Po faszinierte ihn derart, dass er nicht begriff, dass sich die junge Frau mit seiner Frau unterhielt.

Als Viola Teresa fest in den Arm nahm, füllten ihre Augen sich mit Tränen, durch die hindurch sie schließlich die Silhouette ihres Mannes erkannte, der gegen ihr verkauftes Bild gelehnt dastand und plötzlich erschrocken zusammenfuhr, als hätte er sie erst nicht erkannt. Konnte sie das als Kompliment auffassen? Peinlich berührt über ihren aberwitzigen Gedanken wischte sie sich die Tränen aus den Augen, legte Teresa den Arm um die Hüfte und ging mit ihr zusammen mit einem feierlichen Strahlen zu Götz.

»Guck mal, wen ich getroffen habe, das ist Teresa Kugler, Dietrichs und Bärbels Tochter.«

Götz spürte, wie er errötete, wischte sich die Hand an seinem Hemd ab, streckte sie ihr hin: »Mensch, bist du aber groß geworden. Toll.«

Mehr fiel ihm nicht ein, nur noch: »Ist euch auch so heiß? Ich glaub, mein Kopf explodiert gleich, bestimmt sehe ich aus wie eine überreife Tomate.«

Teresa lächelte kokett verlegen, machte eine Art Knicks und sagte: »Hey, na so was, freut mich. Du siehst … ähm … auch ja, na ja, älter, ähm, aber sehr gut aus. Ach, was laber ich? Entschuldigung, ich hab schon zu viel getrunken.«

Ihre Hand fühlte sich noch immer an wie die eines Kindes, und ihm wurde sehr schwindelig, was sicher mit seiner Nackenverspannung zu tun hatte. Die bekam er neuerdings immer, wenn seine Patienten sich vor ihm entblößten – sofort wurde ihm übel, und sein Nacken auf der Magenseite verkrampfte sich. Viola sagte: »Vielleicht solltest du auch etwas trinken. Du wirkst dehydriert und ein wenig knittrig, so alles in allem.« Und dann wandte sie sich an Teresa: »Männer meiner Generation trinken ja immer zu wenig, denen fehlt da schlicht und ergreifend das Bewusstsein. Selbst wenn sie schon ganz neben sich stehen und bleiern müde von der Dehydration sind, kommen sie nicht darauf, einfach mal ein großes Glas Wasser zu trinken. Wusstest du, dass es eine Versicherung gibt, die ausschließlich Frauen versichert?!«

Götz sagte: »Entschuldigt bitte, ich geh schnell mal zur Bar und sehe nach, ob es einen gut gekühlten Weißwein gibt, see you later!«

Teresa hielt ihm ihr Glas entgegen: »Willst du probieren, ist ein Riesling, schön spritzig.«

Götz griff dankbar zu, trank den pisswarmen Rest in einem Zug aus und sagte: »Vorzüglich. Ich hol uns mal drei davon!«, aber Viola fuhr gereizt dazwischen: »Du weißt doch, dass ich immer Rotwein trinke, auch bei Hitze.«

Ja, das wusste er, und das tat sie, obwohl ihr Zahnschmelz so beschaffen war, dass er schon nach dem ersten Schluck tiefviolett wurde. Das passte auf deprimierende Weise zu ihren natürlich belassenen aschgrauen Haaren. Früher war ihr Haar seidig, glänzend und rotblond gewesen, da ging das mit den Zähnen vielleicht noch als niedlich durch. Mittlerweile aber war ihre mangelnde Eitelkeit erbärmlich, dachte er und erschrak über den Hass dabei. Dann überkam ihn unmittelbar die Erinnerung an das gigantische Furunkel in der Achselhöhle einer Patientin, das er am Morgen geöffnet hatte. Seit es diese Deodorants mit cremigen Pflegestoffen gab, hatte er es ständig mit diesen Monstern zu tun. Es war die Hölle.

Ture stand vor der Galerie und sah Teresa auf der Fensterbank im ersten Stock sitzen. Ein Bein baumelte seitlich heraus, das andere hatte sie angezogen. Ihre weißen Glitzerhotpants funkelten im Licht der Abendsonne. Ihr gegenüber stand Götz und wackelte mit seinem leeren Weinglas herum, daneben Viola, die Teresa immer wieder über die Wange strich und ab und zu ihr Gesicht in die Hände nahm. Wenn die beiden Frauen einander innig zugewandt waren, griff Götz sich jedes Mal kurz in den Schritt.

Ture nahm einen der Eiswürfel aus seinem Mineralwasser und strich sich damit unter seinem T-Shirt über die Pusteln, als Stephanie wie aus dem Nichts mit sportlichen Schritten und wiegenden Hüften auf ihn zukam. Plötzlich lief auch diese andere große blonde runde Frau namens Edith aus dem Café Ölsuppe von hinten an ihm vorbei und auf Stephanie zu. Sie umarmten sich und gaben sich, angetrunken wie sie waren, einen zu langen Kuss auf den Mund. Tures Erregung war unerträglich und genau so, wie er jetzt begehrte, würde er hinterher hassen. Er erinnerte sich an einen blöden Satz seines Vaters: Alles an der eigenen Sexualität ist von gesellschaftlicher Relevanz.

Als Tures Angst vor dem Verlust jeglicher Kontrolle immer größer wurde, sah er wieder nach oben zu seiner Schwester. Ihr Anblick beruhigte ihn kurz. Dann sah er die Tinns und dachte plötzlich an ein Vorkommnis, an das er sich im Grunde seit zwanzig Jahren erinnerte, und sein Schwanz wurde immer härter und der Schmerz unermesslich.

»Ture! Hey Ture!«, rief Teresa, deutete auf Götz und Viola und sah ihren Bruder davonrennen. Er stolperte, fiel, und als er sich unbeholfen wieder aufrichtete, erkannte Teresa den fetten kleinen Jungen, der er einmal gewesen war.

»Das ist Ture?« Viola trat ans Fenster und nahm noch einen großen Schluck Wein.

»Unglaublich, was für ein Körper.«

ICH WOHNE IN EINEM ALTEN BRÖTCHEN

Quälender Wachschlaf verseucht von Erinnerungen an Sex, Zukunftspläne und den Tod hatten Viola am nächsten Morgen schon um kurz nach sieben aus dem Bett getrieben. Unten in der Küche blubberte der Kaffee, während sie den Liegestuhl von der Terrasse auf den Rasen trug. Um kurz vor acht dann drängte sie zu viel Koffein, die Morgensonne und eine diffuse Vorfreude auf den Rest ihres Lebens, oder zumindest dieses Samstags, zu sozialer Aktivität. Um Punkt acht ging eine Kurzmitteilung von Viola auf Teresas Handy ein.

Teresa lag neben einem Neunzehnjährigen nackt auf ihrer breiten Matratze auf dem Bauch, die Beine nach oben angewinkelt, die Arme unterm Kopf verschränkt und hörte nicht, dass es in ihrem gelben Beutel vibrierte. Zwischen vier und fünf hatte sie ihn einfach irgendwo auf dem Flur fallen gelassen. Am späten Mittag endlich nahm sie Violas Nachricht zur Kenntnis.

Viola stand in dem Moment auf dem Markt am Stand ihres charmanten, bärigen Lieblingshändlers, roch mit verschlossenen Augen an einem besonders großen, gelbroten Apfel aus der Region, lächelte und kaufte zwei Kilo davon.

Teresa spülte sich in ihrem fensterlosen Bad im Dunkeln Mascarakrümel von den Augäpfeln, schlurfte in die kleine Eckküche und schluckte zwei Buscopan Plus mit lauwarmem Leitungswasser. Noch immer steckte ein Teilchen Wimperntusche irgendwo unterm rechten Lid, piekste und verursachte Tränenfluss. Teresa zog Rotz und ein wenig Blut hoch, wühlte in ihrem Beutel nach dem Handy und las, dass Viola und Götz sich sehr freuen würden, wenn sie am Abend zum Essen vorbeikäme.

Zurück im Schlafzimmer boxte sie dem nackten Typen in ihrem Bett mehrfach auf den aufgepumpten Muskel am Oberarm: »Hey, hey Typ, ich hab zu tun, du musst jetzt gehen!«

Seufzend sagte er: »Ey, stress mal nicht, heute ist Samstag, krieg ich keinen Kaffee oder so?«

»Nein, tut mir leid, ich brauche jetzt meine Ruhe.«

»Aber du hast doch bis eben gepennt.«

»Ich meine es ernst, verpiss dich jetzt bitte, sonst krieg ich einen Anfall.«

»Was bist du denn für 'ne Stresstussi!?«

Abrupt und mit aggressiver Miene fuhr er hoch, schubste Teresa zur Seite, schlüpfte in seine Jeans und das Unterhemd, nahm seine Schuhe in die Hand und knallte die Tür hinter sich zu. Keine Minute später klingelte es Sturm. Teresa sah durch den Spion, der Hausmeister wedelte mit einem Zettel, vermutlich war es die fristlose Kündigung. Er haute nun mit der Faust gegen die Tür und sagte: »Frau Kugler, ich weiß, dass Sie da sind, der nette junge Mann hat es mir gerade gesagt. Die Hausverwaltung schickt mich, Sie sind allerspätestens Montag mit Sack und Pack hier raus, sonst komm ich mit Verstärkung!«

»Fick dich, du Penis«, murmelte Teresa.

»Was bidde?«, fragte der Hausmeister.

»Nix, und hau nicht gegen meine Tür, du Affe!!!«

Der Hausmeister schüttelte den Kopf und zog sich zurück.

Ture ging schon nach einem halben Klingeln mit seiner Schleimstimme ans Telefon: »Kugler, ja bitte.«

»Ich bin's, Teresa.«

»Deine Nummer wird gar nicht gesendet, schalt das mal ein, ich erwarte den Anruf eines Tonstudios. Ich hoffe, es ist wichtig.«

»Ist auf jeden Fall wichtig! Wir sind heute Abend nämlich bei den Tinns zum Essen eingeladen, was sagst du?«

»Schön, aber ich komm nicht mit, ich hab schon gegessen.«

»Aber es ist erst in fünf Stunden.«

»Na und? Ich muss heute Abend zum Sport, und wie gesagt, ich hab schon gegessen.«

»Bist du jetzt vollkommen magersüchtig oder so?«

Ture lachte hysterisch auf und sagte: »Du kriegst das schon ohne mich hin, ich muss jetzt auflegen, mach's gut.«

Am Abend stand Teresa mit einem bunten Strauß Gerbera pünktlich vor dem weißen Jugendstilhaus der Tinns und klingelte bereits zum dritten Mal. Viola öffnete, das Gesicht rotverschwitzt lächelte sie ein wenig gequält und bat nach einer knappen Begrüßung beinahe zickig darum, Teresa möge sich direkt in den Garten begeben, Zuschauer würden sie auch nach so vielen Jahren der Kocherei noch aus dem Gleichgewicht bringen. Und dann fiel ihr Blick auf die Blumen und sie fügte betont freundlich hinzu:»Ach komm, lass dich erst mal drücken, ich mach uns gleich einen schönen Sherry auf.«

Nachdem sie Teresa sanft an sich gedrückt und durch den Flur in die geräumige Küche gezogen hatte, deutete sie auf die offene Terrassentür: »Machs dir bequem, es ist ja noch immer mollig warm, ich bring dir gleich was von Götz' selbstgebackenem Dinkelrosmarinbrot, ist der Hit!«

Gegen halb neun streckte Teresa sich auf einem Liegestuhl

zum zweiten Mal ausgiebig und wurde auch ohne Aperitif und Kohlehydrate langsam wach. Viola hatte ihren Ankündigungen keine Taten folgen lassen und werkelte in der Küche.

Im Gras lag Teresas prall gefüllter gelber Beutel, sogar den Laptop hatte sie irgendwie reinbekommen. Ihre restlichen Klamotten lagerten bis auf weiteres in einem Müllsack am Hauptbahnhof. Am Montag würde der Hausmeister mit Gefolge vor ihrer nun schon Exwohnung auflaufen, die Tür öffnen und das Schloss austauschen, und sie hatte dem nichts mehr entgegenzusetzen. Dabei war ihr keineswegs mulmig zumute, ganz im Gegenteil.

Viola huschte in der Küche hin und her und sprach mit sich selber, dann klirrte es plötzlich laut. Teresa schulterte ihren Beutel und schlurfte barfuß zur Terrassentür.

Die ehemalige Freundin ihrer Mutter hockte vor weit verstreuten rotgläsernen Scherben auf dem Steinboden und hielt sich die Hände vors Gesicht.

Teresa klopfte ihr kurz auf die Schulter, steckte ihr Handyladegerät in die Steckdose neben der Spüle und begann, die großen Scherben einzusammeln. Viola stand auf und holte Handfeger und Schaufel, das lange senfgelbe Kleid trug sie verkehrt herum. Teresa war es sofort aufgefallen, aber die Herzlichkeit, mit der sie begrüßt wurde, hatte sie davon abgehalten, etwas zu sagen.

»Das war meine einzige richtige Vase, ich wollte die wunderschönen Blumen von dir reinstellen. Jetzt wird es wohl ein Tonkrug, das tut mir so leid um den schönen Strauß.«

Als sie alle Scherben in einen Schuhkarton gelegt hatten, verschloss Viola diesen umständlich mit breitem Klebeband und stopfte ihn in den Mülleimer.

Es roch angebrannt, Viola zog einen Topf mit einem zu kräftigen Ruck vom Herd. Er knallte auf den Kachelboden, orangefarbene Suppe spritzte an die Wand und auf ihr Kleid, und sie schluchzte auf und rief beinahe hysterisch: »Zu viel Festes war in der Suppe, zu viele Zwiebeln oder Sellerie oder Kürbis oder so, ich weiß es nicht, ich bin so bescheuert.«

Sie knallte sich selber eine, Teresa hielt ihren Arm fest und fragte: »Warum tust du das?«

»Ach, ich, ach es ist egal, ich hasse Kürbissuppe sowieso, ich mach die immer nur, weil sie den Körper entsäuert.«

»Und wozu soll das gut sein?«

»Für alle Organe. Wenn der Körper übersäuert ist, leidet alles. Und gerade wenn man noch Fleisch isst an dem Tag, dann sollte man unbedingt …« Sie schluchzte laut auf, knallte sich noch eine, kniff die Augen fest zusammen und wedelte mit den Händen.

»Ich hör gleich auf, ich hör gleich auf. Bitte entschuldige, ich wollte doch, dass es ein schöner Abend wird, aber es wird mir schnell alles zu viel im Moment.«

Viola hob den Topf vom Boden und sah hinein: »Ach, so ein Malheur, es ist kaum noch was drin und es riecht zu stark verbrannt, da ist nichts mehr zu machen.«

»Macht nichts, ich mag Kürbissuppe auch nicht, erinnert mich an Babynahrung, manche Models ernähren sich nur von diesen Gläschen.«

Teresa nahm ihr den Topf aus der Hand, stellte ihn in die Spüle und drückte eine halbe Flasche Pril-Konzentrat auf den verbrannten Kürbisbrei am Boden. Viola setzte sich mit einem Seufzer auf einen der Stühle am hübsch eingedeckten Tisch und sagte: »Vielleicht sollte ich es auch mal mit Babynahrung probieren, ich wollte nie dick werden! Alt werden, dafür kann keiner was, aber dick und alt ist eine selbstgemachte Katastrophe.«

»Ich finde dich gar nicht dick.«

Viola sah sie mit hochgezogenen Augenbrauen an, stand auf

und sagte: »So, ich komm jetzt mal kurz runter und setz dann die Kartoffeln auf.«

Sie verschwand, kam schnell mit einer Flasche Sherry und zwei Gläsern zurück, stellte sie auf den Tisch und zündete sich eine Zigarette an.

»Ich habe wieder damit angefangen, seit Francisco verschwunden ist.«

»Er ist verschwunden?«

Teresa zündete sich auch eine an und schenkte beiden einen Sherry ein.

»Schon seit Mai, also fast drei Monate.«

»Wart ihr bei der Polizei?«

»Sicher, aber die machen nichts, er ist vierunddreißig, und die Rate für sein Haus geht noch immer pünktlich von seinem Konto ab. Amrei wohnt ja dort, und sie sagt, alles wäre in bester Ordnung gewesen.«

»Amrei?«

»Seine Verlobte. Sie sitzt nur faul zu Hause herum oder eben in ihrem Einrichtungsgeschäft.«

Viola wurde rot im Gesicht und zog kräftig an ihrer Zigarette.

»Ich mag nicht wütend sein, Teresa. Nein, das bin ich gar nicht. Mit Amrei nicht warm zu werden, darunter leide ich selber am meisten. Bitte glaub mir. Ich erkenne mich gar nicht wieder, so voller Hass, aber ich habe mich plötzlich eines Nachts gefragt, ob Amrei was mit Franciscos Verschwinden zu tun hat, und das habe ich dann am frühen Morgen natürlich auch gleich der Polizei gesagt, man muss ja allen Spuren nachgehen! Aber die haben gesagt, ich solle mich beruhigen, es spräche aus ihrer Sicht nichts für diesen Zusammenhang, und ohne Leiche wären die Ermittlungen ohnehin abgeschlossen.«

»Puh«, machte Teresa.

»Aber warum sollte Amrei ihm etwas angetan haben?«

»Was weiß ich? Jähzorn.«

»Ist sie denn so ein Typ Frau?«

Viola schüttelte den Kopf.

Götz schloss die Tür auf, kam strahlend in die Küche und verzog das Gesicht, als der Blick auf seine Frau fiel: »Wie siehst du denn schon wieder aus? Du hast dein Kleid falsch herum an und es ist schmutzig!«

Viola sah an sich runter und dann zu Teresa, die zuckte mit den Schultern: »Ich fand es nicht so wichtig.«

Viola warf die Zigarette in den Aschenbecher und rannte nach oben, Götz drückte Teresa lange fest an sich: »Es ist so schön, dass du uns besuchst, Viola tut das ungeheuer gut.«

Er marschierte in den Garten und ließ sich auf den Liegestuhl fallen, Teresa folgte ihm und fragte: »Machst du dir keine Sorgen um Francisco?«

Götz setzte sich auf und verschränkte die Arme.

»Er ist ein Mann, er wird seine Gründe haben.«

Viola stand in einem olivgrünen Leinenkleid in der Tür und rief: »Kommt ihr dann bitte rein?«

Als sie sich an den weiß eingedeckten Tisch gesetzt hatten, stellte sie das Brett mit dem Roastbeef mit einem leisen, traurigen »Voilà« auf den Tisch, und Götz öffnete den Pinot Noir, den Teresa mitgebracht hatte.

Sie sagte: »Das ist Dietrichs Lieblingswein! Ich lasse immer eine Flasche mitgehen, wenn ich mal da bin.«

Viola schnitt das Roastbeef in perfekt gleichmäßig dünne Scheiben, und Götz tat sich und Teresa sofort davon auf. Dazu Kartoffeln, Bohnen und Senfsoße. Viola nahm sich nur eine Scheibe und ein paar Bohnen, und Götz fragte: »Isst du heute Kohlehydrate?«

Viola schüttelte energisch den Kopf und hielt die Hand schützend über ihren Teller.

Schweigend aßen sie, dann stand Götz auf und machte das Radio neben der Spüle an, schaffte es aber nicht, einen vernünftigen Sender ohne Störgeräusche einzustellen. Er setzte sich wieder und sagte: »Also, Teresa, wie läuft es denn mit der Schauspielerei?«

»Ganz gut. Es gibt da so eine Option, ist aber noch nicht spruchreif.«

»Und mit der Liebe?«, fragte Viola und strahlte.

»Ach, so weit gut, ich komm klar.«

»Gibt es denn jemand Festes?«

»Nö. Na ja, nicht so richtig, nicht einen Einzigen. Ähm, nehmt es bitte nicht persönlich, aber können wir über etwas anderes sprechen? Ist nicht mein Lieblingsthema. Ich bin in Sachen Romantik eher pragmatisch und fahre damit ganz gut.«

Viola kniff sich mit den Nägeln von Daumen und Zeigefinger schnell und immer wieder in die linke Wange, bis sich zwei rote Halbmonde abzeichneten. Dann nickte sie unentwegt, als hätte sie verstanden, was Teresa hatte sagen wollen. Mit verengten Lidern sah sie die junge Frau an und presste die Lippen aufeinander. Teresa spießte eine Scheibe Roastbeef auf, kreiste damit in der Senfsoße und schob sie im Ganzen in den Mund. Aus ihren Mundwinkeln lief Soße über das Kinn und tropfte ihr auf den Schoß. Götz konnte gar nicht hinsehen, und Viola reichte Teresa schnell die Serviette, die unbenutzt neben deren Teller lag, und sagte: »Wir können gerne über etwas anderes sprechen.«

Teresa hob die Hand, deutete auf ihren vollen Mund, schluckte den großen Bissen runter und fragte: »Hattet ihr in letzter Zeit Streit mit Francisco?«

Götz seufzte und schwenkte sein Glas. Viola spießte eine

Bohne auf und sagte: »Wir und Francisco hatten immer schon unterschiedliche Auffassungen, was soziale Gerechtigkeit anbelangt, den Status quo in Deutschland, eben darüber, wie mit Geld und Menschen umgegangen werden sollte.«

»Inwiefern?«

Götz antwortete: »Nun, er war … ist Finanzvorstand von Asoi. Du hast ja sicher mitbekommen, wen die alles geschluckt haben und wie die mit ihren Angestellten umgehen. Die kamen vor drei Jahren kaum raus aus den Schlagzeilen, alles wieder vergessen! Francisco verdient da pro Jahr trotz allem immer noch ein Vermögen, was nicht im Geringsten durch die Leistung für die Gesellschaft gerechtfertigt ist. Er aber ist überzeugt, in Deutschland gäbe es keine wirkliche Armut, wenn überhaupt, gäbe es selbstverschuldete soziale Verwahrlosung. Und die Menschen in den Schwellenländern wären dankbar, dass Konzerne aus Deutschland bei ihnen produzieren, unter allen Umständen wäre das angenehmer und gesünder, als Müll zu sammeln.«

Viola fuhr fort: »Er war völlig ungerührt und bekam immer nur feuchte Augen, wenn er über Geld sprach. Er nannte Geld die einzig verlässliche Größe und fand, es wäre doch wunderschön, dass es so etwas heutzutage noch gäbe. Er war absolut überzeugt davon, mit Geld könne man im Prinzip alles kaufen. Nie habe ich ihn von etwas anderem derart schwärmen gehört. Ich sollte ihn nicht zitieren, ich reg mich schon wieder auf.«

»Ich verstehe nicht so richtig, worum es hier geht«, sagte Teresa.

Viola schüttelte den Kopf: »Aber Teresa, machst du dir über solche Zusammenhänge denn nie Gedanken?«

»Na ja, vermutlich nicht in der angemessenen Intensität. Dietrich hat uns als Kinder zu jeder Gelegenheit und fast schon aggressiv mit politischen Zusammenhängen zugetextet, das hat genervt und hat mir vermutlich nachhaltig die Lust an diesen Themen verdorben. Als wir Teenager waren, hat er endlich damit aufgehört.«

Viola nickte mit ernster Miene.

»Ja, nach der Wende haben wir alle ein bisschen kapituliert, man sieht, wohin das geführt hat.« Sie seufzte und betrachtete die Bohne auf ihrer Gabel.

Götz fuhr sie an: »Ein bisschen Kapitulation? Ich bitte dich, Viola, beachte die Logik deiner Sprache!«

»Warum bist du nicht Deutschlehrer geworden anstatt Hautarzt?«, zischte sie zurück.

Teresa sagte: »Ich meinte eben, ich verstehe nicht, worum es hier familiär geht. Nur weil man unterschiedliche politische Vorstellungen hat, bricht man doch nicht ohne irgendeine Erklärung den Kontakt ab, oder? Und warum hat er zu Amrei auch keinen …«

Viola unterbrach sie laut schluchzend: »Es ist alles ein bisschen eskaliert in letzter Zeit.«

Götz räusperte sich und zog die Augenbrauen hoch. Viola schnupfte sich mit ihrer Serviette die Nase aus und sagte: »Ja, ich weiß schon, Götz, es ist nicht ein bisschen eskaliert, sondern eskaliert.«

Götz bestrich eine Scheibe Roastbeef dünn mit Senfsoße, legte drei Bohnen in die Mitte, rollte sie in das Fleisch ein und sagte: »Als gäbe es eine milde Form der Eskalation.«

Viola stand auf, Tränen liefen über ihr Gesicht, und sie schrie: »Es interessiert hier niemanden, für wie clever du dich hältst, es geht hier um Francisco! Um uns, um uns alle. Alles Miteinander ist vergiftet von der Geheimnistuerei, verätzt vom Nichtaussprechen. Und auch der natürliche Fluss der Eigenliebe ist blockiert von Panik vor der Wahrheit. Vielleicht wäre es ganz anders gekommen, wenn wir damals nicht …«

Götz haute mit der flachen Hand so heftig auf den Tisch, dass Teresa zusammenzuckte. Er legte einen Finger auf seine Lippen und sagte, Viola solle sich wieder setzen. Und als sie stehen blieb, sagte er: »Zügele deine weitschweifige Theatralik. Bitte, Viola, du weißt, wohin das führt.«

Und als sie wieder saß, verfiel er verblüffend abrupt in einen Plauderton: »Francisco war schon früh ein kleiner Überflieger, wie du ja weißt, Teresa. Er war außergewöhnlich hübsch, eloquent, sehr gut in Sport und später auf dem Gymnasium glänzte er dazu in den Naturwissenschaften, eine eher seltene Kombination. Nachdem wir umgezogen waren, lungerten ständig Mädchen aus der neuen Schule vor unserem Haus herum, dabei war er gerade mal vierzehn. Und so ging es immer weiter. Er genoss aber nicht nur, er drangsalierte schwächere Jungen in seiner Klasse, einen hat er psychisch und physisch derart gemobbt, dass der in therapeutische Behandlung musste.«

Götz steckte das Roastbeefröllchen in den Mund und fügte kauend hinzu: »Der kleine putzige Junge aus Nicaragua, quasi ein Kind der Sandinistischen Revolution.«

Teresa fragte: »Wie ist es mit Nicaragua politisch eigentlich weitergegangen?«

»Ach«, sagte Götz »das ist eine lange Geschichte, jedenfalls nicht weniger enttäuschend.«

Viola weinte nicht mehr, aufgebracht fuhr sie fort: »Francisco beschäftigte sich auf unser Drängen hin mit seinen genetischen Wurzeln und teilte uns überraschend schnell und stolz mit, er hätte sich erst der Guardia Nacional und dann den Contras angeschlossen. Es wäre nämlich zu banal und zu einfach, immer bloß mit den Unterdrückten zu sympathisieren, und die Sandinisten hätten sich zudem beim Versuch, die Revolution zu institutionalisieren, moralisch nicht weniger fragwürdig verhalten, nur unter anderer Flagge! Da wusste ich, ich habe als Mutter versagt.«

Viola exte ihren Wein, Götz schenkte ihr nach, rollte die nächste Scheibe Roastbeef mit Senf um drei Bohnen und sagte: »Solidarität nennt er eine pseudohumanistische Worthülse, er glaubt, jeder verfolge im Grunde egoistische Interessen, jeder mache alles nur mit dem Ziel, sich selber gut zu fühlen. Und jeder wäre selber schuld, wenn das nicht gelinge.«

Viola sagte: »Als das erste Schülerpraktikum anstand, verschaffte ich ihm einen Platz bei einer Freundin, einer Sozialarbeiterin, die mit jugendlichen Flüchtlingen arbeitete. Ich dachte, er könnte sich mental ein bisschen seinem Ursprung als mittellose Waise eines Bürgerkriegslandes annähern. Ich war naiv und überzeugt, seine chauvinistische Haltung wäre eine Art Selbstschutz. Aber er ging gar nicht erst hin, sagte, er wolle mit ›Sozialschmarotzern‹ nichts zu tun haben, und suchte sich stattdessen einen Praktikumsplatz in einem Autohaus. Später studierte er strebsam VWL und hat jetzt drei Autos, ein Accessoire von einer Frau und ist im Vorstand dieses Konzerns. Es ist der reinste Horror.«

Götz haute mit der flachen Hand auf den Tisch und rief: »Kann etwas reiner sein als rein, Viola!?«

Viola schwieg, zündete sich eine Zigarette an. Teresa sagte: »Aber es ist doch sein Leben.«

Götz sagte: »Hat Dietrich euch eigentlich im Detail über die Zusammenhänge der Sandinistischen Revolution aufgeklärt?«

»Doch, klar, wir wurden ja dort geboren und wissen schon, warum ihr alle hingereist seid und so, aber wie gesagt, seit wir in der Pubertät sind, ist er eigentlich nur noch mit sich beschäftigt, seitdem schreibt er alles Politische in sein Buch.«

»Was für ein Buch?«, fragte Götz plötzlich sehr interessiert.

»Es heißt *Kapitalismus und Hautkrankheiten*, niemand darf es lesen, und ich glaube nicht, dass es jemals fertig wird.«

Götz legte sein Besteck auf den Teller, verschränkte die Hände hinterm Kopf und sagte: »So ein Arsch. Das Buch wollten wir eigentlich mal zusammen schreiben.«

Viola grinste mit ihren rotweinblauen Zähnen.

»Wie geht es ihm denn sonst so?«, fragte Götz.

»Es geht so, er hat viele gesundheitliche Probleme und geht selten vor die Tür, und wenn, dann nur in den Garten.«

»Und Bärbel?«

»Sie arbeitet viel.«

Teresa wandte sich an Viola: »Warum malst du nur noch?«

»Ich male nicht nur. Ich arbeite nur nicht mehr als Ärztin im Krankenhaus. Eine Patientin vererbte mir ein kleines Vermögen. Ich ertrug den Krankenhausalltag schon lange nicht mehr. Früher, vor der Privatisierung, mochte ich meine Arbeit, jetzt geht es nur noch darum, die Kranken schnell wieder loszuwerden, die jungen Ärzte machen alles fraglos mit. Das Erbe war ein Segen. Ich besuche nun alte, kranke Menschen, die niemanden mehr haben, telefoniere auch abends mit ihnen, und Götz konnte endlich seine Praxis eröffnen. Ich habe außerdem immens viel an verschiedene Organisationen gespendet, behalten haben wir nur das, was wir zum Leben brauchen werden.«

Götz sagte: »Daran entzündete sich der ewig schwelende Streit mit Francisco. Er bedrängte uns ständig, das Geld zu investieren, um es zu vermehren, kam mit konkreten Vorschlägen, da haben sich unschöne Szenen abgespielt.«

Viola stand auf, Tränen liefen ihr über das Gesicht, und sie rief mit hysterisch entgleister Stimme: »Genug jetzt! Hör auf, Götz! Es ist schon schlimm genug, er ist verschwunden und er bleibt mein Kind, was immer auch war und geschieht, es ist gut jetzt!«

Götz presste die Lippen aufeinander, seine geballten Fäuste zitterten, und Teresa fragte schnell: »Was macht eigentlich Annabelle?«

Viola lief zum Waschbecken und hielt ihre Handgelenke unter den Wasserstrahl, Götz verließ die Küche mit großen Schritten und lief die Treppe hoch, eine Tür knallte.

Viola betupfte ihr Gesicht mit einem feuchten Geschirrhandtuch und sagte: »Es ist die Hitze, die schlägt so aufs Gemüt, bitte entschuldige, ich bin eigentlich gar nicht so, die aggressive Situation zwischen mir und Götz muss ganz furchtbar für dich sein.«

»Nein, nein, also, ihr streitet wenigstens noch.«

Viola sah sie erstaunt an.

»Willst du noch Wein? Wir haben einen tollen Côtes du Rhône.«

Götz stand wieder in der Tür: »Und wenn du einen Digestif willst, ich hab eine exzellente Auswahl!«

»Ja, gern was Klares.«

Er verschwand in den Keller. Drüben im Wohnzimmer warf Teresa sich auf die weiche tiefe Couch, und Viola, die lange andächtig vor dem CD-Regal gestanden hatte, sang plötzlich glockenhell: »Maria Farantouri! Ciao Bella Ciao Bella Ciao Ciao Ciao …« Mit geschlossenen Augen machte sie ein paar Hüpfer und klatschte dabei in die Hände.

Götz stellte viele verschiedene Flaschen Rotwein auf den flachen Tisch, schwenkte eine Flasche Wodka und Schnapsgläser. Maria Farantouri sang immer lauter, und nachdem Viola zwei weitere Flaschen Wein geleert hatte und auch zwei, drei Schnaps, bestand sie lallend auf die Musik von Chavela Vargas. Zu »Encadenados« weinte sie bitterlich, zu Beginn von »Piensa en mí« sah sie Teresa mit rotgeschwollenen Augen verschwörerisch an und sagte: »Auch wenn man kein Spanisch kann, versteht man intuitiv jede emotionale Nuance ihres Gesangs. Sie drückt aus, was Worte nicht vermögen, diese Frau ist eine wahrhaftige Künstlerin.«

Götz sagte: »Ich verstehe gar nichts und ich ertrage diese Mannweibstimme nicht, egal wie betrunken ich bin, und es ist mir auch egal, was die Alte da singt, ich ertrage diese sentimentalversoffene Heiserkeit nicht.«

»Du bist so banal, Götz! Diese Frau hat so gelitten, Teresa, sie hat gelitten und deshalb war sie glücklich.«

Teresa wurde plötzlich von einer lange vermissten Müdigkeit erfasst, und Viola fuhr fort: »Werd bloß niemals alt, Teresa, Männer verachten alte Frauen und alte Frauen verachten alte Frauen auch!«

Götz nahm Viola ihr Glas weg und schlug vor, sie sollten nun alle ins Bett gehen, und Viola stimmte zu und bestand wie er darauf, dass Teresa bei ihnen blieb, für diese Nacht.

»Götz holt morgen früh frische Brötchen, das macht er seit über dreißig Jahren jedes Wochenende. Ich bezieh dir jetzt das Bett in Franciscos Zimmer, falls ich es noch hinbekomme.«

Sie sprang auf und tanzte torkelnd aus dem Wohnzimmer, Teresa rief ihr nach: »Ich weiß nicht, ich …«

Aber Götz flüsterte ihr feucht ins Ohr: »Bitte bleib, so war sie lange, sehr, sehr lange nicht mehr. Sogar frische Brötchen sind ihr eigentlich schon lange, sehr lange, scheißegal.«

In Franciscos Zimmer klebte kein Poster an den schneeweißen Wänden, der Schreibtisch war aus Glas, vor den Fenstern hingen schwarze staublose Lamellen. Teresa rollte sich nackt auf der Seite ein und schloss die Augen. Viola stellte ihr noch eine Flasche Wasser auf den Nachttisch und öffnete das Fenster, da träumte Teresa schon von Schwalben und Fledermäusen, die vereinzelt in Franciscos Zimmer flogen und durch Löcher in den Wänden wieder verschwanden.

Als es schon dämmerte, wachte sie plötzlich auf, denn Götz saß am Ende des Bettes, starrte sie an und stöhnte leise. Teresa richtete sich auf, und Götz zog die Hand aus seiner Hose. Sie beugte sich zu ihm vor und küsste ihn zärtlich. Er schob die Hand zwischen ihre Beine, sie sah ihn an und flüsterte: »In diesem Licht siehst du aus wie Liam Neeson.«

Er zog seine Pyjamahose aus, schlüpfte unter ihre Decke, drang in sie ein und stöhnte laut auf, als hätte er unvorstellbare Schmerzen.

Draußen war es hell geworden, sie lagen mit verschlossenen Augen nebeneinander, und Teresa sagte: »Jetzt schuldest du mir mindestens ein Geheimnis.«

»Gib uns ein bisschen Zeit, wohn bei uns, Viola hat vorm Einschlafen gesagt, ich soll später noch mal nach dir sehen, sie hat noch immer ihre Ideale, du wirst uns gut tun. Es könnte schön sein.«

»Sie war doch bloß furchtbar betrunken.«

»Egal, was mit Viola ist, zum ersten Mal seit langer Zeit ekele ich mich nicht vor einem anderen Menschen, ich ekele mich nicht vor dir, verstehst du, Teresa?«

»Nein.«

»Ich ekele mich vor meinen Patienten, vor Violas Fahrigkeit, ihrer Warze, ihren Füßen, vor meinen Affären, und ich ekele mich vor frischen Brötchen, ich ekele mich vor diesem Haus, vor meinen Erinnerungen. Neulich habe ich geträumt, dieses Haus sei ein altes Brötchen, und überall krümelten die Wände, und es roch nach pappigem Schimmel.«

»Dann solltest du dich trennen.«

»Nein, nein, das würde Viola nicht verkraften. Aber wenn du bei uns bleibst, wird alles wieder gut, du riechst nach Grapefruit, Teresa, du bist eine Offenbarung.«

Er küsste ihren Bauch, fuhr mit seiner Zunge tiefer, sie packte ihn an den Haaren, zog ihn hoch und sagte: »Das ist nur mein Parfüm, ich rieche nach überhaupt nichts, ich bin nichts, ich bin nur eine Projektionsfläche.«

Er rutschte wieder runter zu ihrem Schoß, hielt ihre Hüften grob fest und leckte sie hektisch. Teresa befreite sich, sprang aus dem Bett und sagte: »Ich hau ab!«

Götz warf sich auf den Boden, küsste ihre Füße und winselte: »Bitte, bitte bleib! Du bist so zart, junge Männer werden dir weh tun, ich kann dich beschützen.«

Teresa schob ihn weg. Auf dem Bauch liegend trommelte er auf den Boden und schluchzte. Sie griff schnell nach ihren Sachen, stopfte sie in den gelben Sack, lief nach unten in die Gästetoilette, reinigte sich mit feuchtem Toilettenpapier, putzte sich die Zähne, benutzte Zahnseide, ihre Quitten-Gesichtscreme, sprühte Pamplelune in die Haare und unter die Achseln, verließ das Bad und übersah fast Viola, die in einem Nachthemd mit offenem Haar auf der unteren Treppenstufe stand und leise sang:

Que sera, sera
Whatever will be, will be
The future's not ours to see
Que sera, sera
What will be, will be

»Versuch nicht immer allen zu gefallen, Teresa, das tut dir nicht gut.«

»Doch, das tut es. Ich gefalle allen, es ist ganz leicht. Mich mag nur keiner.«

Viola nickte, sagte: »Ciao«, wandte sich ab und stieg die Treppe hinauf. Mit jedem Schritt verblasste und verschwamm sie ein wenig mehr. Oben angekommen, drehte sie sich noch einmal um und löste sich dann mit einem schwachen Zischeln vollkommen auf. Nur ein kleiner Lichtschweif tänzelte noch auf dem Geländer, glitt flink daran herunter, und dünnflüssiger Schleim tropfte auf das Parkett.

Teresa verließ das Haus und schloss leise die Tür. Draußen schien die Sonne ihr warm ins Gesicht, es war kurz nach sieben, das Café Ölsuppe öffnete in einer knappen Stunde.

STANLEY TAKASHI

Amreis Einrichtungsgeschäft lag nur zwei Straßen entfernt von dem Haus, das sie und Francisco zu Jahresbeginn bezogen hatten. Jeden Abend betrat Amrei es mit der Hoffnung, er würde auf der langen grünen Ledercouch liegen und schlafen. Oft stellte sie sich vor, wie er dann seine großen dunklen Augen mit den langen geschwungenen Wimpern aufschlug, und sie betete, dass dieses deutliche Bild bald Realität würde. In ihren Träumen öffnete er die Lippen, gähnte ausgiebig, doch bevor er etwas sagte, verblasste das Bild. Amrei konnte sich selbst im Traum nicht vorstellen, was er sagen würde, nachdem er drei Monate lang nichts von sich hatte hören lassen.

Nun kniete sie in ihrem Laden auf dem dunklen Eichenholzparkett und zählte die kleinen Löcher, die Frau Kreye mit ihren spitzen Absätzen hinterlassen hatte. Bloß nicht aufregen, dachte Amrei immer und immer wieder und notierte die Zahl, falls es doch mal ein Fall für die Versicherung sein würde. Immerhin hatte die Kreye diesen Monat schon eine von den großen Holzgiraffen, zwei Sitzkissen aus Thailand, den Kerzenständer aus Riga und eine Sandrose gekauft.

Amrei tröpfelte ätherisches Zitronenmelissenöl in die Duftlampe auf dem Kassentresen und plazierte sich auf dem unverkäuflichen Elfenbeinbarhocker. Nachdem sie eine weitere Bestellung für die farbenfrohen Malereien aus der Dominikanischen Republik aufgegeben hatte, schlug sie ihren neuen Krimi auf.

Immer wieder las sie den ersten Absatz, konnte sich aber nicht recht auf den Inhalt konzentrieren, weil sie schon wieder an diese bedrohliche Frau denken musste, die morgens kurz vor Frau Kreye hier gewesen war.

Amrei glaubte, sie noch immer riechen zu können, aber dann fiel ihr auf, dass es ihre Duftlampe war, die diesen zitronigen Geruch verbreitete, der dem Parfüm der Frau ähnelte.

Sie hatte Amrei bestimmt um gute zehn Zentimeter überragt und sich als Schulfreundin von Francisco ausgegeben, schon während sie mit schnellen Schritten und ohne die Spur eines Lächelns durch die offene Tür auf Amrei zugestürmt war. Was die anhatte, so ein freizügiges Durcheinander! Wie ein loses Wickeltuch hing ein knappes Kleidchen mit pastellfarbenem Kaleidoskopmuster gerade so über ihren Brustwarzen. Und um den Hals trug sie irgendwelche ziegelroten Bändchen, an den Füßen neongelbe Flipflops, und eine riesige schmutzig gelbe ballonartige vollgestopfte Umhängetasche hielt sie mit nur einer Hand fest umklammert, die Haare strähnig braun, fettig im Ansatz, obenauf hing ein Gebilde, halb Zopf, halb Dutt, das ihr ein paarmal in die Stirn fiel, das Gesicht war ungeschminkt verschwitzt, unter den katzenhaften Augen hing graue Müdigkeit in Furchen, kein Hauch von Make-up, nur feuchtglänzender knalliger Lippenstift verzierte ihren, für Amreis Geschmack, zu großen Mund für eine weiße Frau.

Die Frau sagte nicht einmal guten Tag und verlangte stattdessen sofort Auskunft über Francisco, genau gesagt fragte sie, ob sie ihn irgendwo erreichen könne, und stellte sich dann erst als seine Schulfreundin namens Teresa vor.

Amrei verspürte die vertraute Unruhe, die sie in Gegenwart von schönen, dünnen Frauen unter achtzig, die in irgendeiner Verbindung zu ihrem Verlobten standen, überkam. Und obwohl diese Frau wohl kaum Franciscos Geschmack entsprach, wuchs ihre Verstimmung Minute um Minute zu einem schwindelerregend bedrohlichen Panikmonster. Dabei würde Francisco diese schmuddelige Erscheinung nicht einmal mit der Kneifzange anfassen. Vielmehr liebte er es, wenn Amrei in ihren weißen Bademantel gehüllt aus der Dusche kam, duftig flauschige Socken trug und die frisch gewaschenen, geföhnten, mehrfach gekämmten Haare elektrisch aufgeladen vom Kopf abstanden. Er nannte es den Mädchenheiligenschein und sein erotisches Highlight.

Diese Teresa behauptete, sie hätte von einem Kumpel erfahren, dass dieses Geschäft Francisco gehöre, sie sagte aber nicht, warum sie Francisco kontaktieren wollte.

Amrei behauptete, Francisco sei beruflich im Ausland, und schlug vor, Teresa solle ihre Nummer hinterlassen. Dass Francisco vor drei Monaten nach einer längeren Geschäftsreise nicht zurückgekehrt war, verriet sie ihr nicht.

Am Tag seiner angekündigten Rückkehr hatte sie zum letzten Mal von ihm gehört. Am frühen Abend hatte er sie per Kurzmitteilung darüber informiert, dass er noch in Frankfurt sei und sich erheblich verspäten würde. Dabei hatte sie sein Leibgericht, Kalbskotelett mit frittiertem Salbei und Wachtelbohnenpüree, gekocht.

Diese Teresa wurde immer schöner, je länger Amrei sie mit unterdrückten Tränen anstarrte. Plötzlich erkannte sie in ihr voller Bewunderung die junge Mutter aus dem Werbespot für das farbschonende Waschmittel, das sie immer kaufte, weil es wirklich hielt, was es versprach, und Teresa fragte, ob Francisco in irgendeinem sozialen Netzwerk aktiv wäre. Vollkommen versunken verneinte Amrei wahrheitsgemäß und fügte hinzu, Francisco halte das für Kinderkram. Da hatte sich das Gesicht von dieser Teresa wie auf Knopfdruck erhellt und sie war schnell und grußlos verschwunden.

Zum Glück hatte Ture wie immer kein bisschen Zeit übrig und andere Sorgen, als Teresa noch einmal und noch eindringlicher einen Platzverweis zu erteilen. Unentwegt wählte er die Nummern verschiedener Taxizentralen und versuchte, die Personen am anderen Ende mit souveräner Höflichkeit unter Druck zu setzen.

»Aber was soll denn das heißen, meine Liebe, Sie haben keinen Wagen? Das führt Ihr Unternehmen dann wohl ad absurdum. Was? Im Moment? Der Moment dauert nun schon eine ganze Weile, eine Stunde fast, ich bin Stammkunde, ich bin in Zeiten des Carsharings ein Juwel für Ihre Branche, ich lasse mich nämlich weiterhin gerne rumkutschieren, also achten Sie auf Ihren Ton, davon verstehe ich nämlich mehr als Sie! Nein, nein, ich habe keine Zeit, noch einmal kurz zu warten, ich muss arbeiten, ja, am Samstag, Sie arbeiten doch auch. Ihren Job machen Sie allerdings nicht … Hallo?«

Teresa klappte ihren Laptop auf und sagte ruhig: »Geh doch runter zur Hauptstraße, da bekommst du bestimmt sofort einen Wagen. Hast du schon wieder dein WLAN-Kennwort geändert?«

»Ja, gib ein: Nicrophorushumator1980. Wenn ich zurückkomme, bist du aber weg, ich muss mich konzentrieren!«

»Worauf?«

»Auf mein Wohlbefinden. Bitte respektiere das, ich muss mich außerdem noch vorbereiten auf einen Synchronjob am Montag. Was auch immer du so tust, Teresa, kannst du ebenso gut in deiner Wohnung oder in einem dieser Zeittotschlagcafés tun. Apropos, wie läuft es mit der Vorbereitung auf das Casting?«

»Gut, sehr gut.«

»Wir können ja zur Wochenmitte, nach meinem Synchronjob, mal telefonieren. Ich rufe dich an, wenn ich mich erholt habe, dann erzählst du mir von deinem Besuch bei den Tinns.«

»Ach, es ist gar nichts Besonderes passiert, wir haben nur gegessen und so.«

Ture hockte sich vor Teresa, strich ihr fest über den Kopf und sagte: »Wir wissen beide, dass das eine Lüge ist.«

Mit einem flüchtigen Kuss auf die Stirn verabschiedete er sich von seiner Schwester und bekam, so wie sie es behauptet hatte, sofort ein Taxi, kaum war er um die laute Ecke gebogen. Die Strecke zum Tonstudio dauerte eine gute halbe Stunde, sie führte aus dem Zentrum Hamburgs heraus in eine Gegend, in der sich fast jeder ein paar Quadratmeter mehr leisten konnte.

Ture verbrachte die Zeit auf der Rückbank damit, sich die Fotos in seinem Telefon anzusehen, die er am Tag zuvor aus sicherer Entfernung von Stephanie und Edith gemacht hatte. Auch einen kurzen Film, abgelegt unter »Der Abschiedskuss!«, hatte er gedreht. Es gelang ihm das visuell Konservierte ästhetisch zu genießen, ohne dabei eine Erektion zu bekommen. Eine Atemtechnik, die er seit der Aufnahme entwickelte, war der wichtigste Aspekt dieser Vermeidungsstrategie. Dabei atmete er fast nur aus und sein Herzschlag verlangsamte sich, bis ihm schwarz vor Augen wurde und er eine Ohnmacht gerade noch kraft seines Willens abwenden konnte.

Tures Ziel, ein schmutzig weißer Flachbau umringt von einem grünen Zäunchen, lag im kargen Nirgendwo hinter einem Hügel. Neben der Tür lehnte ein halb aufgeblasenes Planschbecken an der Wand.

Der Taxifahrer funkelte mit den Augen, als Ture ihn darum bat, zu warten – der Job, ein Aufruf zur Blutspende für Radio und Internet, würde kaum fünf Minuten in Anspruch nehmen.

Als Ture die Taxitür zuschlug, trat der Betreiber des Tonstudios aus der Tür und blieb wie eine Sperre dicht davor stehen. Der fast kahle Mann, ein ehemaliger Boygroupstar der Neunziger, steckte nackt in einer Jeanslatzhose und war in Anbetracht der Jahreszeit und der ihn umringenden Natur unnatürlich blass.

Er hob den Kopf, sah an Ture vorbei zum Taxi, seine Augäpfel traten immer weiter aus den geschwollenen Lidern hervor, die dicken Tränensäcke begannen zu zittern, und sie hassten sich bereits, als ihre Blicke sich zum ersten Mal trafen. Ture sagte: »Ich hoffe, es geht flott über die Bühne hier.«

Der Typ bot ihm nichts von dem Kaffee aus der alten Maschine an. Den sauer bitteren Geruch, den der Kaffee und der Typ gleichermaßen verströmten, bekam Ture bis spät in die Nacht nicht aus dem Kopf. Aber was sollte es? Er hatte einen Satz mit sozialem Mehrwert nur ein einziges Mal sauber aufgesagt und zwölfhundert Euro verdient. Abzüglich der rund sechzig Euro für das Taxi natürlich.

Ein Mann hatte ihn heute gehasst, ein anderer hatte ihn geliebt, die ewige Bilanz eines endlichen Lebens, dachte Ture, bevor er, dem die Null insgeheim die liebste aller Zahlen war, zufrieden einschlief.

Während Ture sein Taxi an der Hauptstraße hektisch herangewinkt hatte, saß Teresa mit weit gespreizten Beinen und dem Laptop dazwischen auf dem Fußboden und loggte sich bei Facebook ein.

Etliche Freundschaftsanfragen von Typen aller Art und Rang,

anbiedernden Langweilerinnen und sexy Schleimerinnen bestätigte sie ohne Recherche und registrierte in wenigen Sekunden, dass die letzten hochgeladenen Fotos des Katalogshootings gut angekommen waren. Auch eine Agentin, die Almut nicht abkonnte, hatte mehrmals »Gefällt mir« geklickt. Das musste Teresa im Auge behalten.

Kurz stutzte sie, da unter den Freundschaftsanfragen ihr Vater war und auch Karel, der Stylist von dem Set neulich, auf das sie gekotzt hatte. Vielleicht war doch alles gar nicht so schlimm, vielleicht war sogar alles ganz wunderbar.

Sie bestätigte, dass Dietrich ihr Vater war, und scrollte noch einmal die Startseite runter, klickte hier und da etwas an, hielt ihre Augen so lange geöffnet, bis sie tränten, befeuchtete sich die Lippen mit der Zunge, lud die Nahaufnahme ihres Gesichts hoch, schrieb dazu: »A broken heart is blind«, veröffentlichte es und darunter den Link zu »Little Black Submarines« von The Black Keys. Schon kurz darauf hatte sie fast hundert Likes und viele besorgte Kommentare. Teresa schlief auf dem Fußboden ein, und als sie wieder aufwachte, hatte sie schon hundertdreiundfünfzig Likes unter ihrem Foto und noch mehr Kommentare, die sie alle mit »Gefällt mir« veredelte.

Dann gab es eigentlich nichts mehr zu tun, und sie gab Stanley Takashi in die Suchleiste ein. Mit rasendem Herzen starrte Teresa auf den Bildschirm: Es gab ein Profil unter diesem Namen, versehen mit dem Bild der Comicfigur, die Teresa als Kind erfunden hatte, die Figur, die Francisco als buntes Superheldkind darstellte. Er hatte es zwanzig Jahre lang aufgehoben und nun gescannt.

Vier Monate war sein Profil erst alt, und es hatte nur sieben Freunde, alles Leute mit spanischen Namen, wohnhaft in Managua.

»Freundschaftsanfrage versenden« klickte Teresa und meldete sich sofort ab. Keine Minute später ploppte in ihrem Handy das Mailfenster auf, Francisco alias Stanley Takashi hatte ihre Freundschaftsanfrage bestätigt und ihr eine Nachricht geschrieben: Na endlich, groß bist du geworden … Finde mich, wenn du willst, und folge den Worten meiner zweiten Nachricht.

Teresa klickte den Link zu Google Maps an, packte ihren Laptop in den gelben Sack und überlegte kurz zu duschen, aber noch nie in ihrem Leben hatte sie es so eilig gehabt. Sie zog ein rotes langes Kleid an und besprühte sich mit Parfüm.

Mit den letzten zwanzig Euro, ihrer möglicherweise gesperrten Kreditkarte und ein wenig Kleingeld, das sie wie immer in Tures Sofaritzen fand, machte sie sich auf den Weg. Kaum auf der Straße, hetzte Mareile Golanski mit dem Telefon am Ohr an ihr vorbei und rief: »Hey, Selma, alles gut? Bist du immer noch am Machen?! See you!«

Teresa lief einfach weiter, bestieg im letzten Moment die U-Bahn und setzte sich auf einen der wenigen freien Plätze neben eine Frau, die sie an ihre Mutter erinnerte. Als die Bahn nach vierzehn Stationen in den Endbahnhof einfuhr, waren nur noch Teresa und eine Gruppe Senioren in dem Abteil. Teresa bestieg als Einzige den wartenden Bus. Nach einer ewig langen Fahrt, bei der die geschwätzige Fahrerin plangemäß an jeder verlassenen Haltestelle bremste, hatte Teresa ihr Ziel fast erreicht.

Außer dem Haltestellenpfahl standen vereinzelt vertrocknete Bäume und Sträucher an der Landstraße neben dem extra breiten, schneeweiß markierten Radweg. Nach etwa zwei Kilometern verschmälerte sich das Arrangement abrupt zu einem Radweg, der auf den ersten Metern von putzigen Bäumchen symmetrisch gesäumt war, dann folgten ungezähmt Gebüsch an Gebüsch, Hagebutten und Schneebeeren, dazwischen ein paar verlorene blasse Blümchen, halbkahle Pusteblumen am Wegesrand, hier und da Löwenzahn belegt mit getrocknetem Hundekot.

Teresa beförderte ein paar Schnecken und Käfer zurück ins sichere Gestrüpp, passierte eine verfallene, unbemannte Eisdiele und erreichte kurz darauf einen Fahrradladen, der sogar auf der Karten-App in ihrem Telefon angezeigt wurde.

Dort standen hohe saftig grüne Bäume, als würde genau hier täglich die richtige Menge Sommerregen runtergehen. Ein gutes Dutzend friedliche Bienen, Hummeln, klitzekleine bunte Vögel, Käfer und Mücken tummelten sich rund um die kaputten und heilen alten Räder auf dem Vorhof. Sie tanzten zusammen in der Kulisse wie in einem alten Disneyfilm, und auf dem Dach der Hütte aus Stahl und Bast schnäbelte ein Schwarzstorchenpaar. Nachdem der in die Jahre gekommene Fahrradhippie mit den stahlblauen Augen sein Kreditkartengerät gut zwanzig Minuten nicht in den Griff bekommen hatte, bezahlte Teresa ihr neues Vintage-Rennrad und einen Liter Cherry-Coke mit ihrem letzten Zwanziger und einem Blowjob.

Den Blick immer auf den blauen wandernden Ball in ihrem Handy gerichtet, radelte sie meist freihändig und ließ den unendlich langen Radweg, Kieselwege und Trampelpfade hinter sich. Es wurde immer wärmer, obwohl der Abend längst angebrochen war. Plötzlich bremste der blaue Ball in ihrem Telefon scharf ab. Teresa stoppte das Rad mit den Füßen, legte es auf einen verlassenen Ameisenhaufen und ging ein paar Schritte direkt auf das Ziel zu. Der Ortungsball in ihrem Handy begann zu zittern, zerbarst lautlos, und ein wenig metallicbläulicher Schleim drang aus dem Handy heraus, tröpfelte und verharrte dann zäh auf Teresas Puls. Zischelnd verdampfte der Schleim, als sie durch die unglaubwürdige Nebelwand den Wald betrat, so wie Francisco sie in seiner zweiten Nachricht angewiesen hatte.

Nun sollte sie ihr Telefon ausschalten und nur noch dem zitronensüßen Duft des Diptams folgen. Nie sollte sie dabei das smaragdgrüne Moos zu ihren Füßen aus den Augen lassen, dann würde sie bald von fern Musik hören und ihn hinter einer großen Lichtung treffen. Dort würde das Lied den Wald übertönen, dort würden sie alleine sein. Und sollte sie sich doch verlaufen, müsste sie nur ihr Telefon wieder anmachen und ihn unter folgender Nummer anrufen. Wegen eines Wellnesshotels ganz in der Nähe hätte man hier fast überall Empfang.

Teresa hatte sich durch die zähe Nebelwand gekämpft, und obwohl der Wald düster und kalt war, hing an ihrem verschwitzten Kleid und der aufgeheizten Haut noch immer ihr Parfüm. Sosehr sie auch versuchte, mit tiefen konzentrierten Atemzügen den Geruch des Diptams aufzuspüren, den Francisco beschrieben hatte, das Pampelmusenaroma ging ihr nicht aus dem Kopf. Sie vermutete, die ätherischen Öle hatten sich in ihren Nasenhaaren verfranst, und rotzte so oft auf den Boden, bis ihre Nase blutete wie nach einer zehnstündigen Party.

Der Duft erschien ihr sogar noch intensiver als außerhalb des Waldes, er übertrumpfte jeden natürlichen Geruch und versperrte Teresa so den rechten Weg durch den Wald.

Sie drehte sich um, die Nebelwand war verschwunden. Dicht an dicht standen die hohen Nadelbäume, nirgends war zu erkennen, an welcher Stelle sie den Wald betreten hatte. Mittenrein geraten war sie, nach kaum drei Schritten.

Um ihr Parfüm zu neutralisieren, zog Teresa das verschwitzte Kleid aus und rieb ihre Haut vorsichtig an einem Baum. Tatsächlich verblasste der Geruch, und sie merkte plötzlich, wie müde sie war, wie schwer ihre Glieder. Die mildgrüne Dunkelheit des Waldes umschlang zärtlich ihr Gemüt, und sie sank an dem breiten Stamm des morschen Baumes hinunter, dessen Harz sich verflüssigte und sich behutsam einen Weg über ihren Nacken, die Schultern und das Dekolleté bahnte und sanft über ihre Brüste fuhr.

Seltsame Lust, ohne die übliche Aggressivität oder Traurigkeit, überkam Teresa. Drängender aber war das Verlangen nach einer Pause, einem Nickerchen, etwas, das den Körper stärken und den Kopf aufklaren würde.

Kurz, nur um sich auszuruhen, schloss sie die Augen.

Eine geschlechtslose Stimme riss sie aus dem gerade beginnenden Schlaf, und sie traute kaum ihren Augen, als sich gegenüber an einem Bäumchen ein braunbehaartes Schwein die Schwarte rieb, grunzte und sprach: »Das tut gut, du musst es mit den jungen Bäumen machen! Aber eigentlich bräuchtest du eine Dusche, nicht wahr? Ganz in der Nähe ist ein Hotel, aber da lassen sie dich so sicher nicht rein.«

Teresa sagte: »Huch, ich …«, und zog schnell ihr Kleid über.

»Bitte entschuldige, ich habe gar nichts gesehen. Und wie unhöflich, ich habe mich noch gar nicht vorgestellt: Mein Name ist Granada.«

»Granada?«

»Ungewöhnlich, nicht wahr? Ein Mädchen gab mir diesen Namen, er bedeutet Granatapfel oder auch Granate.«

»Bist du aus Spanien?«

»Nein, ich komme aus einer Provinz in Nicaragua, irgendwas mit M … Ich komme schon seit Tagen nicht drauf.«

»Aha. Teresa.« Sie verschränkte die Arme und stach sich den einzig verbliebenen langen Nagel tief in den Oberarm, bis der Schmerz nicht mehr auszuhalten war.

Das Schwein grinste. »Tut's weh? Ich weiß, wer du bist, du wirst erwartet. Ich bin Francisco bis hierher gefolgt.«

Das Schwein machte ein paar Schritte auf Teresa zu und

streckte seine Schnauze schnüffelnd in die Luft: »Du hattest aber viele Hombres in letzter Zeit, du Sau!«

»Wen geht das was an?!«

»Jetzt hab dich nicht so.«

»Was willst du von mir?«

»Von dir? Haha, nichts! Ich kam vor vier Monaten mit Francisco hierher, nachdem er in Nicaragua seine Familie getroffen hatte.«

»Wen?«

»Seine leiblichen Geschwister, sogar seinen Vater lernte er noch kennen, bevor dieser an einer jahrzehntealten Schusswunde starb. Bis dahin hatte er kaum mehr ein Wort gesprochen, gearbeitet hat er auch nicht mehr, seine Hände hatten ihm die Contras mit Säure verätzt.«

»Aber Francisco war doch eine Waise.«

Das Schwein kam noch näher an Teresa heran und flüsterte verschwörerisch: »Das dachte er auch, aber nun weiß er, dass seine Eltern ihn an die Deutschen verkauft haben. Er war das schwächste und nutzloseste von vier Kindern, sogar seine einzige Schwester, die mir meinen Namen gab, war kräftiger! Lizandra half schon mit fünf Jahren auf dem Maisfeld und schrieb mit sieben ihr erstes Gedicht. Die ist nicht so ein hohles Klappergestell, wie du es bist.«

»Als dicke Dichterin hat man es hier sicher nicht leichter als eine sinnlose Modelschlampe«, antwortete Teresa, rülpste laut und spuckte auf den Boden, um den Geschmack von Cherry-Coke-Magensäure loszuwerden. Dann streckte sie dem Schwein die Zunge raus.

Granada wackelte mit den Ohren, und seine Augen leuchteten rot auf.

»Verstehe, eine Pragmatikerin bist du.«

»Ich kann alles sein, was ich will«, sagte Teresa, »und du behauptest allen Ernstes, Viola und Götz haben Francisco gekauft?«

»Sicher. Mit Geld kann man alles kaufen. Nun weiß Francisco, dass er damit immer recht hatte. Allerdings weiß er nun auch, dass es mit der Integrität seiner Lieben nicht weit her ist. Das ist mit das Schlimmste, was euch Menschlein passieren kann. Seine Familie konnte sich von dem Geld einen Lieferwagen kaufen. Ist das nicht schön?«

»Und wie bist du ihm bis hierher gefolgt?«

»Na, was denkst du, Baby, ich bin tot. Deshalb kann ich auch so hübsch mit den Augen funkeln und mit dir ein Schwätzchen halten.«

»Was? Bin ich auch tot?!«

»Nein, du bist bloß vollkommen erschöpft, und dieser Wald tut das Übrige.«

»Und seit wann bist du tot?«

»Ach, schon seit 1979, kurz vor dem Triumph der Sandinisten wurde ich von Somozas Schergen abgeknallt.«

»Warum? Du bist doch bloß ein Schwein.«

»Nach der Belagerung meiner Provinz durch die Guardia lief ich ängstlich durch die Straßen, so still war es nie wieder in M … Franciscos Familie hatte sich längst in den Bergen versteckt. Die Gardisten bewachten schwer bewaffnet jedes Haus, und dann entdeckte mich einer von ihnen. Er lachte darüber, wie ich ungelenk über die kaputte Straße tapperte, und knallte mich ab. Sein Lachen höre ich jeden Tag um dieselbe Uhrzeit.«

»Entschuldige, mir fällt in traurigen Momenten nie etwas Tröstendes ein.«

Teresa wischte sich eine klebrige Träne aus dem Auge. Granada seufzte und strahlte dann: »Mein Schicksal wurde ein paar Jahre später verfilmt. In *Under Fire* gleicht eine Szene meinem

Ende haargenau. Gene Hackman und Nick Nolte spielen großartig darin. Hast du den Film gesehen?«

»Ja, ja, ich erinnere mich tatsächlich daran. Mein Vater hat sich diesen Film oft angesehen. Ich war noch ein Kind, und er hat mir große Angst gemacht, an ein Schwein kann ich mich aber nicht erinnern.«

Granada kam ganz nah, stupste sie mit seiner festen nasskalten Schnauze an und sah traurig zu ihr hoch.

Teresa hockte sich hin, streichelte seinen Kopf und gab ihm einen Kuss zwischen die Ohren.

»Sag mal, Granada, wenn du schon seit 1979 tot bist, was machst du dann noch hier?«

»Gute Frage. Nun, es ist interessant, alles zu verstehen, was die Menschen so reden. Einige sind gar nicht so übel, und außerdem habe ich von einer Himmelsschleuse gehört, an der alle abgefertigt werden: Es wird gedrängelt, getrampelt und gequetscht, ohne Ende, sagt man.«

Granada legte seinen Kopf auf Teresas Schoß und summte »Everybody Hurts« von R.E.M. Um den Hals trug es eine Kette aus prallen, grünen Früchten.

Teresa kraulte das Schwein hinter den Ohren, bis es laut schnarchte, und pflückte sich dann eine Frucht von seinem Halsband. Granada blinzelte, nickte und schlief wieder ein. Der gelbe klebrige Kern der Frucht schmeckte süß nach Kiwi, plötzlich bitter und dann immer saurer, sodass Teresa die Augen zusammenkniff und ein wunderbarer Schwindel in ihrem Kopf tobte.

Als sie die Augen wieder öffnete, war Granada verschwunden, und die Wipfel der hohen Bäume streckten sich, ächzten und gaben den Strahlen der Sonne Platz. Nun endlich erkannte Teresa den Duft des Diptams und erhob sich. Überall um sie herum schossen grünglitzernde Sprossen in Windeseile aus dem

Boden. Das Moos funkelte in der Abendsonne, der Duft betörte alle Geister, unter ihren Füßen bewegte sich alles wogend auf und ab, als läge darunter das Meer. Kurz verlor sie den Halt, stolperte. In dem Moment kam die Natur wieder zur Ruhe, und wenige Schritte weiter plätscherte ein Bach. Ein imposanter Feuersalamander schoss heraus, warf ihr einen Blick zu und lief flink querfeldein. Sein neongelbes Muster blendete sie, aber Teresa hatte nie etwas Schöneres gesehen und folgte ihm.

Ihr Beutel war auf einmal ganz leicht. Sie lief durch den immer lichter werdenden Wald, dessen Bewohner zwitscherten, röhrten, quakten und summten und doch unsichtbar blieben. Gelenkt von einem Lied, das ihr bekannt vorkam und immer lauter wurde, verlor sie den Feuersalamander aus den Augen und gelangte zu Tures Wiese. Diese alberne Wiese aus seinen Kindheitserinnerungen, eine Interpretation irgendeines Sommertags, den es in Teresas Erinnerung niemals gegeben hatte. Stets hatte sie nur den Kopf geschüttelt, während er davon redete und ins Schwärmen geriet. Da lag die Wiese nun saftig grün vor ihr, und sie wusste plötzlich ganz genau, was er gemeint hatte.

Sie entdeckte sich und Ture, Hand in Hand sprangen sie über die Wiese, und plötzlich wollte Teresa nur noch zurück in die Stadt zu ihrem Bruder, weil sie wusste, dass er in Gefahr war. Da drehte sich der zehnjährige Ture um, sah sie böse an und schüttelte den Kopf, deutete nach vorn, nickte und verwandelte sich zusammen mit ihrem eigenen siebenjährigen Ich in den riesigen Feuersalamander, der wie im Zeitraffer auf der anderen Seite der Lichtung im Wald verschwand.

Teresa rannte mit drückender Angst auf der Brust so schnell sie konnte über die Lichtung und wie der Salamander auf der anderen Seite in den Wald hinein. Dort erkannte sie Franciscos Lieblingslied. Sie hatten es als Kinder oft zusammen gehört, und

Francisco hatte das Video dazu aus einer Musiksendung aufgenommen. Sie hatten es sich immer und immer wieder zusammen angesehen, und einmal hatte er gesagt: »Wenn du groß bist, wirst du sein wie sie, aber noch schöner.«

»Heiratest du mich dann?«, hatte Teresa gefragt und sich an ihn gekuschelt.

»Nein, ich werde eine nette Blondine heiraten. Tut mir leid. Wenn du erst mal ein Model bist, wirst du allen gehören.«

Teresa konnte noch immer jedes Wort von George Michaels »Father Figure« mitsingen. Es berührte sie mehr, als jedes andere bessere Lied es je gekonnt hätte. Die Eindimensionalität ließ jedes Härchen ihrer Haut aufrichtig erzittern und theatralisch verstört begriff Teresa, dass sie sich seit ihrem zehnten Lebensjahr emotional nicht weiterentwickelt hatte.

Francisco lief ihr entgegen, oben ohne und barfuß in einer weißen Chino. Sein Oberkörper war komplett rasiert und perfekt austrainiert, die vollen schwarzen Haare und der Bart lang, aber gepflegt, und er griff nach ihrer Hand, als George Michaels Chor sang: »Put your tiny hand in mine.«

Er zog sie hinter sich her zu einem riesigen silberfunkelnden Caravan, drückte sie dagegen, packte ihren Arsch und steckte ihr die Zunge hart in den Mund.

Teresa erinnerte sich plötzlich an ein Shooting vor vielen Jahren mit genau diesem Setting und wie albern sie es gefunden hatte, mitten in einem Wald vor einem silberglänzenden, nagelneuen, amerikanischen Wohnmobil in einem roten Abendkleid mit einem geschniegelten Vagabunden herumzumachen. Aber der Fotograf war durchgedreht vor Begeisterung und hatte es unglaublich erhaben-sexy genannt.

Später, nachdem Francisco sie unter die Dusche geschoben, ihr die Haare gewaschen und geföhnt hatte, fickten sie vor dem kalten elektrischen Kamin zu romantischer Popmusik auf einem Zebrafell und tranken Gin Tonic bis zum nächsten Morgen.

Als Teresa nach zehn Stunden Schlaf in einem komfortablen Bett aufwachte, roch es nach frisch aufgebrühtem Kaffee, und sie sah Francisco nackt an der elektrischen Orangenpresse stehen.

»Alles gut?«, fragte er, ohne sich umzudrehen.

»Ich brauch dringend einen Kaffee.«

Er hockte sich vor das Bett und überreichte ihr ein hohes Glas mit einem perfekt nuancierten Milchkaffee. Er selber trank ein Glas Blutorangensaft und sagte: »Letzten Frühling war ich in Nicaragua.« Dann zog er ein pinkfarbenes Haarband von Teresas Arm und machte sich einen Pferdeschwanz.

»Und?«

»Ich habe dort neue Erkenntnisse erlangt.«

»Welche?«

»Meine Eltern sind Lügner.«

»Ich habe sie neulich besucht.«

Francisco grinste, dann verfinsterte sich sein Gesicht: »Sie haben mich mein ganzes Leben lang belogen, meine Familie in Nicaragua ist nicht in den Bergen umgekommen. Sie waren bloß arm, nicht tot … Und sie haben mich verkauft.«

Teresa beugte sich vor, versuchte, ihn in den Arm zu nehmen, er wich aus, stand auf und trat gegen den Kamin.

»Wie geht es dir jetzt?«

»Welches Gefühl wäre denn angemessen?«

»Enttäuschung?«

»Eher Verachtung. Alles ist vergiftet.«

»Vielleicht könntest du es als Deal sehen, der dein Leben gepimpt hat.«

»Bitte?!«

»Ähm, wie auch immer, ich bin nicht gut in ernsten Gesprächen. Du solltest aber auch nicht mit mir darüber reden, sondern mit ihnen.«

Er warf Teresa einen spöttischen Blick zu und atmete tief durch.

»Ich bin mit der Absicht, Viola und Götz zur Rede zu stellen, in Managua ins Flugzeug gestiegen. Dann las ich während des Flugs in einem Magazin etwas über einen Bauunternehmer, der sein bisheriges Leben in Frage gestellt hatte.«

»Warum?«

»Am Morgen eines ganz normalen Arbeitstags erschreckte der Baulärm mitten in der Natur eine Entenmutter und ihre Küken so sehr, dass sie über den heißen, noch flüssigen Asphalt flüchten wollten.«

Franciscos und Teresas Augen füllten sich mit Tränen, und er sagte: »Plötzlich spürte ich Mitgefühl. Ich litt unter dem grausamen Tod der Entenmutter und ihrer Küken, ich fühlte, was der Bauunternehmer gefühlt hatte. Das wäre mir vor Nicaragua nicht passiert.«

»Warum nicht?«

»Ich hatte mich für unverletzbar gehalten, als einziger Überlebender meiner biologischen Familie. Ich habe niemals Schwäche verspürt und nichts hinterfragt. Philosophie, Sinnsuche – alles nicht mein Metier.«

»Warum eigentlich? Ist es nicht hilfreich, den Geist auf Trab zu halten? Von den Gedankengängen anderer zu profitieren?«

»Nein. Wozu? Hat niemals konkret mit meinen Projekten zu tun und lenkt nur ab. Die Konzentration auf die Eindeutigkeit war der Grund für meine schnelle Karriere. Ich war wie ein Rennpferd. Immer geradeaus. Keine Skrupel. Bis die Ziellinie überschritten war. Alles Zögerliche verlangsamt Entscheidungen, verschwendet Energie, verhindert Erfolg. Durch das Faktennovum Nicaragua erhöhte sich unerwartet meine emotionale Spannbreite. Ich bedaure das und kann die weitere Entwicklung zu diesem Zeitpunkt nicht absehen. Möglich, dass ein irreparabler Schaden vorliegt. Leider.«

»Leider?«

»Natürlich leider. Vorher war ich mit mir im Reinen. Jetzt denke ich nach.«

»Was ist daran schlecht?«

»Nachdenker waren mir immer unangenehm. Nun bin ich mir selber unangenehm. Es gibt keine moralisch richtigen oder falschen Entscheidungen. Es gibt nur Entscheidungen. Das war mein Credo, das hat mich reich gemacht. Nun bin ich ein Zweifler. Verspüre sogar rückblickend Skrupel. Ein ekliges Gefühl.«

»Ich beneide dich. Ich versuche gerade, meine Welt zu erschüttern.«

»Warum?«

»Ich bin Schauspielerin.«

»Wozu?«

»Weil … Ich weiß nicht. Entscheidung eben.«

Francisco nickte, und sie sah, dass er damit nichts anfangen konnte, und fragte: »Aber was hat der Bauunternehmer denn nun gemacht?«

»Er ist in einen Wald gezogen. Er wollte eins mit der Natur werden. So weit würde ich jedoch nicht gehen. Ich kaufte dieses Wohnmobil und erfüllte mir damit einen Kindheitstraum. Vorher hatte es mir gereicht, zweimal die Woche zu boxen.«

»Und wie geht es dir jetzt?«

»Der Job fehlt mir. Aber ich befürchte, ich kann die erforderliche Leistung nicht mehr abliefern.«

»Wie hast du das Wohnmobil überhaupt in den Wald bekommen?«

»Wenn man von der anderen Seite kommt, gibt es einen relativ breiten Sandweg.«

»Wie lange willst du hierbleiben? Und was ist mit Amrei?«

»Amrei wird mir verzeihen. Sie war nie ein Risikomädchen.«

»Was ist mit uns?«

»Wir wären ein Alptraum, niemand würde uns einladen. Mach dir keine Illusionen, Baby. Such dir einen soliden Kerl mit einem großen Schwanz und einem stabilen Freundeskreis.«

»Können wir trotzdem ab und zu ficken?«

»Sicher.«

»Wie lange willst du noch hierbleiben?«

»Bis ich Klarheit habe. Es gibt ein Faktum, das mir meine Eltern in Nicaragua störrisch verweigert haben. Und das nur, weil sie damals ihr Wort gegeben haben, für immer darüber zu schweigen. Wie albern. Na ja, was soll man erwarten, meine biologischen Eltern sind Bauern, schöne Menschen, aber sonst haben wir nicht viel gemein.«

»Was meinst du? Worüber haben sie geschwiegen?«

»Über den Preis, der für mich gezahlt wurde.«

»Was spielt der noch für eine Rolle?«

Er sah sie verdutzt an: »Geld ist das Einzige, was Ordnung schafft. Niemand kann sich dem entziehen. Wahrheit existiert nicht, es gibt keinen messbaren Wert von irgendwas, man kann nur einen Preis festlegen.«

»Ist das dein Ernst?«

Er lachte, seine Zähne waren weiß, wie die von Dirk Manstein, dem Filmproduzenten.

»Selbstverständlich. Ein Wert ist etwas Abstraktes, Subjektives. Unabhängig von Moral oder ähnlich schwammigen Referenzen ist der Preis eine verbindliche Orientierung für alle.«

Francisco griff in ihren gelben Sack und drückte ihr das Handy in die Hand und sagte: »Befreie mich. Nenn mir meinen Preis, Teresa!«

»Wieso ich?«

»Meine Familie in Matagalpa sagt, die reiche berühmte Schauspielerin hätte damals bezahlt ...«

»Meine Mutter?«

»Exakt.«

»Und dann haben Götz und Viola dich in Raten abgezahlt, oder was?«

»Recherchiere das! Ich bitte dich.«

»Ich sehe meine Mutter übermorgen auf einer Filmpremiere, sie wird betrunken sein, und ich könnte sie fragen.«

Er biss in einen Apfel und sagte: »Du wirst. Ich hätte sie gerne selber gefragt, diese schöne, erfolgreiche Frau.«

Teresa wischte sich ein bisschen Schleim von der Stirn. Francisco grinste, nahm ihren Kopf in die Hände und küsste sie sanft auf die Stirn: »So wie du.«

»Quatsch! Ich werde immer die Loserin der Familie sein.«

»Ach, Familie. Setzt du dich noch immer zu denen ins Verhältnis? Du bist über dreißig, was ist los mit dir?«

Teresa schwieg.

»Warum hast du eigentlich Kontakt zu meinen Eltern aufgenommen?«, fragte Francisco.

»Ich bereite mich auf eine Rolle vor. Deswegen muss ich mein emotionales Portfolio erweitern.«

»Ah.«

»Bei dem nächsten Casting geht es um alles für mich.«

»Theatralische Einbahnstraße. Alles? Mach mal halblang. Wasser ist nass.«

»Deins vielleicht, meins kann auch kalt, heiß, feuchtwarm oder tief sein.«

»Wie deine geile, enge Möse.« Mit kalten Augen strahlte er sie an und sagte: »Wusstest du eigentlich, dass meine kleine Schwester Annabelle deinem Vater einen geblasen hat? Ture hat die beiden erwischt.«

»Nein, was!!??«

»Deshalb sind wir so weit weggezogen. Aus den Augen, aus dem Sinn. Eine Rechnung, die manchmal aufgeht. Man muss der Typ dafür sein. Aber meine Eltern sind Weicheier. Deshalb sind sie auch immer noch zusammen. Sind Bärbel und Dietrich noch ein Paar?«

»Ja, na ja. Auf ihre Weise. Ich … Ich denke, ich sollte mit meinem Bruder reden …«

»Yep, und dann mit deiner Mutter. Und melde dich sofort, wenn du was für mich hast, unerfüllte Liebe meines Lebens.« Francisco tauschte das Klebeband, das von der Decke baumelte und mit toten Fliegen übersät war, gegen ein neues aus, zog eine weiße Jogginghose an und sagte: »Ich laufe jetzt mindestens 'ne Stunde und mache mein Workout.«

Er verschwand in den Wald, Teresa trank ihren letzten Schluck lauwarmen Kaffee aus, exte einen von Franciscos Eiweißshakes, aß noch schnell eine Orange, duschte kurz und schulterte ihren gelben Beutel.

DER TOTE HUND AUF DEM SINKENDEN SCHIFF

Teresa verließ den Wald über den breiten Sandweg und passierte eine Allee, gesäumt von violett blühenden Bäumen. Dahinter erstreckte sich auf einem Hügel hinter einem Elektrozaun ein Flachbau aus dunklem Holz über ein weitläufiges Gelände. Als Teresa sich dem hohen umrankten weißen Tor näherte, roch sie Bergamotte, Sandelholz, Zeder, Jasmin, Vetiver, Vanille, Moschus und Weihrauch. Das Wellnesshotel verströmte denselben Duft wie ihre Mutter. Teresa checkte ein, und sobald sie das WLAN-Kennwort bekommen hatte, lud sie ein Software-Update für ihr Handy herunter, ließ dann eine Microdermabrasion vornehmen und sich die Füße massieren. Am frühen Abend checkte sie wieder aus und wartete neben dem Lichtbrunnen vor dem Tor auf ihr Taxi und rief Stephanie an. Als sie um Unterschlupf bat, nahm Stephanie Teresa sofort die Begründung ab, ihre Wohnung bekäme einen neuen Parkettboden und wegen der kleinen Küche endlich den Durchbruch zum Wohnzimmer.

Stephanie regte sich über die namenlose andere Freundin Teresas auf, die ihr in letzter Minute abgesagt hatte. Mehrmals betonte sie, Teresa könne so lange bleiben, wie es dauern würde.

Als Nächstes sprach Teresa auf Tures Mailbox und bat um ein Treffen am nächsten Morgen.

Der Taxifahrer nahm Kreditkarten und erhielt deshalb ein großzügiges Trinkgeld. Dann holte Teresa den Müllbeutel mit ihren Sachen aus dem Schließfach und legte sich in einem Geschäft am Bahnhof per Kreditkarte noch schnell einen großen Rollkoffer von Louis Vuitton zu, um ihre Situation glaubwürdiger zu gestalten.

Stephanie bewohnte gut hundertfünfzig Quadratmeter in Eppendorf und hatte ein geräumiges Gästezimmer mit eigenem Bad. Als überdurchschnittlich schöne schwarze Personal Trainerin trat sie manchmal im Fernsehen auf. Zu ihrem Kundenkreis gehörten mittlerweile nicht mehr nur stadtbekannte Prominente. Auch Bärbel Kugler trainierte seit ein paar Wochen exklusiv mit Stephanie.

Der hübsch verkleidete Fahrstuhl glitt nahezu geräuschlos in den dritten Stock des sanierten Altbaus, und Teresa trat hinaus auf einen weichen weinroten Teppich. Eine Putzfrau saugte kaum hörbar eine Treppenstufe und tat auch sonst so, als wäre sie gar nicht da, bedrängte Teresa nicht mit Informationen über ihren Rücken oder den ausgefallenen Urlaub, wie die, die schon seit Ende der Neunziger bei den Kuglers putzte.

Stephanie stand in weißer sportlicher Unterwäsche in der Tür, hatte ein Handtuch um den Kopf gewickelt und empfing Teresa mit ihrem schönsten Lächeln. Trotz ihres drahtig-muskulösen Körpers umschloss sie Teresa mit einer weichen Umarmung in perfekter Dauer und duftete dezent nach Glück und Frangipani.

Nachdem Teresa das Zimmer bezogen und sich auf dem Bett ausgestreckt hatte, stand Stephanie plötzlich mitten im Raum, trat nervös von einem Fuß auf den anderen und sagte: »Ich würde dir gern was gestehen, aber du musst es für dich behalten.«

»Klar, mit wem sollte ich tratschen? Du bist meine einzige Freundin!«

Zusammen lachten sie, und nur Teresa wusste, dass es die Wahrheit war.

»Ich liebe es, mit dir befreundet zu sein, Teresa, du bist die einzige Frau, die ich kenne, die nicht neidisch auf mich ist. Wenn ich mit dir unterwegs bin, habe ich zwischendurch endlich mal ein bisschen Ruhe vor den Männern. I like.«

»Stimmt, und dann sind wir ja auch zwei ganz unterschiedliche Frauentypen, wegnehmen tun wir uns nichts.«

»Ja, es ist perfekt, weißt du, Edith ist ja eigentlich auch hübsch, wenn sie nur nicht so fett wäre! Ich wette, die könnte sich die Typen aussuchen, wenn sie zehn Kilo weniger drauf hätte. Ist diese Denke arschlochmäßig von mir?«

»Ach was, Moral ist was für Feiglinge.«

»Hm, weißt du, ich bin kein schlechter Mensch oder so, ich sage nur, wie es ist.«

»Wir können ja nichts dafür, wie wir geboren wurden.«

»Genau, aber fett wird man nicht geboren. Ich würde ja mit Edith trainieren, aber mit 'nem Gastrojob und dem ewigen Romanistikstudium wird sie sich selbst meinen Freundschaftspreis nie leisten können.«

»Fuck it, ey, sie hat die Gene, aber versaut es durch Maßlosigkeit und Charakterschwäche«, sagte Teresa und schraubte ihren Nagellack auf.

»Wow, himmelgeile Farbe, ist das der neue von MAC?« Stephanie riss ihr das Fläschchen aus der Hand.

»Ja, ›Vintage Vamp‹. Kannst du gern benutzen.«

»Ich glaub, zu meinem Look morgen passt besser der Nude-Ton von Sisley, den ich mir gestern am Flughafen gekauft habe.«

»Was wolltest du mir denn vorhin überhaupt sagen?«

»Ist mehr so 'ne Frage. Ähm, also, meinst du, Ture steht auf mich? So richtig, mein ich.«

»Keine Ahnung. Wieso?«

»Ich versuche immer, ihm näher zu kommen, aber er geht nie so richtig darauf ein. Neulich bei der Vernissage ist er sogar vor mir weggelaufen, also wortwörtlich. Ich sah ihn, als ich draußen Edith begrüßte, und bemerkte sein gequältes, irgendwie verzogenes Gesicht. Es sah aus wie 'ne unlustige Grimasse. Und dann rannte er weg, bevor ich Hallo sagen konnte.«

»Vielleicht musste er scheißen und ist deshalb schnell nach Hause gerannt.«

»Hoffentlich«, sagte Stephanie traurig. »Meinst du, ich bin sein Typ?«

»Weißt du, Stephanie, ich habe keine Ahnung, was Tures Typ ist. Er hatte noch nie eine Freundin.«

»Steht er vielleicht auf Typen?«

»Nein, er steckt nur in irgendeiner Krise. Seit langem.«

Stephanie fragte: »Glaubst du, ich könnte ihm da raushelfen?«

Teresa zuckte die Schultern. »Wahrscheinlich nicht. Lass lieber die Finger von ihm.«

»Aber ich bin so verliebt wie noch nie.«

»Na gut, dann versuch dein Unglück. Er kommt morgen bestimmt mit zu der Filmpremiere, so wie immer, wenn Bärbel mitgespielt hat.«

Stephanie klatschte glücklich in die Hände, Teresa bepustete expressiv ihre Nägel und ahnte, dass sie sich bald mal wieder eine neue beste Freundin suchen musste.

Irgendwie kamen sie ihr immer abhanden, der Kontakt ebbte oder brach ab, und dann wurde Teresa nicht mehr gegrüßt.

Stephanie fragte mit Begeisterung in der Stimme: »Gehen wir beide morgen zusammen über den roten Teppich?«

»Keinen Bock, die Fotografen fragen mich immer nach meinem Namen, obwohl ich denen den schon tausendmal gesagt habe. Und ich habe kein passendes Kleid.«

»Ich habe ein noch ungetragenes Kleid aus der neuen Kollektion von C'EST TOUT, es ist wie für dich gemacht, und ich schenke es dir, wenn dein Bruder mich morgen Nacht fickt.«

Ture trat hinaus auf den Balkon, um den Unterteller, der Teresa als Aschenbecher gedient hatte, zu entfernen. Noch nie hatte er sich damit so viel Zeit gelassen wie heute. Bestimmt war schon fast eine ganze Stunde vergangen.

Seine Schwester war wie immer ebenso schnell aus der Wohnung hinausgestürzt, wie sie hechelnd hineingepoltert war. Auf dem Flur war sie abrupt in ihre übliche seitenstichbedingte Hocke gesackt. Dieses Mal hatte sie sich jedoch erstaunlich schnell erholt. Noch bevor Ture es sich neben ihr auf dem Boden bequem machen konnte, hatte sie aufrecht hinter ihm in der Küche gestanden, den Wasserkocher kurz vor dem Siedepunkt ausgeschaltet und Ture gebeten, ihr zu erzählen, was sie längst von Francisco wusste.

Er hatte nicht verstanden, warum das sein musste. Warum hatte sie ihn mit einem intimen Gespräch quälen wollen? Diese Gespräche fanden nie ein angenehmes Ende. Man hätte weinen müssen. Oder sich in den Armen liegen. Oder resümieren. Nun aber fühlte er sich bloß zerfleddert.

Teresa hatte ihn mit der Begründung, wegen der Filmpremiere ihrer Mutter einen Termin beim Frisör zu haben, einfach stehen lassen. Zum ersten Mal seit irgendeinem undefinierten Tag der schwammigen Kindheit wünschte er sich, Teresa wäre nicht gegangen. Aber sie musste sich schön machen. Schöner. Sich verwandeln. Um available zu sein. Oder unnahbar.

Er fasste sich an die Brust, den Hals. Hier und da war eine

Quaddel, seine Haut aber nicht überhitzt, sie war sogar angenehm warm. Vielleicht ging es ihm gar nicht schlecht? Zuversicht beruhigte auch die Peristaltik seines Magen-Darm-Traktes, und auch die Magensäureproduktion schaltete einen Gang runter. Er akzeptierte es einfach, allein zu sein, und in diesem Moment fiel ihm der volle Aschenbecher auf seinem smaragdgrünen Bambustisch auf dem Balkon wieder ein. Er störte ihn. So wie immer. Zufrieden seufzte er und lächelte und mochte es wieder, allein zu sein. Die Sonne stand direkt über seinem Balkon, noch mal berührte er seine Haut, streichelte seine Unterarme, ohne hinzusehen. Seine Haut war weiterhin angenehm warm, die Offenheit des Gesprächs und auch die seiner Gedanken schien die Urtikaria in Schach zu halten. Hoffentlich nicht nur zunächst, dachte er und versuchte, sofort jeglichen Anflug von Unsicherheit darüber zu verdrängen. Es gelang nicht wirklich, weshalb er sich schnell wieder auf den Schandfleck in seinem Wohnungsuniversum konzentrierte: Ein missbrauchter Unterteller voller Asche und zerdrückter Zigarettenstummel, die Filter verklebt von apricotfarbenem Lipgloss.

Trotz der Hitze öffnete er die Tür, um den Schmutz, den Teresa hinterlassen hatte, zu beseitigen. Da war er schon fast wieder der Alte.

Schnell nahm er den Teller und wischte mit einem feuchten Handtuch im Zickzack über die Tischplatte. Da entdeckte er aus dem Augenwinkel den Wellensittichkäfig seiner Nachbarin. Als er dem freundlichen Tier etwas Nettes sagen wollte, sah Ture, dass der Käfig in der prallen Mittagssonne baumelte.

Er trat bis an den Rand seines Balkons und kniff die Augen zusammen. Das grüngelbe Tier lag reglos auf dem Boden des Käfigs im Sand und hatte den Schnabel geöffnet. Ture rief: »Toni?«, und dann brüllte er so laut, dass er einen Schreck bekam: »Toni!!!«

Der Vogel rührte sich nicht. Es schien Ture aber, als ob ein Flügel zittern würde. Er rannte durch seine Wohnung bis ins Treppenhaus, ließ sogar die Haustür offen stehen und klingelte bei Frau Bogen Sturm. Schwerhörig war sie wohl nicht, knapp sechzig vielleicht, vermutlich eine Trinkerin, zumindest sang sie manchmal mitten in der Nacht einfach so los. Lieder von Hildegard Knef oder Alexandra konnte sie korrekt auswendig von vorn bis hinten. Sie hatte eine schöne Stimme, weshalb sich Ture nicht beschwerte. Nun drang kein Mucks aus der Wohnung, sosehr er auch klingelte, klopfte und rief. Zurück in seiner Wohnung holte er den langstieligen Feudel aus der Kammer, lehnte sich gefährlich weit über den Balkon hinaus und schob den Stiel mit einem Ruck zwischen die Gitterstäbe von Tonis Käfig.

Es war mühselig, den Haken des Käfigs aus der Verankerung zu heben, aber er schaffte es nach einigen Minuten endlich und zog den Käfig schnell zu sich herüber, trug ihn, ohne zu dem sterbenden Vogel hinzusehen, in sein kühles fensterloses Bad und öffnete das Türchen.

Der Vogel regte sich nicht. Ture umklammerte seine Knie, vergrub den Kopf dazwischen, schluchzte tränenlos. Im Treppenhaus miaute Rübezahl, der WG-Kater aus dem ersten Stock. Dann, plötzlich, hörte er, wie sich Sandkörner verschoben, und er sah auf, sah, dass Toni seine klitzekleinen, zarten, grauen Lider öffnete. Ture hob ihn so vorsichtig heraus, wie es überhaupt möglich war, und setzte ihn auf den kalten Kachelboden. Dort blieb er einfach auf dem Bauch liegen und bewegte nicht einmal das Köpfchen.

In der Küche füllte Ture einen Eierbecher bis zum Rand mit Wasser, plazierte ihn direkt vor Toni und plätscherte zur Demonstration mit einem Zeigefinger darin herum. Der Vogel brauchte noch ein paar Minuten, um zu begreifen, dass er noch lebte, dann stellte er sich hin, tauchte sofort seinen Schnabel in den Eierbecher und trank und trank und trank, warf Ture kurz einen dankbaren Blick zu, trank, tschilpte leise, tapste und wankte ein bisschen über die Kacheln. Nach ein paar Minuten fiel er kaum noch um, spreizte ausgiebig sein Gefieder und hob mit Anlauf in Richtung Flur ab. Ture lief eine Träne über die Wange.

Er dachte an den Text des Liedes »Illusionen« von Alexandra, das Frau Bogen häufig nachts sang und das seine Mutter früher oft weinend gehört hatte, und begann zaghaft, ohne einen Ton zu treffen, zu singen:

Und dann fragst du dich, warum muss das sein,
doch die Antwort sagt dir nur das Leben ganz allein,
mit der Zeit erst, wenn die Jahre deines Sommers gehn,
wirst du verstehn

Illusionen blühende Wirklichkeit,
Zum Tanz der Jugendzeit
Ein erster Hauch von Leid
Wird sie verwehen

Teresa hatte ihn nach dieser alten Geschichte gefragt und so hatte sie es auch formuliert: »Ture, ich denke, wir sollten über diese alte Geschichte reden.«

Dabei war die Geschichte für ihn bisher nur ein einziges Bild gewesen. Beinahe ein Standbild. Ture hatte damals die Doppelstunde Sport des Nachmittagsunterrichts geschwänzt und war früher nach Hause gekommen. Er erinnerte sich nicht mehr daran, warum er nicht wie sonst sofort in sein Zimmer, sondern direkt ins Wohnzimmer gegangen war. Annabelle, die Adoptivtochter der Tinns, kniete in ihren kurzen rosafarbenen Jeanslatzhosen auf dem Boden vor dem Aquarium. Sie trug einen von ihm am Vortag zu streng geflochtenen Mozartzopf. Die Haut hinter ihren Ohren war gerötet, und sie hatte den steifen Penis seines Vaters, der an dem Aquarium lehnte, zur Hälfte in ihrem kleinen Mund.

Natürlich war Ture damals in Annabelle verknallt gewesen. Einfach bloß weil er das Mädchen ständig vor Augen hatte. Er hatte seine Mutter einmal sagen hören, Annabelle sei sicher lieb und nett und auf ihre Weise ein interessanter Mädchentyp, aber eines bestimmt nicht: hübsch. Das hatte er nie verstanden. Bis heute nicht. Er hatte sie immer gern angesehen. Einfach so. Er hatte sich aber nie vorgestellt, wie Annabelle ein Glied im Mund hatte. Schon gar nicht das seines Vaters. Trotzdem hatte ihn der Anblick erregt, obwohl er nie die Absicht gehabt hatte, sich an Annabelle zu erregen.

All die Jahre hatte er an diese Szene gedacht, ohne etwas anderes dabei zu fühlen als Furcht vor der Erinnerung. Also hatte er es gelassen. Es schien zu funktionieren. Sein Leben verlief in ruhigen Bahnen. Außer wenn Teresa auftauchte. Das erschwerte bisweilen die Vermeidung von Erinnerung. Was daran lag, dass Teresa sich noch immer aufführte wie ein Teenager oder ein Kind. Ein hochgewachsenes dürres Kind mit Brüsten in luftiglumpiger, manchmal festlicher Kleidung und mit knallig geschminkten Lippen.

Und dann kam vorhin aus Teresas maßlos glossigem Mund diese Frage: »Was ist damals passiert, nachdem du Dietrich und Annabelle erwischt hast? Hast du ihn jemals zur Rede gestellt und wie ging es dir überhaupt mit diesen Eindrücken?«

Ture hatte sich das nie gefragt. Spielte es denn eine Rolle, wie es ihm ging? Und was hätte es bringen können, die längst vergangene beschämende Episode abermals zu einem aktuellen

Thema zu machen? Während des letzten Familienurlaubs im selben Sommer in Südfrankreich hatte sein Vater unverhohlen dafür gesorgt, dass sie niemals zu zweit gewesen waren. Noch heute sah Ture oft das Bild des davonmarschierenden Dietrichs in Shorts aus dunkelbraunem Cord vor sich. Vielleicht sogar jedes Mal, wenn er an ihn dachte.

Nur um an diesem schönen Sommermorgen seine Ruhe zu haben, hatte er Teresa dann doch erzählt, dass er damals diese unglaublich harte Erektion nicht losgeworden war, er sich aber unter diesen Umständen keinen hatte runterholen wollen. Er hatte sich einfach in sein Zimmer eingeschlossen und sich auf den von den Eltern ausrangierten Ledersessel gesetzt, um den er in der Woche zuvor noch mit Teresa gekämpft hatte. Er hatte gewartet und gebetet, dass sein Penis abschwoll.

Aber Dietrich war ihm nachgerannt, hatte vor der Tür gestanden, hatte geklopft, gefleht und eindringlich gestammelt. Ture hatte nicht hingehört, er hatte nicht hören wollen, was sein Vater loswerden wollte.

Ture zog die Jalousien zu, schaltete den Videorekorder ein und griff nach einer von drei Videokassetten, die er vor Wochen schon einem unliebsamen Schulkameraden abgekauft hatte. Bisher hatte er sie sich nicht angesehen. Mitreden hatte er wollen, dann aber war es ihm doch egal gewesen, man würde ihn auch nicht mehr schätzen, wenn er mitredete. Man ignorierte ihn ja sogar, wenn er anbot, seine Cola zu verschenken. Er holte sich auf all die Mädchen, die er verachtete, weil er sie anbetete, hasserfüllt einen runter. Auf voller Lautstärke sah er sich schließlich die Lieblingsfilme seiner Klassenkameraden an, um Angstgefühle zu erzeugen, die alle anderen Gefühle überbieten sollten.

Zu *Tanz der Teufel*, *Armee der Finsternis* und *Braindead* onanierte er beinahe ununterbrochen. Bis Bärbel nach Hause kam, zog er es durch, ignorierte wichsend das Klopfen und Schlagen seines Vaters gegen die Tür.

Gegen Abend hörte er seine Eltern schreien, klagen und weinen, hysterisch heulen, und dann knallte irgendetwas gegen die Wand. Danach wurde es ruhiger. Nur noch die üblichen nicht eindeutigen Geräusche signalisierten den Aufenthalt anderer Personen im Haus.

Ture hatte keine Ahnung, wann Teresa nach Hause gekommen war. Er saß auf dem Boden, gegen die Wand gelehnt, alles an ihm war erschlafft, sogar seine Wut.

Irgendwann war es totenstill im Haus. Ture schlief eingerollt auf dem Parkettboden vor dem Sessel, zuckte dann und wann, weil er träumte, was passiert war, wieder und wieder und immer schneller und abstrakter, bis er ganz leergeträumt war. Als er aufwachte, hörte er Bärbel telefonieren und Teresa an seine Tür klopfen. Sie rief gutgelaunt seinen Namen. Damit brach seine Erinnerung an diesen Tag ab.

Kaum zwei Wochen später war sein Vater wegen der Schuppenflechte zum ersten Mal ins Krankenhaus gekommen. Teresa hatte Ture nie gefragt, ob irgendetwas vorgefallen war. Warum auch, dachte er manchmal, und dann wiederum war er unendlich verletzt, weil sie nichts bemerkt hatte.

Sie sagte nur einmal, seit einer Weile sei die Stimmung andauernd schlecht, das sei nervig. Ihr fiel damals kaum auf, dass er in rasend kurzer Zeit immer mehr abnahm. Und auch, als die Familie Tinn wegzog, ohne sich zu verabschieden, verloren sie beide kaum ein Wort darüber.

Als Ture in den Monaten darauf begonnen hatte, sich mit Insekten zu beschäftigen, sie mit nach Hause brachte und überall verteilte, interessierte Teresa sich längst nur noch für ihre Dreiecksgeschichte mit den zwei coolsten Jungs der Schule und spielte dann plötzlich auch noch in einem infantilen Film mit.

Seine Mutter nahm nun jedes Angebot an, spielte sogar in einer Fernsehserie und drehte oft monatelang in anderen Städten oder Ländern. Und sein Vater redete nicht mehr mit ihm oder er nicht mehr mit seinem Vater. Nur einmal, als Ture auf der Toilette saß, klopfte Dietrich an die Tür und flüsterte durchs Schlüsselloch: »Sag Teresa nichts, bitte, wir wollen sie nicht unnötig belasten, sie ist eine so reine, frohe Seele. Wenn du jetzt nichts entgegnest, ist es als Versprechen verbucht. Danke, mein Sohn.«

So ging es weiter, und irgendwann war es ihm vertraut geworden, sich mehr schlecht als recht zu fühlen.

Zwanzig Jahre später lag er rücklings in seiner leeren Badewanne. Vertieft in den Versuch einer präzisen Chronologie der Erinnerungen, kratzte er sich am Kopf und riss einzelne Haare aus dem dichten glänzenden Schopf.

Ture drehte sich auf die Seite. Sein Gemüt extrovertierte sich zu einem Juckreiz im und rund um den Bauchnabel. Er versuchte, sich auf etwas anderes zu konzentrieren, vermied es, sich zu berühren, sein Bauchnabel war ihm schon immer unangenehm gewesen, kam ihm vor wie ein Knopfloch mit unauffindbarem Knopf.

Schuldgefühle verwässerten die Klarheit, die nötig gewesen wäre, die Erinnerungen in eine erträgliche Form zu bringen, und er verspürte Lust, sich einen runterzuholen oder zu weinen.

Er wand sich in der harten Wanne, versuchte, fünfstellige Zahlen durch dreistellige zu dividieren, um seinen allzu gefühligen Hirnregionen zu entkommen. Aber aus seiner Wirrnis rissen ihn zuletzt nur die Geräusche des Vogels, der in kurzen Strecken durch seine Wohnung flatterte, und er empfand ein wenig Freude darüber, die Jalousien immer unten zu haben.

Etwas wimmerte noch immer leise in seinen Gedanken, als er deutliche Hilferufe aus der Wohnung nebenan hörte. Er richtete sich sofort dankbar auf, rief die Polizei, die Feuerwehr und den Notarzt.

Frau Bogen war beim Duschen gestürzt, sie hatte sich das Becken gebrochen und wegen der Schmerzen vorübergehend das Bewusstsein verloren.

Der Wellensittich wurde zu Tures Bedauern ein paar Stunden später von ihrer Tochter abgeholt.

Am frühen Abend bestieg Ture in seinem neuen Armani-Anzug das Taxi zur Premiere. Dass er zum Wohle anderer besser zu Hause geblieben wäre, war ein Gedanke, den er dieses Mal ausnahmsweise beiseiteschob.

Vielleicht würde alles gut werden, jetzt, da er über den seinerzeitigen Zwischenfall gesprochen hatte. Bestimmt wird es ein besonders schöner Abend, sagte die überfröhliche Stimme seiner Mutter immer wieder in seinem Kopf. Und ihre vorfreudige Nervosität erfasste ihn vollkommen, als er vor dem Kino Stephanie aufgeputzt in einem engen, kurzen Glitzerding auf spitzen Highheels Hand in Hand mit seiner engelsgleichen Schwester entdeckte. Er zahlte bar und setzte gekonnt ein Lächeln auf.

Alles hatte sich mal wieder unendlich gezogen. Das Gedrängel vor dem neuen betongläsernen Kinoklotz, das Geschrei der Fotografen, das Vorbei- und Herumlaufen, das Im-Weg-und-noch-eine-rauchen-Stehen, das Strecken und Winken, das Hin- und Abwenden, das Ignorieren, das Achselschwitzen, das Gesichtsschwitzen, die trockenen Kehlen, die Unterzuckerung, die klebrige Handvoll Weingummi, das schnelle Bier, das Zuspätkommen, die Angetrunkenheit zum Vorspann, die vollen Blasen während der leisen Szenen, der einsame Gang auf die Toilette, die verpasste Handlung, das anbiedernde und das höfliche Geklatsche, die ersten beduselten Plaudereien auf der Bühne, während jemand am Mikro noch einmal Luft holte. In den hinteren Sitzreihen war es stickig und roch nach ranzigem Popcorn, die artigen Zuschauer hingen mit einer Hand an der Zigarettenschachtel längst in den Seilen.

Bärbel Kugler stand auf elf Zentimetern hellwach und mit größtmöglicher Körperspannung in der Mitte der Bühne und hielt ihr Kinn hoch.

Darko Wölfli hatte ihr einen monumentalen Blumenstrauß in den Arm gedrückt und konnte nicht aufhören, sie anzustarren. Nichts versetzte ihn nachhaltiger in einen Rauschzustand als der Gleichmut einer glücklichen Frau, die aufgehört hatte, sich ernsthaft Gedanken über ihr Aussehen zu machen. Die zwei dicken Lines Koks, die er während des Abspanns auf dem Klo gezogen hatte, taten ihr Übriges.

Er fragte sich endlich einmal nicht, ob sein Film nächste Woche noch laufen würde, und es störte ihn auch nicht, dass das halbe Publikum bereits den Saal verließ, um in einen der ersten wartenden Partyshuttlebusse zu steigen. Er hatte Bärbel Kugler entfesselt und würde sie zu einem noch größeren Star machen, global, universal, sie und er, sie beide. Dafür würde er sogar diesen schleimigen Bestseller ihres alten Freundes verfilmen. Ihre Freunde waren seine Freunde, und ihre Feinde waren seine Feinde, und die Feinde ihrer Feinde waren seine Freunde, bämm! Er war ein guter Mensch, er fühlte sich in Bärbel Kugler hinein, in jeden Schauspieler, er war Bärbel Kugler und er war alle Schauspieler, weil er alle Menschen war, und nur deshalb war er der beste Regisseur seiner Generation, und in allerspätestens zehn Jahren war er der erfolgreichste Regisseur der ganzen Welt. Er musste nur immer daran glauben, genauso wie jetzt in diesem Moment.

Plötzlich wurde ihm schlecht. Vorhin hatte er einen Rest Koks auf sein Zahnfleisch gerieben und davor hatte er, wegen der Aufregung, nur eine Tüte Lakritzschnecken gegessen.

Ein paar Stunden später stand Teresa allein neben der Tanzfläche. Angekotzt von Justin Timberlake hielt sie vergeblich Ausschau nach ihrer Mutter. Auch Ture und Stephanie waren seit einer ganzen Weile an keinem Horizont der riesigen übervollen Location aufgetaucht.

Darko hatte gesagt, es wäre Koks am Start, aber er klemmte wahrscheinlich irgendwo in der VIP-Lounge. Der abgesperrte Raum quoll über, und die teilweise freundlichen Leute mit den Häppchen von vorhin machten Polaroidfotos zum Mitnehmen.

Teresa drängelte sich eine halbe Ewigkeit bis zur Bar durch, schob, unmittelbar davor, alles hysterische Mädchen- und Männermaterial grob beiseite und bestellte sich beim einzigen Typen hinterm Tresen einen Weißwein auf Eis.

Ihr Handy vibrierte, eine Nachricht von Francisco war angekommen. Sie müsse Nähe zu ihrer Mutter herstellen. Anstrengend. Nervig. Für sie persönlich überflüssig. Zunächst stattete sie dem DJ einen Besuch auf seinem Podest in der Ecke ab und brüllte: »Hast du von Diplo ›Must be a Devil‹ oder ›In for the Kill‹ von La Roux?!«

»Das kann ich hier nicht spielen!«, brüllte er und fügte hinzu: »Echt nicht, sorry, das ist zu gut.«

Teresa entdeckte von der hohen Ebene aus ihren Bruder und

Stephanie eng umschlungen an einer Wand. Sie machte sich auf den Weg, aber auf halber Strecke sah sie aus dem Gewühl ein paar Meter entfernt die Frisur ihrer Mutter herausragen. Oder war es nur eine, die genauso aussah? Teresa versuchte, der Frau zu folgen, und verlor sie schnell aus den Augen. Zuletzt hatte die Frau, die vielleicht ihre Mutter war, die Richtung zu den Toiletten im Keller eingeschlagen.

Es war erstaunlich leer in dem schwarz gekachelten Raum, und nur wenige der zahlreichen Türen waren verschlossen. Vor den langen Spiegeln standen zwei sehr junge Mädchen und hatten ihr ganzes Schminkzeug um die Waschbecken verteilt. Sie besprühten sich beide ausgiebig mit Addict Eau Fraîche von Dior, packten ihr Zeugs in null Komma nichts wieder ein und verschwanden johlend nach oben.

Nachdem aus jeder besetzten Kabine jemand herausgekommen war und nur eine Tür verschlossen blieb, klopfte Teresa: »Bärbel? Geht es dir gut? Ich bin's, Teresa.«

Von drinnen kam ein Wimmern, ein Schluchzen, dann wurde die Tür mit einem Ruck aufgestoßen. Auf dem Boden saß Mirja mit einer aufwendigen Hochsteckfrisur, die der ihrer Mutter tatsächlich stark ähnelte. In ihrem engen roten Spitzenkleidchen kauerte sie vor dem Klo, sah mit verschmiertem Gesicht traurig zu Teresa hoch und sagte: »Naa, du Hübsche.«

»Hi, Mirja, alles o. k.? Ich suche meine Mutter, hast du sie gesehen?«

»Hier ist sie jedenfalls nicht.« Mirja schwenkte die Flasche Wodka in der Hand einmal im Kreis und zog Rotz hoch. Es roch nach Kotze und Gucci von Gucci.

»Bist du betrunken?«

»Nein, ich trinke nicht, das macht fett.«

»Und was willst du dann mit dem Wodka?«

»Ich dachte, der hilft beim Kotzen, hat er auch.«

»Bist du Bulimikerin?«

»Nicht wirklich. Ja, doch, manchmal.«

»Mhm, verstehe. Kann ich irgendwas für dich tun?«

Mirja schluchzte: »Ja, wenn Jamie mich sucht, sag ihm nicht, wo ich bin.«

»Wer ist Jamie?«

»Der schönste Mann der Welt, er ist halb schwarz, halb Japaner. Dabei stehe ich eigentlich gar nicht auf Asiaten!«

»Ist das der DJ?«

»Genau, er ist meine Daueraffäre, und vorhin wollte er mich nicht in der Öffentlichkeit küssen, und ich hab gefragt, was das Problem ist, und dann hat er gesagt, er könne mich niemals so richtig lieben, weil mein Gesicht zu proper sei. Stimmt ja auch, egal, wie viel ich abnehme, ich hab immer diese Hamsterbacken.«

Sie heulte los, Teresa ging in die Hocke und tätschelte ihr die Schulter.

»Und dann … dann … dann hat er ›What Comes Around‹ von Justin Timberlake gespielt, da spielt im Video Scarlett Johansson mit, die findet er voll geil, das weiß ich, dabei … dabei ist die überall irgendwie dick, nicht nur im Gesicht, ich … ich hab … hab … dann hab ich ganz viele Blätterteiglachshäppchen gegessen, weil ich dachte, drauf geschissen, und dann … dann … also dabei hab ich immer wieder gedacht: oh Gott, shit, ich kann niemals aufhören, ihn zu lieben.«

»Du liebst den doch gar nicht, du hasst nur dich selber.« Teresa strich ihr vorsichtig über die Hochsteckfrisur.

»Meinst du?«

Teresa nickte, und Mirja lächelte ein bisschen.

»Willst du noch hierbleiben?«, fragte Teresa.

»Ja. Ziehst du die Tür gut zu, dann muss ich nur noch den Hebel mit der Hand runterziehen, das geht auch von hier unten.«

»Klar, gern, wir sehn uns dann in der Agentur.«

»Ey, Teresa«, rief Mirja noch, »da ist übrigens Geld für dich gekommen, das, was schon seit Monaten überfällig ist, von diesem Katalogjob und für die Deo-Spot-Online-Nutzungsrechte. Ich überweise es dir gleich morgen früh.«

»Cool, danke!« Teresa haute zum Abschied noch zweimal auf die Tür.

Der Saal hatte sich in der kurzen Zeit auffallend geleert, die älteren Semester waren nach Hause gegangen oder weiter in ein Restaurant gezogen.

Ture und Stephanie waren nirgends zu entdecken, und Teresa drehte noch ein, zwei Runden, ohne jemanden zu treffen, auf den sie gerade Bock hatte.

Als sie schon fast am Ausgang war, machte Jamie »In for the Kill« von La Roux an, und als sie sich umdrehte, warf er ihr einen Kuss zu und winkte sie zu sich herüber. Sie schüttelte den Kopf. Mirja war zwar ein bisschen beknackt, aber immerhin der ehrlichste Mensch, den sie kannte.

Sie stieg in eines der vielen wartenden Taxis vor der Halle und fuhr durch die halbe Stadt in die Schanze und bahnte sich einen Weg in die überfüllte Daniela-Bar. Nach ein paar Kurzen Wodka versuchte sie, vor den Toiletten vergeblich einen älteren Journalisten zu einem Zungenkuss zu überreden, nachdem sie sich kurz nett über Gentrifizierung unterhalten hatten, und fuhr schließlich allein zu Stephanies Wohnung.

Die Tür zu Stephanies Schlafzimmer stand weit offen und das Bett war ordentlich gemacht. Teresa holte ihr Handy aus der Tasche und sah sich noch kurz das Foto von dem Journalisten an. Er hatte große, volle Lippen, seine Augen waren klein und schmal. Vielleicht lag es auch am Verhältnis zu dem riesigen Mund. Hätte er schmale Lippen, würde er aussehen wie Sting. Ein rührender Mensch, er war total besoffen gewesen und hatte trotzdem wegen irgendeiner abwesenden Frau Skrupel gehabt. Teresa vergrößerte das Bild und küsste es zärtlich. Plötzlich vibrierte es an ihren Lippen. Francisco rief an, sie drückte ihn weg und schaltete das Telefon aus.

Teresa berührte ihren Bauch, strich darüber. In knapp zwei Wochen war das Casting, und sie schwor sich, bis dahin jeden Tag mit Stephanie zu trainieren. Bis ihr Bauch so hart war wie der von Ture.

DIE HÖHLE

Nachdem Stephanie drei Tage später noch immer nicht aufgetaucht war, begann Teresa sich ein wenig zu sorgen. Und sie schien nicht die Einzige zu sein. Die Mailbox ihrer Freundin ging schon bald nicht mehr an, weil zu viele Nachrichten darauf hinterlassen worden waren.

Vermutlich würden sich bei Teresas Verschwinden nicht mal Almut oder Mirja wundern, da sie schon das eine oder andere Mal abgetaucht war, gerade wenn es wichtig wurde. Und Ture wäre froh, wenn sie ihn eine Weile in Ruhe ließe. Ture. Teresa hatte ein paarmal versucht, ihn anzurufen, sogar mit ausgeblendeter Nummer. Er ging trotzdem nicht ran, was ungewöhnlich war. Immerzu befürchtete er, ihm könnte ein guter Job durch die Lappen gehen. Deshalb war er seit über zehn Jahren nicht in den Urlaub gefahren.

Vielleicht hatte Teresa sich geirrt? Das Bild von Stephanie und Ture eng umschlungen auf der Party verschwamm immer mehr. Weit weg hatten sie gestanden, und Teresa hatte sogar ihre eigene Mutter mit Mirja verwechselt.

Schon wieder rief Stephanies zickiger Agent Fritz auf dem Festnetz an und textete den Anrufbeantworter in gehetzter Dringlichkeit voll. Dabei hatte Teresa auf dem Balkon gerade die Beine hochgelegt und wollte in Ruhe ihren Erdbeershake trinken. Kaum war Fritz fertig, rief Edith an, und Stephanies Mutter Karin klingelte Sturm.

Am nächsten Tag fand Teresa sich auf einem Polizeipräsidium wieder und sagte aus, sie habe Stephanie noch vor der Aftershowparty aus den Augen verloren, sei alleine noch weitergezogen und dann nach Hause gefahren. Ihren Bruder erwähnte sie nicht, aber sie berichtete von dem Journalisten, den sie in der Daniela-Bar getroffen hatte, und auch, dass er sie nicht hatte küssen wollen. Der Polizist blickte kurz irritiert auf, zog eine Augenbraue hoch und versank dann wieder in seinen Notizen.

Als Teresa in Stephanies Wohnung zurückkehrte, hatte deren Mutter sich dort einquartiert und erklärte verheult, sie wolle eine mögliche Rückkehr der Tochter nicht verpassen, Teresa könne aber ihretwegen noch eine Nacht bleiben.

Da Ture nicht ans Telefon ging, stand Teresa am nächsten Morgen mit ihrem neuen Louis-Vuitton-Koffer und dem gelben Sack vor der Tür ihrer Eltern. Dietrich öffnete die Tür und schnitt sofort das aktuelle Thema an. Als er sich letzte Woche ein Facebookprofil zugelegt hatte, schickte er Stephanie noch vor Teresa eine Freundschaftsanfrage. Da er ständig auf ihrem Profil zugange war, hatte er ihr Verschwinden als einer der Ersten zur Kenntnis genommen und zum ersten Mal einen Beitrag geteilt.

»Hast du irgendeine Ahnung, was da passiert sein kann?«, fragte er betont gelassen. Auf Teresa wirkte er aufgeregt wie lange nicht, während er fahrig fortfuhr, Orangen in zwei Hälften zu schneiden.

»Was machst du denn da, Dietrich? Das sind ja bereits mindestens drei Kilo zerteilte Orangen!«, wich Teresa aus.

»Was? Ach so, ja, ich war ganz in Gedanken um deine Freundin. Machst du dir keine Sorgen?!«

»Ach, keine Ahnung, ich kenne sie noch gar nicht so lange, weiß ich doch nicht, was die so treibt … Vielleicht ist sie spontan mit 'nem heißen Typ auf die Malediven oder so.«

»Ohne in ihrer Agentur Bescheid zu geben? Sie hat zwei große TV-Jobs in den Sand gesetzt! Da muss was passiert sein!«

Dietrich schnitt sich in den Finger, schrie und verzog übertrieben das Gesicht. Teresa ging zu ihm: »Ist es schlimm? Es blutet ja gar nicht doll, warte, halt es unter fließendes Wasser, ich hole dir ein Pflaster.«

»Nein, da reicht kein Pflaster, ich brauche 'ne Mullbinde, ich glaube, ich habe 'ne Sehne angeschnitten, mein Finger fühlt sich ganz taub an.«

Es blutete nun wirklich ein bisschen mehr. Teresa lief ins Bad und fand im Medizinschrank ein paar weiße Pflaster mit antibakteriellen Wirkstoffkissen.

In der Küche hielt Dietrich seine Hand über das Waschbecken und ließ das Blut hineintropfen. Teresa machte den heißen Hahn an und schob seine Hand darunter. Er stöhnte auf und sagte mit einer schmerzverzerrten Grimasse: »Das muss richtig desinfiziert werden, meine Tetanusimpfung ist, glaube ich, nicht mehr aktuell.«

»Ich hab im Bad nichts gefunden, aber warte mal.« Teresa wühlte in ihrem gelben Sack, holte Aqua Allegoria Pamplelune von Guerlain heraus und besprühte damit die Wunde ihres Vaters. Er brüllte wie am Spieß: »Bist du verrückt?!! Was ist denn das für ein Teufelszeug?!«

»Ist doch egal, da ist Alkohol drin, ist doch das Wichtigste.«

Teresa wühlte wieder in ihrer Tasche und fand ein rotviolett geblümtes Halstuch, das sie seit einem Jahr nicht mehr getragen hatte. Sie zerriss es und verband ihrem Vater damit die Hand. All die Orangenhälften presste sie schließlich mit dem altmodischen Plastikentsafter aus und goss den Saft in einen bauchigen, lackierten Keramikkrug. Dietrich saß auf einem Barhocker, starrte auf seinen geblümten Verband und sagte: »Stephanies Verschwinden berührt dich, wie mir scheint, verschwindend gering.«

»Stephanie ist verschwunden?« Bärbel kam, verfolgt von zwei Beagles, mit einer zerknüllten Zeitung in der Hand aus dem Garten.

Dietrich sah sie nicht mal an und sagte: »Stephanie, deine Fitnesstrainerin, ist verschwunden. Hast du das noch gar nicht mitbekommen?«

»Nein, ich habe erst morgen einen Termin bei ihr. Das ist ja furchtbar.«

»Bei Facebook«, fuhr Dietrich fort, »haben einige Leute geschrieben, sie sei mit einem dunkelhaarigen Typen nach der Party ins Taxi gestiegen. Jetzt suchen sie wohl nach dem Taxifahrer.«

Teresa begann zu zittern und spürte, wie der Schleim zwischen ihren Fingern hervortrat. Sie spreizte die Hände, und es sah aus, als hätte sie Schwimmhäute. Der Schleim funkelte wie das Kleid, das Stephanie in jener Nacht getragen hatte.

Sie atmete lange aus. Vielleicht war es gar nicht Ture gewesen, vielleicht hatte er von weitem nur so ähnlich ausgesehen.

»So ein Südländertyp?«, fragte sie.

»Nein, davon war ausnahmsweise mal nicht die Rede.«

»Wahrscheinlich weil sie eine Schwarze ist!«, rief Bärbel aufgeregt. Dietrich warf ihr einen strafenden Blick zu und sagte: »Ach, du meinst, da wirkt selbst ein Südländer skandinavisch?«

»Nein, so hab ich das nicht … Ach, Dietrich, lass es doch einfach!«

Teresa lief auf das Gästeklo, schloss sich ein und wusch sich lange die Hände. Aber der Schleim verteilte sich bloß, immer mehr davon floss zwischen ihren Fingern hervor und breitete sich über ihre Unterarme aus. Teresa gab auf, lehnte sich an die Wand und starrte auf die Postkarte von Paul Klee, die seit zwanzig Jahren in einem orangefarbenen Rahmen über der Toilette hing. Natürlich wusste sie noch, dass Stephanie es an diesem Abend auf Ture abgesehen hatte. Vielleicht war nichts gelaufen, und sie hatte sich dann eben einen anderen ausgesucht, der so ähnlich aussah wie Ture. Ganz pragmatisch. Teresa schloss die Tür auf, ging zurück in die Küche, in der ihre Eltern sich noch immer anzischten, und hörte sich sagen: »Ich glaube, Ture hat was damit zu tun.«

Ihre Mutter ließ ihr Glas fallen, sie hatte es sich gerade randvoll mit Orangensaft geschenkt.

»Wie kommst du darauf?«

Teresa starrte auf ihre Arme, der Schleim zog sich langsam zurück, und sie sah ihre Mutter direkt an und sagte laut und deutlich: »Sie hatte Interesse an ihm. Großes Interesse! Sie hat mir sogar ein Kleid von C'EST TOUT versprochen, wenn ich die Sache ein wenig lanciere und etwas mit ihm laufen sollte.«

Dietrich grinste unangemessen und sagte: »Toll, ihr Mädchen von heute.«

Bärbel haute ihm von hinten auf den Kopf und sagte: »Und? Hast du da irgendwas lanciert?«

»Nein, ich hab sie direkt nach dem Film aus den Augen verloren und bin allein im Shuttle zur Party gefahren.«

»Aber dann hat Ture doch nicht zwingend was mit ihrem Verschwinden zu tun, er steht doch wohl eher auf hübsche Männer, oder? Und so oder so kann er doch keiner Fliege was zuleide tun.«

Teresa räusperte sich und stammelte: »Na ja, nein, das nicht, Fliegen hat er ja sogar ziemlich gern, aber er war … ähm. Ach,

Bärbel, weißt du, er war ziemlich durch den Wind, als ich ihn morgens an dem Tag das letzte Mal gesehen habe. Er hat zwar so getan, als wäre alles gut, aber eigentlich konnte das nicht sein.«

»Was war denn los? Ist irgendwas vorgefallen?«

Teresa setzte sich auf einen Barhocker neben ihren Vater, der an seinem Verband herumzupfte.

»Nein, na ja, ich habe ihn gefragt, was an diesem Tag damals passiert ist. Der Tag, seit dem ihr nur noch streitet und Dietrich nach oben gezogen ist.«

Bärbel richtete sich auf, beugte sich dann hinunter, begann die Scherben ihres Glases aufzusammeln und fragte mit dem Kopf nach unten: »Warum hast du eigentlich deine ganzen Klamotten dabei?«

»Mein Fußboden wird … Ach, ich bin aus meiner Wohnung geflogen, weil ich die Miete seit ein paar Monaten nicht mehr zahlen kann.«

»Aber du bist doch überall zu sehen!«, rief Dietrich.

Bärbel legte die Scherben einfach in die Spüle, setzte sich, und Teresa erzählte ihren Eltern von ihrem Besuch bei Viola und Götz, von Francisco im Wald und dass Ture ihr erzählt hatte, dass er Annabelle und Dietrich damals erwischt hatte.

Dietrich und Bärbel sagten nichts, und Teresa schloss: »Und jetzt will Francisco eben wissen, was er gekostet hat. Kann man verstehen.«

Dietrich, der währenddessen drei Packungen Tuc verspeist hatte, bekam als Erster den Mund wieder auf: »Und du hast wirklich das Schwein aus *Under Fire* hier im Wald getroffen und mit ihm gesprochen? Geht es dir gut, mein Schatz? Nimmst du manchmal irgendwas ein? LSD vielleicht?«

Bärbel sagte: »So ein Unsinn, sie hat geträumt, ich habe dir doch damals schon immer gesagt, das ist kein Film für Kinder.

Jetzt verfolgt sie das bis in ihre Dreißiger. Siehst du, was du angerichtet hast?«

»Ach ja? Politische Bildung auf bestem Unterhaltungsniveau war das! Und wenn das nur ein Traum war, woher wusste das Schwein dann all das über Francisco und seinen Trip nach Nicaragua, hallo Bärbel?«

»Das hat Teresa sicher bloß jetzt in ihrer Erinnerung vermischt, jede Erinnerung ist Interpretation, das Gehirn ist ein durch und durch subjektiver Createur. Und außerdem bin ich mir nicht erst seit heute sicher, dass die Kinder doch mehr von der Geschichte mitbekommen haben. Das Gehirn ist auch ein strenger Türsteher und weiß instinktiv, was nichts im offiziellen Bereich zu suchen hat! Für Teresa war das alles nicht verkraftbar, deshalb haben wir uns schließlich auch entschieden, sie all das nicht wissen zu lassen. Es geschah alles zu eurem Schutz, Teresa. Schatz.«

»Ach ja!?!«, brüllte Dietrich. »Wohl kaum! Es ging immer nur um deine panische Angst, verlassen zu werden. Ha ha, ja, die umschwärmte Kugler wird sitzengelassen, das wäre ein schöner Tratsch in Bild und Bunte gewesen. Du weißt genau, was Annabelle mir bedeutet hat, das war nicht nur Sex. Ich sehne noch immer den Tag herbei, an dem ich sie wiedersehe, du alte Schabracke!«

Bärbel stand da mit knallrotem Gesicht und schien zu hyperventilieren. Teresa saß auf ihrem Barhocker und hielt die Arme ungläubig nach oben. Der Schleim war auf ihrer Haut getrocknet und hatte sich gräulich verfärbt. Wie hart gewordener Schlamm sah er nun aus, brach in kleinen Stückchen von ihren Armen und zerfiel sofort zu Staub. Bärbel wischte ihn, ohne weitere Aufmerksamkeit, mit einer gezielten Bewegung von der Tischplatte, wie sie es oft tat, auch wenn im Grunde kein Schmutz zu entdecken war. Dann brüllte sie Dietrich an: »Du kannst so froh sein, dass wir dich damals nicht angezeigt haben! Annabelle ist vielleicht deine Tochter, hast du das vergessen!?«

Bärbel wandte sich Teresa zu und sagte: »Sie war nämlich Astrids Tochter, diese heroinverseuchte Hure, mit der er mich noch Monate nach der Hochzeit immer wieder betrogen hat.«

»Das kannst du nicht beweisen!«, schrie Dietrich und Bärbel fragte: »Warum bist du damals nicht einfach mit ihr zusammengeblieben?«

»Ich habe mich in dich verliebt, Bärbel. Mit Astrid war es unerträglich, sie war manisch, ich war längst fertig mit ihr.«

»Das hast du mir erzählt, tausende Male. So hast du dich selbst belogen!«

»Das habe ich auch ihr gesagt. Kurz bevor wir nach Nicaragua aufgebrochen sind. Sie war clean und hat mich angebettelt zu bleiben, trotzdem war ich mir meiner Sache sicher.«

Bärbel schwieg, schüttelte den Kopf und sagte: »Nun, das kannst du nicht beweisen. Wie auch immer der Hergang im Detail war, sicher ist, dass du kurz vor Nicaragua mindestens noch einmal mit ihr im Bett warst. Sonst hätte sie wohl kaum angenommen, Annabelle könnte deine Tochter sein!!«

Teresa atmete tief durch und fragte: »Wie haben Viola und Götz von der Sache zwischen Dietrich und Annabelle erfahren?«

»Ich habe Viola angerufen, sie war doch meine einzige Freundin.«

»Und was hat sie gesagt?«

Bärbel wischte sich Tränen aus den Augen und sagte nüchtern: »Sie wollte ihn anzeigen, und ich habe ihr gedroht, Francisco die Wahrheit zu sagen. Ich wollte doch meine Ehe retten, um euch zu beschützen.«

Bärbel brach erneut in Tränen aus, und Teresa wandte sich an ihren Vater: »Hast du gewusst, dass Annabelle vielleicht deine Tochter ist?«

»Natürlich nicht, ich bin doch kein Perverser. Viola hat uns erst darüber aufgeklärt, nachdem Bärbel sie völlig unüberlegt mitten im Eklat angerufen hat. Bis dahin hatte Viola, mit Weitblick und besonnen wie immer, entschieden, sich nicht in unsere Ehe einzumischen.«

Bärbel schrie: »Natürlich beschreibst du ihr Verhalten so, ich nenne es die Neutralität einer Feindin! Zum Glück hab ich sie angerufen! Was hätte ich denn machen sollen!? Nichts? Hätte das Mädchen einfach weiter bei uns ein und aus gehen sollen? Eine Dreizehnjährige, in die mein Mann sich verliebt hat!?«

»Ich glaube nicht, dass sie mein Kind war, Astrid war sehr umtriebig damals, sie finanzierte lange ihre Sucht auf diese Weise.«

»Schon klar, und was glaubst du eigentlich, wie peinlich es mir war, einen Aidstest bei meinem Gynäkologen zu machen?!«

Teresa holte den Aschenbecher von der Terrasse, zündete sich eine Zigarette an, und ihre Eltern taten es ihr gleich. Sie rauchten eine Weile schweigend. Dietrich sah zu Boden, und Teresa starrte auf das Profil ihrer Mutter. Bärbel wandte sich ab, machte ein paar Schritte über den Flur, kehrte zurück in die Küche, öffnete das große Fenster und Teresa sagte: »Ich muss wissen, was du für Francisco bezahlt hast, ich habe es ihm versprochen.«

Die Augen ihrer Mutter füllten sich erneut mit Tränen.

»Ach, das. Es waren bloß fünftausend Dollar. Viola und Götz haben mir das Geld nie zurückgegeben, weil sie es angeblich nie übrig hatten.«

Teresa schrieb Francisco eine Kurzmitteilung und fragte dann: »Kommt ihr jetzt mit zu Ture?«

Dietrich schüttelte den Kopf und sagte: »Ich kann dieses Haus nicht verlassen, ich habe eine pathologische Blockade. Außerdem plane ich, noch heute das Kapitel ›Schleimhäute – Spiegel des Mutes und der Feigheit‹ zu beenden. Das habe ich mir schon vor Tagen fest vorgenommen.«

Bärbel lachte laut auf: »Lass doch dein blödes Buch endlich sein. Oder ändere den Titel ehrlicherweise in: *Misogynie, Selbstflucht, Schuldgefühle und Hautkrankheiten.*«

Dietrich warf seine Zigarette in den Aschenbecher, ballte eine Faust, hob sie in die Luft, schlug damit in die andere Hand und krallte seine langen Nägel in den Handrücken.

Teresa fragte vorsichtig: »Kommt ihr nun mit? Irgendjemand muss sich um Ture kümmern.«

Dietrich holte eine weitere Packung Tuc aus dem Vorratsschrank, riss sie auf und sagte: »Ein Skandal, welcher Art auch immer, wird sich nun wohl nicht mehr vermeiden lassen. Ganz gleich, ob ich dem Soziopathen in der Familie heute einen Besuch abstatte oder nicht.«

Teresa nahm einen Granatapfel aus der Obstschale, schnitt ihn über dem Waschbecken auf und begann, zurück am Tisch, die Kerne in eine Schüssel zu pulen.

Bärbel sagte: »Teresa, leg dabei doch bitte etwas darunter, ein Brett oder ein Küchentuch. Dietrich, du kannst nun nicht mehr so tun, als könntest du dich aus allem heraushalten.«

Sie war plötzlich ganz ruhig, da begann er erneut zu schreien: »Kann ich nicht?! Was erwartest du? Soll ich ausbaden, was du eitles Stück angerichtet hast!? Für dich ist Liebe eine Bedingung nach der anderen, du liebst ja nicht mal dich selbst, sonst würdest du nicht jedem deine Schamlippen in deinen zu engen Hosen zeigen! Warum willst du unbedingt, dass dich noch immer alle ficken wollen, Bärbel?!«

»Besser alle als keiner!«

»Aha, pah, jetzt bin ich wieder schuld! Du verteilst Schuld oder schürst Begehren. Mehr kannst du nicht. Kein guter Mensch bist du!«

»Was ist denn ein guter Mensch, Dietrich?! Was ist überhaupt ein Mensch? Du bist schon lange gar kein Mensch mehr, dafür müsstest du erst mal unter Menschen gehen!«

»Warum hast du mich damals nicht gehen lassen und diese Krankheit namens Familie aufgegeben?!! Jetzt ist es zu spät, jetzt ist unser Sohn deswegen voll deines Zornes und wahrscheinlich ein Mörder und Vergewaltiger!«

»Rede nicht so schlecht, du ekelhafter, stinkender Menschenmolch ohne Selbstzweifel, du Widerling, du … du … du Mann!«

Teresa schlich sich unbemerkt hinaus, lief bis in die Mitte des Gartens und wählte zitternd Tures Nummer. Er ging sofort ran: »Hallo, was gibt's?«

»Ture? Hallo. Wie geht es dir?«

»Ganz gut. Und dir?«

»Ich weiß nicht, erhellt zwar, trotzdem nicht gut, aber ich glaube, der Schleim ist weg oder zumindest zurückhaltender.«

»Das wäre so schön, meine Liebe. Im besten Fall bleibt er ein freundlich warnender Begleiter. Kann ich sonst noch was für dich tun?«

»Weißt du, wo Stephanie ist?«

»Sie ist nicht mehr hier in der Wohnung. Schon seit heute Morgen nicht mehr. Ihr Telefon ist noch da. Aber der Akku ist leer.«

»Was ist mit Stephanie?«

»Ich habe jetzt keine Zeit für dich, ich spreche ab morgen ein Hörbuch. Ich muss mich vorbereiten, denn ich war in den letzten Tagen ein wenig abgelenkt.«

Er legte einfach auf.

Ture öffnete die Kammer, in der die Waschmaschine stand, einen Spaltbreit. Immer noch hing Stephanies Geruch darin, obwohl er alles gründlich desinfiziert hatte. Aber nicht nur ihr spezieller Körpergeruch, bedingt durch die Ausschüttung von Stresshormonen, drang in seine Nase, sondern auch ihr Parfüm schien in einigen Fasern der Wände oder seiner Erinnerung festzusitzen. Schon vor dem Kino hatte er bemerkt, dass ihr Parfüm zu penetrant auflag. Es roch viel zu blumig und süffig für seinen Geschmack. Er bückte sich und hob das breite Klebeband auf, mit dem er ihr den Mund verschlossen hatte. Sie war kräftig gewesen, viel kräftiger, als er erwartet hatte.

Natürlich war sie durchtrainiert, es war ihr Job. Würde er nicht selber täglich trainieren, hätte er sie nicht so leicht überwältigen und ihr einen Sockenknebel in den Mund stecken können. In diesen schönen Mund, dessen Lippen er verletzte, als er das Klebeband vorhin abzog. Mit einem Ruck. So hatte es auch seine Mutter damals mit Pflastern gemacht.

Ritschratsch aus Liebe, hatte sie immer gesagt. Ach, Stephanie … Am Anfang war es doch fast gut gelaufen.

Wieder dachte er an die Kompaktheit der Käfer, denn ihre prallglänzende Cuticula hatte etwas Erhabenes, Beruhigendes. Glänzend und rund wie Stephanies feuchte Lippen waren sie. Die Lippen, die er verletzt hatte, weil es eben sein musste. Ganz unnatürlich blass und blutig waren sie nach ein paar Tagen gewesen. Fast vier Tage hatte sie ohne Wasser und Nahrung durchgehalten und sich immer noch bewegt. Ihre Fitness hatte ihn wirklich beeindruckt.

Er sah auf den Klebestreifen, ein bisschen Blut hatte sich dunkel verfärbt. Er entsorgte ihn in den Müll und schlug das Hörbuchmanuskript auf, das er zu sprechen hatte.

Immer wieder schweiften seine Gedanken ab zu Stephanie

und dem Saftkugler, der lieber starb, als sich zu entrollen, um auf Nahrungssuche zu gehen. Das war traurig. Aber auch beeindruckend.

Ein Biologielehrer hatte die Geschichte vom Saftkugler einmal erzählt. Dieser freundliche Mann hatte nie Kaffee oder Alkohol getrunken, nichts, das den Geist künstlich aufmischte. Der Lehrer hatte Ture mehrmals gefragt, warum es ihm nicht gut ginge. Nie hatte er darauf geantwortet, sich dann aber irgendwann entschieden, es beim nächsten Mal doch zu tun. Da der Lehrer während des Unterrichts zunehmend für den Hinduismus warb, wurde er vom Dienst suspendiert, bevor es dazu kam.

Als Stephanie mit angezogenen Knien und Armen vor der Waschmaschine in der Kammer gelegen hatte, hatte er ihr erklärt, dass er sie mit Paketband geformt und verschnürt hatte wie den Käfer, und er hatte sich sehr gewünscht, dass sie das alles verstand. Aber sie hatte immer wieder zu weinen begonnen. Vielleicht um den Käfer, womöglich um sich selbst.

Es war eigentlich ganz gut gelaufen, bevor er sie verschnüren musste. Bis zu einem bestimmten Punkt war es sogar schön gewesen. Bis zu diesem einen Punkt eben. Ture versuchte, sich zu erinnern, obwohl es in seinem Kopf hämmerte und rauschte und die Bilder und Gefühle seiner Erinnerungen durcheinandergerieten.

Ture hatte sich Zeit gelassen, als sie nach der Party bei ihm im Bett lagen. Langsam befreite er ihren Körper von dem Glitzerkleid und leckte ihre ebene Haut sanft und feucht mit seiner Zunge ab, sah ihr in die Augen, drang grob und schnell in sie ein, immer wieder und dann ganz langsam, und sie mochte es sehr.

Er spürte das zärtliche und das heftige Ficken am ganzen Körper, und dann nahm sie seinen Kopf in ihre Hände, küsste ihn unendlich weich und tief und sagte: »Ich mag es nicht, wenn es zu gut ist, in diesen Momenten, die sich perfekt anfühlen, bekomme ich Lust, mich umzubringen, das macht mir Angst. Was, Ture, was soll jetzt noch kommen, außer dem Tod?«

Als er noch nicht einmal vollkommen schlaff war, gesellte sich zu dem neuen, besseren Gefühl doch wieder die altbekannte Traurigkeit, die sich langsam zu einem Groll auswuchs, und seine Befürchtung, das Maß an Hingabe könnte die Heftigkeit seines Aussetzers bestimmen, hielt ihn eine Weile wach, obwohl er sich nicht entsinnen konnte, jemals müder gewesen zu sein.

Es schien unmöglich, das Gute festzuhalten, und er fragte sich, warum er Stephanie nicht rausgeworfen hatte, wie er es üblicherweise als Vorsichtsmaßnahme tat.

Schon im Halbschlaf begann er zu träumen, dass er mit Teresa in einem dunklen Raum an einem gedeckten Tisch vor einer Riesenglaswand saß. Teresa hatte den Kopf auf seine Schulter gelegt, Stephanie servierte, aufgemotzt wie ein Transvestit, tellergroße gezuckerte Kiwischeiben, und sie schauten in die simulierte Weite des Ozeans. In dem überdimensionierten Aquarium schwammen menschengroße Käfer, Spinnen und Würmer, die Leiche seines Vaters trieb auf der Wasseroberfläche, und als Bärbel in einem viel zu knappen Bikini ins Wasser glitt, brach die Scheibe. Eine einzige gewaltige Welle riss sie beide mit, er geriet in einen Strudel, hielt Teresas kleine Hand, ließ sie nicht los, bis er fast ertrank und schweißnass aufwachte.

Stephanie strich ihm über die Stirn, küsste seine trockenen Lippen, beugte sich über ihn, strich über sein nassgeschwitztes Haar und sagte: »Hattest du einen Alptraum?«

»Es geht schon wieder. Lass mal!«

Grob schob er ihre Hand weg, aber sie ließ sich nicht beirren und fasste ihm noch mal ins Haar: »Deine Haare sind ja schwarzbraun, viel dunkler als die von Teresa, das ist mir bisher noch gar nicht aufgefallen.«

Ture wollte nicht angefasst werden und er wusste auch nicht, was er dazu sagen sollte. Was spielte seine Haarfarbe für eine Rolle? Da war es wieder, dieses Gefühl, das ihm den Boden unter den Füßen wegzog, und ihre Zuneigung machte ihn nur noch trauriger.

»Soll ich mal Kaffee machen, ist schon fast elf Uhr«, sagte Stephanie, bevor er sie bitten konnte zu gehen.

»Was?! Elf? Ich trinke keinen Kaffee.«

Sie stand nun nackt und mit verschränkten Armen vor seinem Bett.

»Was trinkst du denn?«

»Nur Eisenkrauttee.«

»Dann eben das. Hast du auch Kaffee da?«

»Vielleicht ist da noch so ein widerliches Instanttütchen von Teresa.«

Sie zog seine Boxershorts an, nahm sich eines seiner T-Shirts aus dem Regal, ging in die Küche, schaltete das Radio ein und drehte »Just The Way You Are« von Bruno Mars voll auf.

Er sprang auf, rannte in die Küche und brüllte: »Mach das sofort wieder aus!«

»Warum?« Sie hielt den Wasserkocher unter den Hahn und drehte sich nicht um.

»Ich höre niemals zufällige Musik.«

»Aber der Musiksender war schon eingestellt, ich dachte, es ist dein Lieblingssender oder so.«

»Wegen der Werbung höre ich den. Wegen der, die ich gesprochen habe. Nur deshalb.«

Ture versuchte sich zu erinnern, was dann passiert war. Denn bis dahin hatte er sich ja bloß wie ein ganz normales Arschloch verhalten.

Er legte sich, nachdem Stephanie das Radio wieder ausgeschaltet hatte, zurück ins Bett und hörte, wie der Wasserkocher langsam in Fahrt kam. Sein Hals war zu diesem Zeitpunkt längst mit heißen pulsierenden Quaddeln übersät. Dann hörte er, wie Stephanie die Balkontür öffnete und rief: »Voll schön hier draußen! Du hast ja bestimmt Sonne bis zwei oder so!«

Er hörte die üblichen Geräusche der Baustelle um die Ecke, zog sich eine Jogginghose über und dachte, es gäbe keine unsinnigere Art, einen Tag zu verbringen, als auf dem Balkon in der Sonne zu sitzen.

Als sein Blick auf den Spiegel im Flur fiel, erkannte er sich nicht. Sein Gesicht war ihm fremd, er konnte keinen Zusammenhang zu seinem Bewusstsein irgendwo tief in sich drin herstellen. Es war nicht das erste Mal, dass ihm das passierte, deshalb wandte er sich ab, ging einfach weiter, passierte das Wohnzimmer und trat hinaus auf den Balkon.

Stephanie hatte es sich bequem gemacht, lächelte ihm zu und legte die Beine gekreuzt auf den Tisch.

»Ich benutze dann gleich mal deine Zahnbürste!«, rief sie dreist-fröhlich.

»Nein«, antwortete Ture, ohne sie anzusehen.

»Warum nicht?«

»Das soll man nicht. Wegen der Bakterien.«

»Aber ich hatte letzte Nacht deinen Schwanz in meinem Mund, und wir haben gefickt, als gäbe es kein Morgen und …«

Ture hielt sich die Ohren zu: »Halt die Klappe, reicht es nicht, dass wir es gemacht haben? Kann man es nicht einfach dabei belassen?«

»Ist ja gut, sorry.«

Stephanie schüttelte den Kopf, stand auf, holte ihre hautfarbene Tasche aus dem Schlafzimmer und legte ihr Handy, eine Nagelfeile und eine Packung Kaugummi auf den Tisch. Sie steckte sich drei Kaugummis auf einmal in den Mund, schaltete ihr Telefon ein und hörte ein paar Nachrichten ab.

»Ich habe da eine wichtige Joboption und muss mich gleich bei meinem Agenten melden und dann auch bald los. Aber meinen Kaffee trink ich vorher noch mit dir. So viel Zeit muss sein.«

Sie gab Ture einen Kuss auf die Wange, kniff ihm in den Hintern, sagte: »Bist ja ein ganz schlimmer Morgenmuffel«, und lief in die Küche.

Ture hatte tief durchgeatmet und geglaubt, die Situation im Griff zu haben. Er würde seinen Eisenkrauttee in Ruhe trinken, und dann würde Stephanie gehen. Er war wirklich sehr zuversichtlich gewesen.

Als sie mit Kaffee und Eisenkrauttee zurückkehrte, steuerte die kleine Schlupfwespe gerade ihr Heim, das Bambusrohr von Tures Tisch, an.

Stephanie stellte die beiden Tassen auf dem Tisch ab, und als die Wespe darin verschwunden war, nahm sie die dicke weiße Kaugummimasse aus dem Mund, stopfte sie in das Bambusrohr und lachte affektiert hämisch.

»Scheißviecher, mich stechen die immer zuallererst!«

Im nächsten Moment hatte er Stephanie fest im Griff, hielt ihr die Nagelfeile an den Hals, zerrte sie durchs Wohnzimmer und sagte immer wieder: »Bei lebendigem Leib wolltest du sie also grundlos begraben, bei lebendigem Leib, weil sie dich ein bisschen piksen könnte?!«

Stephanie zappelte, trat und biss ihn, aber er war stärker und behielt sie weiter fest im Schwitzkasten. Er hielt ihr den Mund zu, dachte nach, und Stephanie stammelte in seine Hand: »Aber ich wollte ihr doch nur eine Höhle bauen, so … so wie als Kinder, da habt ihr euch doch bestimmt Höhlen gebaut, du und Teresa. Wirklich, ich wollte nur … Es tut mir leid«, wimmerte sie, und unendlich viele Tränen liefen ihr über das schöne Gesicht.

»Höhle? Verarsch mich nicht! Hör auf zu labern, du Schlampe! Ich zeig dir jetzt mal, wie man sich in einer Höhle ohne Ausgang fühlt. Damit du lernst, die Gefühle anderer in dein Handeln einzubeziehen.«

»Aber ich esse doch nicht einmal Fleisch.«

»Das macht dich nicht zu einem guten Menschen«, sagte Ture, steckte ihr eine Socke in den Mund, fesselte sie mit Paketband, schubste sie in die Kammer, machte das Licht aus und schloss die Tür.

An jedem der folgenden Tage las er ihr aus seinem Lieblingsbuch *Erinnerungen eines Insektenforschers* von Jean-Henri Fabre vor. Auch dort ging es mitunter grausam zu, aber niemals geschah eine Brutalität ohne Sinn und Zweck. Nie hatte Ture besser intoniert. Am ersten Tag führte er sie einmal zur Toilette, entfesselte sie, soweit es ihm gerade nötig schien, und drehte sich weg. Mit feuchtem Toilettenpapier reinigte er sie, ohne hinzusehen. Er überlegte währenddessen, wie er ihnen diese peinliche Situation künftig ersparen könnte, und kam darauf, dass ihr Bedürfnis sich ohnehin minimieren würde, wenn nichts mehr von oben in sie hineingeriet.

Nachdem er sie, zurück in der Kammer, wieder ordentlich verschnürt hatte, stattete er seine Boxershorts, die sie noch immer trug, einfach mit einem großen Knäuel Klopapier aus und machte es sich wieder auf dem Sofakissen in der Tür bequem.

Als er Stephanie das ganze Buch vorgelesen hatte, erzählte er ihr schließlich noch die Geschichte des Saftkuglers, und als sie zu weinen begann, band er sie los, riss ihr das Klebeband vom Mund, nahm den Sockenknebel heraus und reichte ihr ein großes Glas Leitungswasser.

»Ich hoffe, beim nächsten Mal schaltest du deinen Kopf ein, bevor du ein Tier quälst.«

Stephanie trank, hustete, wankte, fiel mehrfach hin, kroch über den Flur ins Schlafzimmer und zog ihr Glitzerkleid an.

Ture stellte ihr ein Glas Milch hin, einen Apfel und ihren drei Tage alten Espresso. Ohne ein Wort trank sie die Milch in einem Zug aus und verließ barfuß seine Wohnung.

Als er sie nicht mehr husten hörte, verschloss er die Tür, entsorgte das vor dem Bett zurückgelassene Klopapier und seine Boxershorts mit verschlossenen Augen, Gummihandschuhen und einem Handtuch vorm Gesicht in einen Müllbeutel, den er sofort fest verknotete.

Ture schüttelte den Kopf, ging in die Küche und machte sich einen Eisenkrauttee. Er musste sich dringend auf den Hörbuchjob vorbereiten. Es war gar nicht seine Art, so spät damit anzufangen, irgendwas hatte ihn davon abgehalten. Er hätte genug Zeit gehabt, denn wenn er Stephanie gerade nichts vorlas, lag er erschöpft auf seinem Sofa und döste dann und wann ein. So ein anderer Mensch in der Wohnung raubte einem doch eine Menge Energie, selbst wenn er sich gar nicht regen konnte. Das bloße Wissen um die Anwesenheit reichte aus. Gut, dass er nun wieder seine Ruhe hatte, dachte er, lächelte und schlug das Manuskript auf. In diesem Moment hatte Teresa angerufen. Natürlich, dachte Ture, grinste und ging ran.

Schon kurz darauf klingelte es, Ture drückte auf den Summer, lehnte die Tür an und stellte seiner Schwester schon mal den Unterteller auf den grünen Bambustisch, dessen Rohr inzwischen gründlich von dem Kaugummi befreit war. Wie dumm Stephanie doch gewesen war. Dass Schlupfwespen nicht stechen, wusste doch jedes Kind. Plötzlich hörte er eine Männerstimme hinter sich: »Sind Sie Ture Kugler?«

Teresa kam die Treppen hochgerannt, als zwei Polizisten Ture in Handschellen aus seiner Wohnung führten.

CUTICULA

Annabelle saß in der Mitte der langen cremefarbenen Couch vor dem Fernseher und kaute langsam eine salzige Masse. Kurz ließ sie den letzten, schon fast flüssigen Bissen des Putensandwiches in ihrem Mund verharren, atmete tief durch, schloss die Augen und schluckte. Und sofort überkam sie diese bekannte innere Leere.

Sechs Stunden hatte sie sich auf ihr Abendessen gefreut, die dunklen Brotscheiben dünn mit fettarmer Remoulade bestrichen, mit Putenbraten belegt, zwei Gurkenscheiben, ein bisschen Kurkuma und Petersilie obenauf. Genießen, dachte sie, bloß genießen. Denn danach würde es nichts mehr geben. Das war es für heute. Und eigentlich war es selbst für die letzte Nahrungseinheit eine halbe Stunde zu spät. Eine gute Frau weiß, wann Schluss ist, sagte sie sich immer wieder.

Ihr Appetit machte sie nicht weniger wütend als ihre zwölfjährige Tochter, die im Garten versuchte, einen Hula-Hoop-Reifen um die Hüften kreisen zu lassen. Dabei rief sie immer wieder: »Mama, guck mal! Guck mal, was ich kann!«

Was du nicht kannst, dachte Annabelle und guckte wieder weg. Keine zwei Runden bekam ihr Kind hin, kein Wunder, so fett wie Svea für ihr Alter schon war.

Seit Annabelle denken konnte, hatte sie ihrer Tochter deutlich vermittelt, dass sie es als Mädchen nicht besonders leicht haben würde mit Hüftspeck, Schwabbelbauch und einem halben zweiten Gesicht namens Doppelkinn. Svea hatte auch längst einen Brustansatz, der wohl kaum nur mit hormoneller Umstellung zu tun haben konnte.

Es war halb sieben. Eigentlich sollte Marek freitags um diese Uhrzeit zu Hause sein. Egal, was im Büro anstand. Schließlich war er der Chef der Agentur.

Sie schloss ihr Waxingstudio wegen Svea immer schon um achtzehn Uhr, so entgingen ihr viele berufstätige Kundinnen. Und einmal die Woche wollte sie nach Feierabend ihre Ruhe haben.

Sie stellte den Fernseher lauter, ihr Promi-Magazin begann. Aber die Anmoderation des ersten Beitrags verpasste sie, da Svea ins Wohnzimmer gerannt kam und sich mit dem neongelben Reifen direkt vor den Fernseher stellte.

Annabelle brüllte ihre Tochter an, sie solle sie jetzt mal zehn Minuten in Ruhe lassen und erst wiederkommen, wenn sie mindestens ein Dutzend Umdrehungen geschafft habe.

»Wie viel ist denn das?«

Annabelle hörte gar nicht hin und machte eine Handbewegung, dass Svea sich verziehen solle. Als der Fernseher wieder zu sehen war, traute sie kaum ihren Augen: Teresa Kugler, Idol und Schatten ihrer Kindheit, stand umringt von Mikrofonen vor einem Gerichtsgebäude und gab ein Interview.

Ihre Eltern waren Freunde gewesen, Freundinnen waren sie aber nie geworden, obwohl Annabelle sich das immer gewünscht hatte.

Und in den Sommerferien vor der siebten Klasse war dann auch noch irgendetwas derart Magisches mit Teresa passiert, dass sie an der Schule eine Art Popstar wurde. Teresa kehrte unfassbar braungebrannt und in die Höhe geschossen zurück, sie trug Lipgloss, ein himmelblaues Kleid und die Haare zum ersten Mal in der Schule offen. Auch ein BMX und einen neuen coolen Tonfall hatte sie sich zugelegt, sprach nur noch mit Auserwählten und grinste permanent in sich hinein.

Teresa wurde nicht einmal schlechter in der Schule, obwohl sie selten Hausaufgaben machte, manchmal nachmittags mit den Jungs im Park Bier trank, rauchte und oft schwänzte.

Annabelle hatte ab der Siebten noch einen letzten Versuch unternommen, Teresas Freundin zu werden, und ging deshalb immer häufiger mit ihrem Bruder Francisco zu den Kuglers. Wenn sie dann versuchte, mit Teresa zu reden, begann die zu gähnen und rief Francisco oder Ture laut etwas zu oder ging einfach weg.

Später spielte Teresa dann auch noch in einem Kinofilm mit, zu der Zeit hatten sie aber schon keinen Kontakt mehr.

Annabelle war erleichtert gewesen, als ihre Eltern verkündeten, dass sie noch vor Beginn des nächsten Schuljahres wegziehen würden. Nicht nur wegen Teresa.

Der Einzige, der Annabelle beachtete, war Teresas Vater gewesen. Er interessierte sich sogar mehr dafür, wie es ihr ging, als ihre eigenen Eltern. Was nicht schwer war. Einmal hatte er ihr ein cooles bauchfreies T-Shirt mit einem großen gelben Smiley darauf geschenkt. Genau so eines, wie Teresa oft trug.

Kurz danach hatte er vorgeschlagen, sie solle doch mal vorbeikommen, wenn die anderen nicht da seien. Er hatte gesagt, er hätte ein Ohr für sie, und wenn sie irgendetwas bedrücke, würde er sehr gerne in Ruhe mit ihr darüber reden. Sie war vielleicht sogar ein bisschen verknallt in ihn gewesen und hatte ihm einen Brief auf ihrem hellblauen Sternchenpapier geschrieben. Darin hatte sie sich für seine Freundlichkeit und das T-Shirt bedankt.

Und dann hatte sie sich einmal eben richtig mit ihm verabredet und sogar selbstgebackene Butterhörnchen mitgebracht. Und als sie dicht neben Dietrich auf dem Sofa in dem leeren Haus saß und fast alle Butterhörnchen alleine gegessen hatte und den ersten Kaffee ihres Lebens trank, sagte er, wenn man sich sehr gerne hat, dann sei man lieb zueinander und … Aber daran wollte sie ja nicht mehr denken, das hatte sie sich fest und für immer vorgenommen, denn es führte zu nichts, außer dass sie diese Clusterkopfschmerzen bekam und Blitze aufzuckten, sobald sie die Augen schloss. Deshalb hatte ihr Arzt sie sogar in die Röhre schieben lassen. Doch man hatte zum Glück nichts Auffälliges entdecken können.

Meistens bekam sie nach diesen Anfällen auch ihre Impetigo über der Lippe und wurde sie tagelang nicht los. Sicher ekelten sich ihre Kundinnen dann vor ihr, so wie sie sich oft vor sich selber ekelte. Annabelle mochte die Frauen, die zu ihr ins Kosmetikstudio kamen, weil es Frauen waren, die sich nicht gehen ließen, so wie ihre Mutter, die sich aus anmaßend mangelnder Eitelkeit nicht mal eine Warze operativ entfernen ließ.

Seit der Zeit in der Siebten hatte Annabelle sich nie wieder darum bemüht, eine Frauenfreundschaft anzufangen. Ihr reichte die Gesellschaft ihrer Kundinnen. Das Geplauder während der Behandlung erzeugte genau das richtige Maß an Nähe, das ihr angenehm war. Für alles andere hatte sie ja Marek. Sie hatte ihn in der neuen Schule kennengelernt.

Annabelle spulte mit dem Digitalgerät das Fernsehprogramm zurück und hörte sich an, was Teresa Kugler zu sagen hatte: »Meine Mutter wird sich nicht zu dem Vorfall äußern, bitte haben Sie Verständnis dafür. Meinem Bruder geht es den Umständen entsprechend gut, und wir hoffen, dass er bis zur Verhandlung aus der Untersuchungshaft entlassen wird. Bitte respektieren Sie unsere Privatsphäre. Das ist für uns alle eine sehr schwere Zeit.«

Eine Reporterin kreischte: »Teresa, Teresa! Wann kann man Sie mal wieder auf der Leinwand sehen?!«

Über Teresas Gesicht huschte dieses lässige Lächeln, das Annabelle damals immer wieder vorm Spiegel geübt hatte, und sie antwortete: »Wenn gute Angebote kommen, beschäftige ich mich natürlich damit. Ich habe viele Jahre nur gemodelt, das hat sich finanziell mehr gelohnt, und ich bekam auch keine guten Drehbücher angeboten. Wenn ein gutes Rollenangebot kommt, sage ich nicht nein.«

Teresa bahnte sich einen Weg durch die Menge, Annabelle versuchte zu erkennen, was für ein Kleid sie trug, aber da verschwand sie schon in einem schicken schwarzen Auto mit getönten Scheiben. Man konnte dahinter kurz die Umrisse von Bärbel Kuglers typischer Hochsteckfrisur erkennen.

Annabelle spulte noch einmal bis zur Anmoderation zurück. Die Moderatorin leitete ein, im Hause Kugler habe es einen Skandal gegeben. Der Sohn von Bärbel Kugler habe die Personal Trainerin Stephanie N'Kono, die man aus Realityformaten kenne, fast eine Woche aus ungeklärten Gründen in seiner Wohnung gefangen gehalten und womöglich auch vergewaltigt. Stephanie N'Kono?

Annabelle hielt sich die Hand vor den Mund, als ein Foto eingeblendet wurde. Die kannte sie aus dem Fernsehen, und die war fast noch schöner als Teresa. Annabelle fand, Schwarze waren immer irgendwie schön und hatten tolle straffe Körper, selbst die, die nicht so gut aussahen, sahen immer noch besser aus als mittelhübsche Weiße.

Die Moderatorin beschrieb Teresa als Bärbel Kuglers Tochter,

Zwillingsschwester des Täters und ehemaligen Kinderstar, der nie an diese Erfolge hatte anknüpfen können.

Das Interview mit Teresa begann erneut, als Marek die Tür aufschloss und ins Wohnzimmer gestürzt kam. Annabelle geriet in Panik, hantierte hektisch mit der Fernbedienung, bis sie auf den Boden fiel. Da stand Marek schon hinter ihr, und sie war sicher, er würde Teresa sehen und sich sofort in sie verlieben.

Liebevoll massierte er Annabelle den Nacken und sagte: »Entschuldige Maus, kommt nicht wieder vor, aber wir haben heute den Pitch gewonnen. Was ist das denn für ’ne abgerockte Braut, die Lippen sind doch nicht echt! Und der Kopf ist ja viel zu groß für den dürren Körper, die sieht ja aus wie ein Insekt. Und die Stimme … Boa, grausam, die klingt wie ’ne heisere Ente. Ist ja gruselig. Was gibt’s zu essen?«

»Ich, ähm, ich hab schon, aber ich hab euch das Rahmgulasch aus dem Tiefkühler geholt, und da sind auch noch zwei Tüten Kartoffelpüree.«

»Geil, danke, bist die Beste!«

Er gab seiner Frau einen Kuss auf den Kopf, hob seine herbeistürmende Tochter hoch, ging mit ihr in den Garten und schleuderte sie herum, als wäre sie leicht wie eine Feder.

Annabelle war ein bisschen glücklich und schaltete auf eine Soap um. Immerhin hielt das Gefühl so lange an, bis sie nach ein paar Minuten die Verdauung ihres Sandwiches im Magen spürte.

Nach dem Termin beim Gericht hatte Teresa ihre Mutter nach Hause begleitet und war dann selber in Tures Wohnung gefahren, in der sie zurzeit lebte, um sich noch ein wenig auf das Casting vorzubereiten, das am nächsten Tag stattfinden würde. Die leere Wohnung ihres Bruders machte sie nervös, und so beschränkte sie sich darauf, ihren Text auswendig zu lernen. Nachdem sie sich am Abend die Sendung mit ihrem Interview angesehen hatte, erfuhr ihr Ego einen narzisstischen Schub und sie konnte sich dem Text endlich hingeben. Als es draußen dämmerte, nahm sie ein Kissen fest in die Arme und schlief lächelnd auf Tures Sofa ein.

Am nächsten Tag traf sie sich mittags mit ihrer Mutter in der Innenstadt in einem überregional bekannten Lokal. Bärbel strich ihrer Tochter über die Wange, als ein Fotograf an der Fensterscheibe auftauchte. Teresa setzte ihre neue Karen-Walker-Sonnenbrille auf, starrte auf ihr Kabeljau Ceviche, streifte die Pumps ab und schlug die Beine übereinander.

Bärbel sagte: »Eigentlich schade, dass es so weit kommen musste, damit wir mal wieder zusammen Mittagessen.«

»Wie geht es Dietrich?«

»Es geht. So extrem hat sich die Schuppenflechte noch nie ausgebreitet, diesmal sogar auch im Intimbereich. Aber er ist mittlerweile nicht mehr auf der Intensivstation. Wirst du ihn besuchen?«

»Nicht heute, heute kann ich nicht. Und ich ertrage ihn so auch nicht, selbstmitleidig, schweigend …«

Bärbel nickte und nickte, bis sie das Thema weggenickt hatte, und Teresa begann, sich die kalten sauren Fischstückchen in den Mund zu schieben, und sagte: »Ture wird im Gefängnis Verstopfung bekommen.«

»Die Kanzlei schickt ihre zwei besten Anwälte, und von Vergewaltigung war ja nur in der Presse die Rede. Vielleicht bekommt er ein paar therapeutische Auflagen. Als würde das irgendwas nützen. Und ich weiß, wovon ich spreche, ich bin seit über zehn Jahren in Therapie.«

»Und nichts ändert sich?«

»Ach, ich weiß nicht. Na ja, ich habe ein paarmal den Therapeuten gewechselt. Nun bin ich zum ersten Mal bei einer Frau. Sie trägt weiße Strumpfhosen, und darunter schimmern ihre unrasierten Beine durch. Ich frage mich immer, ob das ein gutes oder ein schlechtes Zeichen ist.«

»Vielleicht hängt ihr Spiegel in einem dunklen Flur.«

Bärbel sah ihre Tochter lange an, bevor sie sagte: »Ich habe niemals unrasierte Beine, auch nicht unter blickdichten Wollstrumpfhosen in Schneestiefeln.«

Teresa nickte, holte ein Päckchen Tabak aus ihrem gelben Beutel, begann sich eine Zigarette zu drehen und sagte: »Müssen Therapeuten selbstsicher sein, um einen guten Job zu machen?«

»Interessante Frage. Keine Ahnung.«

»Und Schauspieler?«

Bärbel grinste.

»Nein. Keineswegs. Schauspieler müssen nicht einmal besonders intelligent oder sympathisch sein. Sie müssen nur große uneitle Lust haben, etwas darzustellen.«

Vor der Tür rauchte Teresa die Zigarette, den Fotografen auf der anderen Straßenseite im Augenwinkel. Schnell las sie sich die E-Mail mit der Casting-Dispo auf ihrem Handy durch, der Akku war auf 15 %. In zwei Stunden musste sie in dem Studio sein. Von der Zigarette wurde ihr schwindelig, und schon wieder hatte sie die Adresse vergessen. Am Tresen ließ sie sich einen Kugelschreiber geben und schrieb die Adresse aus der Dispo in ihre Hand.

Als Teresa zurück zum Tisch kam, beendete Bärbel schnell ein Telefonat und spielte dann gedankenversunken mit ihrem Keks, ließ ihn erst über den Tisch rollen, fing ihn an der Tischkante ab, zerbrach ihn in zwei Teile, in vier, sechs, so ging es weiter, bis nur noch Brösel auf ihrer Untertasse lagen.

Ohne etwas davon gegessen zu haben, leckte sie sich die Finger ab und blähte dabei die Nasenflügel auf. Teresa bestellte für beide Espresso.

»Trennst du dich nun von Dietrich?«

»Eine Frau in meinem Alter. Allein. Ich weiß nicht.«

»Aber du warst nicht immer in diesem Alter.«

»Ja. Aber ich wusste immer, dass ich in dieses Alter kommen werde.«

»Glaubst du, dass Annabelle seine Tochter ist?«

»Ich weiß nicht. Sie sah tatsächlich aus wie eine junge Version von Astrid. War nicht mal richtig hübsch. Auch nicht hässlich. Schlicht mit Ausstrahlung. Mit einer passablen schmalen Figur. Wie Astrid eben. Am Anfang wusste ich nicht, dass sie die Ex von Dietrich war. Ich kannte sie aus einer Bar, sie hat dort gejobbt, wirkte immer souverän hinterm Tresen, ein wenig burschikos. Dein Vater hat diese Frau geliebt und auch noch, als sie später ein Wrack war. Keine Ahnung warum er mich geheiratet hat. Sicher war er sehr angetan von mir und sehnte sich nach einem hübschen Nest, aber mehr? Astrid war auch die beste Freundin von Viola, bevor ich auftauchte. Sie war die große Liebe deines Vaters und die beste Freundin meiner besten Freundin. Ich war in beiden Fällen ein Substitut. Eine Darstellerin.« Bärbel lächelte traurig-schief und verlangte von einer abgehetzten jungen Kellnerin, sofort die Rechnung zu bringen.

»Warum hast du dir all das von Dietrich gefallen lassen? Aus Liebe?«

»Ach, Teresa, ich komme aus einer ganz anderen Generation. Dein Vater war gutaussehend, gebildet. Der Erste, bei dem ich fast einen Orgasmus hatte. Ich dachte lange, ich könnte nie aufhören, ihn zu lieben.«

»Hast du nie Alternativen gehabt?«

Bärbel grinste. »Als wir Anfang der Achtziger in Nicaragua ankamen und in dem überfüllten Bus in unser Quartier fuhren, saß ich dicht an ein Fenster gedrängt und sah aus dem Bus heraus so viele schöne Männer in Jeans, offenem Hemd und mit dicker Knarre, dass ich es fast bereute, vergeben zu sein. Ich wusste gar nicht, wohin ich blicken sollte, und wollte Fotos machen, aber es war zu voll, um mich nach meinem Gepäck zu bücken. Ohne Dietrich wäre ich natürlich nie in dieses zerstörte, gefährliche Land gereist. Solidarität hin oder her. Es hat mich geprägt, aber Dietrich wollte bleiben, er wäre vielleicht noch immer in Nicaragua, wenn ich nicht gewesen wäre. Die Bedrohung durch die Contras war allgegenwärtig, viele Straßen waren vermint. Ich hatte Angst und meine Karriere war mir wichtig. Zurück in Deutschland war Dietrich nicht mehr derselbe. Vielleicht ist er nur zurück, weil er Astrid vermisste, er wusste ja nicht, dass sie tot war. Dann ließ er sich von mir ein Leben aufdrängen, das er nie wollte. Dafür bestraft er mich und sich bis heute.«

»Und ihr uns«, sagte Teresa, aber ihre Mutter hörte gar nicht zu und sagte: »Ich habe eine Bitte, Teresa.«

Nach einem kurzen Anruf bei Francisco saß Teresa im Taxi in Richtung Hoheluft.

»Annabelles Waxingsalon« lag in einer ruhigen Straße im Souterrain eines weißen Neubaus. Zwischen den blitzblanken Jugendstilhäusern fiel das Gebäude nicht unangenehm auf. Eine gleichermaßen beruhigende wie ermüdende Menschenleere untermalte die wohlhabende Ordnung.

Eine Teenagerin joggte am deutschen Gemüseladen vorbei und verschwand am Ende der Straße in einen düstergrünen Park. Ein laut tschilpendes Amselmännchen hüpfte durch einen Zaun auf die Straße, warf Teresa einen schiefen Blick zu und verschwand dann über ein Mäuerchen in den nächsten Garten.

Teresa stieg die wenigen Stufen zum Eingang von Annabelles Studio hinunter und spähte hinein. An dem gläsernen Tresen war niemand zu entdecken. Nachdem sie ihre Sonnenbrille wieder aufgesetzt hatte, drückte sie auf den Klingelknopf.

Sie wollte darum bitten, die Toilette benutzen zu dürfen. Das erschien glaubwürdig, hier gab es ja nicht mal ein Café.

Eine mittelgroße, schlanke, beinahe muskulöse Frau schloss die Tür auf. Sie trug einen kleinen Pferdeschwanz, sah Teresa erstaunt an, und ihre Augen blitzten entrückt, als sie sagte: »Teresa Kugler!«

Teresa leckte sich nervös über die Lippen, Annabelle musterte sie von oben bis unten.

»Was willst du?«

Teresa hatte nicht damit gerechnet, dass Annabelle sie sofort erkennen würde, aber es fiel ihr leicht zu improvisieren. Auf Knopfdruck begann sie zu weinen und nahm die Sonnenbrille ab.

»Jemand aus der Familie muss sich bei dir entschuldigen. Ich bin dieser Jemand. Es tut mir unendlich leid.«

»Was?«

»Mein Vater ist ein kranker Mann, wir sind alle sehr krank, weißt du. Sogar die Hunde …«

»Die Hunde?«

»Sie stammen aus Versuchslaboren, Beagles. Man benutzt sie, weil sie so liebe Tiere sind.«

»Ach.«

»Kann ich reinkommen?«

»Ich habe gleich eine Kundin, sie kann nicht warten, es ist ihre Mittagspause.«

»Bitte.«

»Ich weiß nicht.«

»Weißt du, die Sache mit meinem Vater …«

»Sei ruhig, bitte sei ruhig.«

Teresa trat einfach in den Raum, es roch nach Reinigungsmitteln. Annabelle schloss die Tür ab und zog einen dunklen Vorhang zu.

Teresa nahm sie sofort fest in den Arm. Sie war einen Kopf größer und strich Annabelle sanft übers Haar.

Nach einer Weile vergrub Annabelle ihr Gesicht zwischen Teresas Brüsten und begann zu weinen, dann hob sie den Kopf, sah ihr direkt in die Augen und krallte sich an Teresas Rücken fest.

Das Ticken der großen Uhr über der Kasse war laut und zugleich dumpf, denn der Sekundenzeiger arbeitete sich zäh durch den Schleim, der sich hinter der Glasverkleidung ausgebreitet hatte. Und Teresa atmete tief ein und aus, nahm Annabelles Gesicht in die Hände, gab ihr einen Kuss auf die Stirn, drückte sie wieder an sich, zog ihr das Zopfgummi und ein, zwei Haare ab, massierte ihr sanft die Kopfhaut und sagte: »Lass es raus, lass es einfach raus.«

Es klingelte.

Annabelle befreite sich aus Teresas Umarmung, stand wie angewurzelt da und sagte: »Ich habe das nicht gewollt, und es ist nie etwas passiert.«

»Nein, natürlich nicht.«

Teresa griff in ihren Beutel und reichte ihr ein Erfrischungspad für die Augenpartie. Sie wandte sich ab, schloss die Tür auf, drängte sich an einer telefonierenden Frau vorbei und steckte Annabelles Haargummi in das kleine Innenfach ihres gelben Beutels, in dem sie sonst Kokain oder Marihuana aufbewahrte. Sie zog den Reißverschluss zu und lief in Richtung Hauptstraße.

THE LAST RELATIVES

»Ich würde gern noch kurz die Toilette benutzen, bevor es losgeht. Bitte.«

Der Praktikant führte Teresa den Flur entlang durch eine kleine Küche zur Toilette.

»Tut mir leid, das mit deinem Bruder«, sagte der junge Typ tonlos und ohne eine Miene zu verziehen.

»Danke.«

Teresa setzte sich auf den Klodeckel. Eine noch plastikversiegelte Tube Haarlack stand auf einem Regal, daneben ein Bio-Raumspray der Duftrichtung Gute-Laune-Grapefruit.

Sie wusch sich lange die Hände und ging dann rüber ins Studio. Ondra Elber, die junge Kollegin, die seit kurzem in der Agentur war, hielt noch ein Schwätzchen mit Mareile Golanski und Dirk Manstein.

Dirk stürzte auf Teresa zu, er wirkte älter als neulich im Mahoni und strahlte hundertmal freundlicher als beim Abschied in seinem Schlafzimmer vor ein paar Wochen.

»Teresa, schön, dass du da bist, ich muss noch kurz Ondra zu Ende verabschieden, kennt ihr euch eigentlich?«

»Leider nur flüchtig«, sagte Ondra.

»Hi«, sagte Teresa, und Ondra legte den Kopf schief.

»Hiii, freut mich so, wir haben uns ja hier und da schon bei Veranstaltungen getroffen?«

»Ja. Und du bist jetzt auch bei Almut?«

»Jaaaaa, ich bin so glücklich darüber, sie ist so eine Tolle.«

»Ja.«

»Dann sehen wir uns ja spätestens bei der Weihnachtsfeier oder so.«

»Ja.« Teresa lächelte gepresst und ließ sich Küsschen geben, Ondra Elber roch nach frisch gemähtem Rasen.

Mareile Golanski, Dirk und vermutlich der Regisseur drückten Ondra, und dann stürmten sie zu dritt auf Teresa zu, und Dirk sagte: »Das ist Dalibor Sod, der Regisseur. Das Script ist ja auch von ihm, wie du weißt. Dali, darf ich dir die wunderbare Teresa Kugler vorstellen, meine Entdeckung, sozusagen beim Straßencasting.«

Der Regisseur sah ihr in die Augen, dann seltsam lange auf den Haaransatz, grinste kurz, nickte, gab ihr die Hand, ohne besonders zuzudrücken, und sagte: »Ich freue mich, dass du dir heute Zeit für uns genommen hast.«

»Ja, sehr gern, das Drehbuch ist unglaublich, ich bin darin versunken und war zugleich hellwach. Ich liebe die Stimmung zwischen den Figuren, selten habe ich einen Text schneller gelernt, alles ist so schlüssig und doch so poetisch, es ist ein ganz eigenes Universum. Danke, dass ich es lesen durfte.«

Dalibor Sod lächelte nun, er hatte ein langes Gesicht, große graue Augen, seine Zähne waren ungewöhnlich lang, und die Schneidezähne standen schief über. Schnell schloss er den Mund wieder, nickte noch einmal und starrte wieder seltsam lange auf Teresas Haaransatz und sagte: »Ich denke, ich lass dich erst mal machen und dann werden wir sehen.«

Teresa wurde noch der Castingagentin, dem Punk an der Kamera, dem Regieassistenten und der Produktionsassistentin vorgestellt. Alle kamen ihr bekannt vor, an niemanden konnte sie sich erinnern. Nur in ihrem Anspielpartner erkannte sie einen Lehrer aus irgendeinem Schauspielseminar vor etlichen Jahren, hatte aber seinen Namen vergessen. Er musste mittlerweile über fünfzig sein und machte bei der Textprobe einen Vorschlag: »Warum setzt du die Sonnenbrille nicht einfach auf, und ich nehme sie dir an der Stelle wieder ab. Das würde doch zu der Szene passen.«

Ehe Teresa etwas sagen konnte, sagte Dalibor Sod: »Nein, aber danke, Bernd.«

Bernd wurde rot, Teresa starrte auf ihre Hände und rieb sich über den Handrücken, als wäre dort ein Fleck.

»Tut mir leid, das mit deinem Bruder«, sagte Bernd plötzlich.

»Mmh«, machte Teresa und spürte mit einem Mal einen warmen Schleimklumpen auf der Stirn, der über ihren Kopf, durch die Haare in den Nacken kroch. Sie sah zu Bernd, die Röte war aus seinem Gesicht verschwunden, der Schleim glitt ihr den Rücken hinunter und ließ sich friedlich auf ihrem Steiß nieder.

Teresa fragte: »Wie oft hast du das denn heute schon gemacht?«

»Oft genug, aber passt schon«, sagte er, und sie setzten die Textprobe fort.

Ein paar Minuten später sagte Dalibor Sod: »Und bitte.«

Bernd sagte: »Ich glaube nicht, dass jemand aus Ihrer Familie es überleben wird, wenn Sie nicht mit uns zusammenarbeiten, Mara.«

»Ich weiß auch nicht mehr als Sie. Glauben Sie mir bitte. Es sind seltsame Dinge passiert, aber niemand hat mich eingeweiht. Langsam begreife ich. Aber niemand sagt mir, was ich tun muss, um sie zu retten.«

»Verkaufen Sie mich nicht für dumm. Was ist mit dem Brief?«

»Ich weiß nicht, ich soll irgendwelche Dokumente finden, aber ich kann die wegweisende Botschaft nicht entschlüsseln.«

»Sie haben doch sicher etwas herausgefunden, Mara, Sie müssen mir sagen, was Sie wissen!«

»Sie haben den Tod gewählt, um mich zu beschützen.«

»Ist es die einzige Möglichkeit?«

»Damals, als Kind, hielt ich vieles für Sinnestäuschung, als Teenager verlor ich manchmal mein Gedächtnis und rechnete dennoch niemals mit meiner Sterblichkeit, als Erwachsene konnte ich mich nie an einen Traum erinnern, und jetzt, wenn ich nicht damit aufhöre …«, schluchzte Teresa, »… werden sie meinetwegen …«

»Aber wer könnte hinter der Entführung stecken? Sprechen Sie es aus, Mara!«

»Manchmal sind die Opfer die Täter.«

»Wer hat den Brief geschrieben, Mara?«

»Vor zwei Jahrzehnten trat jemand aus unserem Leben. Jemand, in dessen Nähe ich immer aufgeregt war. Danach nahm mich nie wieder einer in die Arme. Jeder Tag war kalt, aber kein einziger klar.«

Teresa brach weinend zusammen und fiel auf die Knie, Dalibor Sod rief: »Danke schön! Bernd, du kannst ’ne Pause machen. Ich würde jetzt gern erst mal mit Teresa allein improvisieren.«

DIE ERDE DREHTE SICH ZÄRTLICH

Hoffentlich ist heute der letzte schwülheiße Tag des Jahres, dachte Bärbel Kugler, als sie auf der Terrasse in den düster leuchtenden Septemberhimmel sah und sich fragte, wie viele schwülheiße Tage sie bis zu ihrem Tod noch erleben würde. Mit einem Schreck in den Gliedern begann sie, sich mit der heiklen Post Luft zuzufächeln. Das verschlossene Kuvert, das ihr ein alter Freund und Humangenetiker geschickt hatte, schleppte sie schon seit Stunden mit sich herum und nahm es sogar mit auf die Toilette.

Bärbel ging wieder ins Haus, die Beagles folgten ihr, sie verschloss die Terrassentür, legte den Brief auf den Küchentisch, fütterte die Hunde, nahm ihn wieder vom Küchentisch und sah auf die Uhr. Dietrich würde in einer guten Stunde hier sein, sie hatte sich geweigert, ihn vom Krankenhaus abzuholen, und ihn gebeten, sich ein Taxi zu nehmen, sie würde es bezahlen.

In ihrem Schlafzimmer im ersten Stock suchte sie in allen Schränken nach dem langen orangefarbenen Kleid, das Dietrich ihr 1979 geschenkt hatte. In einem Schuhkarton fand sie es schließlich und zog es über. Es war fast ein bisschen zu groß, denn in den letzten Tagen hatte sie kaum etwas gegessen, war trotzdem laufen gewesen und hatte zum ersten Mal eine Pilatestrainerin zu Hause gehabt. Unten im Wohnzimmer legte sie die Maria-Farantouri-CD ein und begann, die neuen Übungen zu wiederholen. Den Brief auf der Fensterbank hatte sie dabei im Blick. Das Kleid eignete sich nicht besonders gut als Trainingsoutfit, Bärbel strich es glatt, ließ die Beagles wieder in den Garten und die Tür offen stehen. In der Küche wickelte sie eine Ingwerknolle aus einem Leinentuch, entfernte über dem Mülleimer alle Unebenheiten und schälte sie in aller Ruhe, raspelte sie in dünnen Scheiben in eine Kanne, hängte drei Beutel Detoxtee dazu und goss alles mit einem Liter kochenden Wassers auf.

Am Morgen war sie zum ersten Mal bei Ture gewesen. Er hatte ein bisschen zugenommen, sonst hatte sie aber keine Veränderung erkennen können. Sie hatten wenig miteinander geredet, nur ein bisschen über die feuchte Luft und einen Schauspieler, den sie beide nicht mochten. Sie war kaum eine Stunde geblieben, was ihm weder recht noch unrecht gewesen zu sein schien.

Bärbel sah sich im Flurspiegel an, den Brief hatte sie sich in den Ausschnitt gesteckt. Das Kleid roch nach dem Schrank, in dem es all die Jahre zusammengefaltet gelegen hatte. Hatte sie etwas anderes erwartet?

Da sie es nach so vielen Jahren zum ersten Mal wieder trug, kam sie sich albern vor, und nach einer Weile wurde sie davon melancholisch, was auch nicht nach ihrem Geschmack war.

In Nicaragua hatte sie das Kleid fast jeden Tag getragen. Sie hätte es einfach dort zurücklassen sollen. Das Kleid und Dietrich auch. Er hatte dieses Land und die politischen Ideen der Sandinisten geliebt und sich dort nach einem, wie er es immer genannt hatte, »richtigen Leben« gesehnt. Bärbel fragte sich, wann es aufgehört hatte, dieses Sehnen nach einem richtigen Leben, und wann der gute Geist humanistischer Ideen der Verkettung von persönlicher Unzulänglichkeit, Frustration, Lügen und irreversibler Liebeszersetzung gewichen war. Vielleicht, als sie an einem Tag mit Viola allein in Richtung Nordwesten losgezogen war, um dieses abgelegene Dorf zu finden, dessen Bewohner dringend Arzneimittel, Wasser, Reis und Bohnen benötigten. Sie waren mit ein paar jungen Nicas auf der Ladefläche eines Lastwagens den halben Tag über marode Straßen geschaukelt. Die Angst vor den Minen der Contras wurde Viola nur mit dem reichlich vorhandenen Rum los, den sie trank, bis sie Magenkrämpfe bekam und fast dehydrierte. Camilo, der Dolmetscher, gab ihr seine einzige Flasche Cola, massierte ihr den Nacken, und in der übernächsten Nacht auf der Rückfahrt vögelte Viola mit ihm unter einer alten Filzdecke.

Vieles an diesem Trip hatte sie aufgewühlt, und schließlich hatten sie sich noch zu weitaus mehr verleiten lassen.

Bärbel, 1950 geboren, kam sich zum ersten Mal zu satt und zu zufrieden vor. Oft schämte sie sich ihrer kleinen Probleme inmitten der Menschen, die eine brutale Diktatur und den langen Bürgerkrieg gerade eben überstanden hatten.

Als sie das Dorf erreichten, gingen sie von Haus zu Haus, verteilten Nahrungsmittel und notierten, was noch gebraucht wurde. Am Ende des Dorfes entdeckten sie dann diese abgelegene Hütte mit dem halben Dach, vor der zwei Kinder in der Sonne an einen Pfahl angebunden standen und nicht einmal weinten. Ein Junge und ein Mädchen, Zwillinge wie Ture und Teresa, die fünf Monate später geboren wurden. Neben ihnen stand ein Gestell, an dem eine rostige Schaukel baumelte.

Aus der Hütte drang lautes Geschrei, ein Mann brüllte, eine Frau heulte hysterisch, und ein Baby schrie wie am Spieß.

Schnell gingen sie hinein und zeigten ihnen die Lebensmittel. Sofort war der Streit beendet. Die Frau legte das Baby auf ein Korkbett neben einen eingerollten etwa einjährigen, nackten, dünnen Jungen. Sie lächelte und bot ihnen einen Platz an. Erst als sie sich setzten, bemerkte Bärbel eine dürre alte Frau in einem schmutzigen roten Kittel, die in einer Ecke unter einem Jesusbild saß. Vor ihr auf einem abgewetzten Tisch stand ein Haufen Blechgeschirr, das sie sehr langsam mit einem Fetzen putzte. Ihre Mundwinkel hoben sich kaum, als Bärbel ihr die Hand gab.

Dann wurden Tortillas aus Weizenkleie und Ananasgrütze serviert, und die junge Mutter entschuldigte sich mehrmals, dass das letzte Huhn schon vor Wochen geschlachtet worden war. Während des Mahls bat Viola Camilo, die Familie auf die angebundenen Kinder in der Sonne anzusprechen. Da begannen die Frau und der Mann bitterlich zu weinen, und sie alle tranken einen Maisschnaps, sogar Bärbel, obwohl sie im vierten Monat schwanger war. Jegliche kleinlichen Sorgen erschienen ihr unter diesen Umständen vollkommen absurd. Der Abend nahm seinen Lauf und noch am selbigen wurde der Verkauf von Francisco verhandelt.

Bärbel konnte sich nicht mehr daran erinnern, wessen Einfall es gewesen war, und sie kam auch nicht darauf, ob irgendjemand einen moralischen Zweifel geäußert hatte. Auch Dietrich war die Idee nicht wie ein illegitimer Handel vorgekommen. Sie hatte noch genau seine Worte im Ohr, nachdem sie beide Männer am Abend darauf von dem Plan in Kenntnis gesetzt hatten. Dietrich nannte die Angelegenheit »eine logische und konsequente Fortführung der universalen Solidarität in einer politisch substantiellen Mission«. Seine Worte hatte sie sich immer und immer wieder im Kopf aufgesagt.

Bärbel konnte sich nicht erklären, warum sie erst jetzt begriff, dass dieses Mantra ein Indiz für ihre moralischen Zweifel gewesen war.

Etwa eine Woche später fuhren sie zusammen mit Dietrich und Götz erneut in das Dorf und legten dem verzweifelten Paar einen großen Umschlag auf den Tisch. Eine junge Frau in Armeekleidung war anwesend, sie zählte das Geld aus dem Umschlag, nahm sich einen Anteil und übergab Viola und Götz die Adoptionspapiere. Viola war die Sache zunächst wie ein Segen erschienen, da sie sich im Grunde ein Kind wünschte, aber nicht bereit war, ein weiteres in diese elende Welt zu setzen.

Auf dem Rückweg aber, als die Sonne berauschend schön hinter dem San Cristóbal unterging, schwieg sie, wie alle anderen, und keiner von ihnen erholte sich in dieser Nacht im Schlaf. Nur Francisco schlummerte die ganze lange Fahrt über selig.

Nach diesem Ereignis bedrängte Bärbel Dietrich von Tag zu Tag mehr, nach Deutschland zurückzukehren. Und nachdem Teresa und Ture gut fünf Monate später geboren worden waren, erklärte er sich unter Vorbehalt, Bärbel dürfe nicht versuchen, ihn abzuhalten, falls er zu einem späteren Zeitpunkt noch einmal auf unbestimmte Zeit allein nach Nicaragua reisen wolle, dazu bereit.

Es klingelte an der Tür, Bärbel sah auf die Uhr, drehte die Musik leise, nahm ihr Portemonnaie aus der Handtasche und öffnete die Tür, schon mit dem Zwanziger in der Hand. Da stand Francisco vor ihr, den sie alle aus einer nie benannten Schuld heraus immer wie einen kleinen König behandelt hatten. Er lächelte keinen Deut zu lang, bevor er sagte: »Hallo Bärbel, verehrte Bärbel, du hast dich kaum verändert.«

»Francisco, ich … Gerade habe ich an dich gedacht. Komm doch rein.«

»Nein, aber ich danke dir herzlich für das Angebot. Ich kann gar nicht lange stören, denn ich muss wieder los, ich heirate morgen mit Glanz und Gloria und habe deshalb noch ein paar Termine.«

»Oh, wie schön. Meinen herzlichen Glückwunsch. Viola muss unglaublich stolz sein.«

»Ja, in der Tat, das ist sie.«

Er hatte eine Aktentasche dabei und zog ein schneeweißes Kuvert heraus.

»Es ist die exakte Summe in Dollar, die Inflationsrate habe ich natürlich berücksichtigt.«

Bärbel schossen Tränen in die Augen.

»Francisco, was soll das, nein, bitte nicht, das musst du nicht, ich …«

»Das will ich. Es bedeutet mir mehr als alles andere, wenn du es annimmst.«

»Aber was hast du davon?«

»Freiheit.«

Bärbel nickte und nahm den Umschlag, er drehte sich um, sprang in sein Auto und fuhr mit heulenden Reifen davon. Bärbel blieb stehen, bis sie bemerkte, dass es angefangen hatte zu tröpfeln, ging dann langsam wieder hinein und ließ die Tür offen stehen. Franciscos Umschlag legte sie auf den vom genetischen Institut, nahm den Feuerlöscher von der Wand und stieg die Treppen zu Dietrichs Dachgeschoss hoch. Sie drückte an seiner Musikanlage den Powerknopf, schließlich auf das Play des CD-Players und drehte alle Regler hoch.

Patti Smith sang »Redondo Beach«, die Bässe ließen das Haus zittern. Bärbel tanzte, schrie das Lied mit und besprühte alles mit Schaum, bis der Feuerlöscher leer war. Dann holte sie den zweiten aus dem Keller und machte weiter. Dietrichs Computer verschwand unter dem Schaum und kurz darauf alle Papierstapel, seine Notizblöcke, die Klamotten, die überall herumlagen, und die gefalteten im Schrank, die Matratze, die Hängematte aus Nicaragua, der Ledersessel, das Regal, der Nachttisch, seine Zahnbürste im Bad, die Holzvertäfelungen der Wände. Zuletzt nahm Bärbel sich die Anlage vor, und als Patti verstummte, stand Dietrich mitten im Raum, riss ihr den Feuerlöscher aus den Armen und brüllte: »Was um alles in der Welt machst du da?!? Du dummes Weib, es brennt doch gar nicht!!!«

»Ich mache es kaputt. Verschwinde endlich aus meinem Leben!«

Er ließ den Feuerlöscher an sich heruntergleiten und sagte: »Kannst du mir erst mal Geld fürs Taxi geben, ich bin gerade nicht liquide, und der Fahrer wartet.«

»Unten auf dem Küchentisch liegen zwei Umschläge für dich, in einem davon ist deine Vergangenheit, in dem anderen dein Startgeld. Mach was draus.«

»Ich werde dich auf Unterhalt verklagen.«

»Mach das, aber jetzt verschwinde!«

»Aber wo soll ich denn hin?«

»Was weiß ich? Ins Männerwohnheim, Hotel, Hostel oder hau den Kopf gegen die Wand und fahr zurück ins Krankenhaus, ist mir doch egal. Dir wird schon was einfallen.«

Dietrichs Gesichtszüge verzogen sich zu einer hasserfüllten Fratze.

»Was hast du denn da überhaupt Kindisches an? Und was wird denn aus dir, Bärbel, wenn ich nicht mehr da bin?«

Bärbel lachte mehrmals laut auf, und Dietrich drückte die On-Taste seines nassen Computers immer und immer wieder, dann zog er den Stecker aus der Wand und sagte: »Du meinst es ernst. Du meinst es wirklich ernst«, und sein Kinn begann zu zittern.

»Warum jetzt?«

»Ich habe keine Angst mehr, Dietrich.«

»Wovor? Vor mir?«

»Mich den Tatsachen zu stellen. Du solltest das auch endlich tun.«

»Kann ich das nicht hier tun?«

Bärbel lächelte milde und schüttelte den Kopf: »Das wirst du hier nicht tun.«

»Hast du irgend so ein psychologisierendes Frauenbüchlein gelesen?«

»Lass das, die süffisante Kappe steht dir schon lange nicht mehr.«

Er schloss kurz die Augen und streckte ihr die Hand entgegen. Bärbel wandte sich ab und setzte sich in die zugeschäumte Hängematte. »Was wirst du jetzt tun, Dietrich?«

Er steckte die Hände in die Taschen und zog die Schultern hoch.

»Keine Ahnung. Mein Buch noch einmal von vorne beginnen.«

»Welches Buch?«

»Als wüsstest du das nicht.«

»Ach, Dietrich.«

DAS PICKNICK

Unter der Glaskuppel eines Rundbaus saß Ture allein an einem schlichten runden Tischchen. Um ihn herum standen unendlich viele dieser Tischchen, die in Vierergruppen kreisförmig aufgestellt waren. Vor sich hatte er ein ovales Schälchen mit Radieschen, denn Frau Bremer konnte ihn gut leiden. Frau Bremer leitete dieses Café unter freiem Himmel mit Glas dazwischen und besorgte ihm jeden Tag ein paar Radieschen, selbst wenn sie nicht im Wochenplan der Speisekarte vorgesehen waren.

Dank Frau Bremer stand nun auch häufiger andere Rohkost als Beilage bereit und nicht bloß verkochtes Gemüse und trockener Reis. Frau Bremer war die Einzige, die Ture verstand, und sie war so rund wie alles andere hier auch.

Auf dem Boden der Glaskuppel wiesen von jeder Tischgruppe gestrichelte Linien aus kleinen blauen Steinchen den Weg in die Richtung des Ausgangs. Kurz davor flossen sie ineinander und wurden zu einem einzigen breiten Stamm, der aus dem Gebäude hinausführte und unter freiem Himmel einmal um die Glaskuppel herum verlief. Man hätte immer wieder im Kreis gehen können, wenn man nicht an einer der sieben numerierten Abzweigungen abbog, um zum eigenen Wohnhaus zu gelangen. Ture bewohnte in Haus Nummer vier ein Zimmer im zweiten

Stock. Er hatte sich während der ersten Wochen gefragt, was der Scheiß sollte, denn er hätte sein Haus auch so wiedergefunden. Jetzt stellte er sich manchmal vor, dass es aus einem Flugzeug aussehen musste wie ein Stern in einer Hülle.

Der Wohnkomplex lag in der Einflugschneise der Stadt, und Ture hatte gleich zu Beginn seines Aufenthalts eine Sechzehnjährige kennengelernt, die große ernst gemeinte Angst davor hatte, Flugzeuge, Hubschrauber oder Meteoriten könnten vom Himmel fallen. Sie schien sich über nichts anderes Gedanken zu machen, als dass etwas Riesengroßes, weit Entferntes direkt auf sie zusteuern und drauffallen könnte.

So eine einzige konkrete Sorge hätte Ture auch gern gehabt. Er hatte neuerdings immerzu bedrohliche Gefühle, die sich weder einordnen noch in Schach halten ließen, aber vermutlich verhielt es sich da bei dem Mädchen kaum anders. Immerhin hat sie ihre Metapher, dachte Ture neidisch, wenn er wieder mal bei Dr. Garn im Haupthaus saß und über sich Auskunft geben sollte.

Dr. Garn nannte es erstaunlich, dass Ture in den letzten zwanzig Jahren überwiegend schlechte Laune gehabt hatte, ohne diesen Zustand bedenklich zu finden. Ture war nun schon ein knappes Jahr hier und mittlerweile war seine Laune ein wenig besser und er hatte sich an sein kleines aufgeräumtes Zimmer gewöhnt.

Das Taxi fuhr seine Schwester immer bis auf das Gelände. Sie trafen sich im Café unter der Glaskuppel, und wenn sie draußen rauchte, konnten sie einander sehen. Im nächsten Monat wollten sie an ihrem Geburtstag vielleicht ein Picknick auf der Wiese vor dem Haupthaus machen. Wenn das Wetter mitspielte.

Wenn Teresa nicht gerade in Cafés herumsaß, bewohnte sie jetzt seine Wohnung. Es störte ihn längst nicht mehr, sich vorzustellen, wie sich ihr ganzer Krimskrams über seinen Fußboden verteilte.

Stephanie hatte ihn noch nicht besucht, vielleicht hätte er ihr doch einen Brief schreiben sollen. Dr. Garn hatte da mal etwas vorgeschlagen, aber der kannte ja auch nicht Tures peinliche Handschrift.

Teresa hatte dank seines Totalausfalls, wie sie es salopp und unkorrekt formulierte, auch keinen Kontakt mehr zu Stephanie.

Sein sexuelles Verlangen war seit dieser Begebenheit ohnehin vollkommen verschwunden, was er auch Dr. Garn erzählt hatte. Der schien Asexualität nicht so abwegig zu finden, wie Ture befürchtet hatte. Er nannte Asexualität eine legitime Art, Ordnung zu schaffen, eine von vielen Möglichkeiten, in der Welt zurechtzukommen. Und dann hatte er nach einem kurzen Schweigen hinzugefügt, vielleicht sei es aber auch nur ein Anfang.

Ture war über dieses Wort nicht hinweggekommen und nach der Sitzung bei Dr. Garn durchs Haupthaus geschlichen. Ganz oben im vierten Stock hatte er das offen stehende Büro der Oberärztin betreten. Die Vorhänge waren zugezogen, nur ein Aquarium an der Wand warf mildes Licht in den Raum.

Nachdem er mit einiger Mühe den ledernen Gesundheitssessel hinter dem Schreibtisch hervorgezogen hatte, schob er ihn dicht vor das Aquarium, setzte sich und überschlug die Beine in der Art seines Vaters. Stundenlang beobachtete er die zwischen blassgrauen Pflanzen hin und her schwimmenden schwarzweißen Fische. Als es draußen zu dämmern begann und alle Nuancen in demselben Schwarzgrau zueinanderfanden, fragte er sich plötzlich voll ungeduldiger Sehnsucht, was seine Schwester wohl gerade machte und ob es ihr gut ging.

Ture öffnete die Gardinen, nahm den sperrigen Telefonhörer ab und drückte die Null, die ihm die liebste Zahl war.

Der Typ hatte schon die ganze Zeit gestarrt und ging jetzt auf Teresa zu, die im Mahoni allein im Gedränge stand. Sie hatte gar nicht erst versucht, seinem Blick auszuweichen.

Der Barkeeper drehte »One Way Trigger« von den Strokes voll auf. Sie hatte es sich vor einer halben Stunde gewünscht.

Teresa wühlte in ihrer roten Handtasche nach dem vibrierenden Handy und drückte den unbekannten Teilnehmer weg. Georgia hatte noch immer nicht auf ihre Nachricht reagiert. Schon vor einer Stunde hatte sie ihr geschrieben, dass sie im Mahoni war. Lieber hätte sie noch ein bisschen mit ihr geredet, als sich mit dem schlaksigen Kerl in Röhrenjeans abzugeben, der nun grinsend vor ihr stand.

»Du siehst aus wie diese Schauspielerin!«

»Welche Schauspielerin?«

»Diese Schauspielerin, die Tochter von … Ich komm nicht auf den Namen.«

Der Typ schien noch ziemlich jung zu sein, er hatte glatte, weiche Haut und wirkte irgendwie … unschuldig.

Besonderen Dank an:

Rolf Kasiske, Lars Schultze-Kossack, Natalie Buchholz, Tom Kraushaar, Michael Zöllner, Heidi Ramadan, Kamal Ramadan, Sabina Kasiske, Ali Salehi Yavani, Angela Ackermann, Anika Will, Choufee Deborah Congia, Janina Kasiske, Julia Strack, Larissa Nicolin, Lena Dunham, Melanie Nehls, Philipp Baltus, Sandra Cotic, Vanessa Krümel